LES

PROPHÈTES DU CHRIST

Du même auteur, à la même librairie :

LE DRAME CHRÉTIEN AU MOYEN AGE,

4 vol. in-12.

(Cet ouvrage comprend les travaux de l'auteur sur l'histoire du
théâtre cités dans les *Prophètes du Christ*.)

Imprimerie Gouverneur, G. Daupeley à Nogent-le-Rotrou.

LES

PROPHÈTES DU CHRIST

ÉTUDE

SUR

LES ORIGINES DU THÉATRE AU MOYEN-AGE

PAR

MARIUS SEPET

de la Bibliothèque nationale, ancien élève pensionnaire
de l'École des chartes

PARIS

LIBRAIRIE ACADÉMIQUE

DIDIER ET Cⁱᵉ, LIBRAIRES-ÉDITEURS

35, QUAI DES AUGUSTINS

——

1878

LES
PROPHÈTES DU CHRIST.

ÉTUDE

SUR

LES ORIGINES DU THÉATRE AU MOYEN AGE.

La savante et ingénieuse critique de M. Charles Magnin [1] a fait nettement ressortir le lien, vaguement entrevu avant lui, qui rattache les mystères du moyen âge à la liturgie catholique. La publication de très-anciens textes mis au jour par MM. Jubinal [2], de Monmerqué et Francisque Michel [3], Du Méril [4], De Coussemaker [5], Luzarche [6], n'a fait que confirmer, en les préci-

1. Charles Magnin, *Histoire des origines du théâtre moderne.* Prolégomènes. Paris, 1838, in-8°.

Cours à la Faculté des lettres de Paris. *Journal de l'instruction publique,* année 1835-1836.

Divers articles dans le *Journal des Savants,* notamment année 1846, p. 1-16, 76-93, 449-465, 544-558, 626-637. — Année 1847, p. 36-53, 151-162.—Année 1860, p. 309-319, 521-540. — Année 1861, p. 481-503.

2. Ach. Jubinal, *Fragment de la Résurrection.* Paris, Techener. 1834.

3. De Monmerqué et F. Michel, *Théâtre français au moyen âge.* Paris, 1839, Delloye, grand in-8°.

4. Edélestand du Méril, *Origines latines du théâtre moderne.* Paris, Franck, 1849, in-8°.

5. De Coussemaker, *Drames liturgiques du moyen âge.* Rennes, H. Vatar, 1860, in-4°.

6. Luzarche, *Adam,* drame anglo-normand du douzième siècle, publié pour la première fois d'après un manuscrit de la Bibliothèque de Tours. Tours, imprimerie de J. Bouserez, 1854.

sant, les opinions de M. Magnin et les résultats qu'il a apportés
à la science. Toutefois, il n'est pas impossible de préciser plus
encore ; de faire toucher du doigt, de manière à produire presque
l'évidence dans les esprits, le lien intime qui a rattaché le théâtre de nos ancêtres à leur culte ; d'établir sur des faits certains
et des documents authentiques cette théorie fondamentale, à
savoir, que les premiers mystères ont été les offices mêmes ; que,
par une série de développements logiques, ces offices se sont trans-
formés en drames de moins en moins liturgiques, jusqu'au jour
où mystère et liturgie n'ont plus été des mots synonymes : en un
mot, que le théâtre du moyen âge est issu de la religion du
moyen âge, au même titre et suivant les mêmes lois que le théâtre
antique était issu de la religion antique. Cela est possible, et je
voudrais l'essayer dans ce travail.

Plus spécialement, montrer comment un sermon ayant pour
sujet la Nativité du Christ, et qui formait dans un grand nombre
de diocèses, au moyen âge, une des leçons de Noël, s'est transformé en mystère liturgique, en mystère semi-liturgique dans
l'église et hors de l'église, et se retrouve enfin, partie intégrante,
dans le grand cycle dramatique du quinzième siècle, tel est le
but que je me suis proposé.

I.

FORMATION DU DRAME.

« Sermo beati Augustini episcopi de Natale Domini, lectio sexta, »
tel est le titre, tracé à l'encre rouge, que je lis au fol. 129 recto
du manuscrit 1018 [1] du fonds latin à la Bibliothèque impériale.

1. Le même sermon se trouve, mais considérablement abrégé, dans le manuscrit
1255 lat. du treizième siècle (fol. 81). Martenne le mentionne en ces termes : « Noc-
turnum ejus officium olim celebrabat ecclesia Romana cum invitatorio sine hymno...
quartam [lectionem] faciebat sermo S. Augustini *Vos, inquam convenio, o Judei,*
qui haud dubium integer pronunciabatur juxta morem illorum temporum, additis
sibyllinis versibus... In ecclesia vero Rotomagensi olim biduo ante vigiliam Natalis ad
nocturnos legebatur sermo quidam sub nomine S. Augustini, in quo ejusdem Sibyllæ
oracula recitabantur. » (*De antiquis Ecclesiæ ritibus,* t. III, lib. IV, cap. xi, xii,
p. 86, 95). Tel que je le donne ici, ce n'est qu'un extrait d'un sermon plus développé
contre les Païens, les Juifs et les Ariens, *de Symbolo,* que les Bénédictins ont rejeté, comme apocryphe, à l'appendice du tome VIII de leur édition des œuvres de

Ce manuscrit est un bréviaire à l'usage du diocèse d'Arles, et l'écriture présente les caractères évidents du douzième siècle.

Il est nécessaire que je transcrive ici le sermon, qui est la base de mon travail. J'indique par des alinéas les passages qui, dans le manuscrit, sont séparés des précédents par un signe tracé à l'encre rouge.

« Vos, inquam, convenio, ô JUDEI, qui usque in hodiernum diem « negatis Filium Dei. Nonne vox vestra est illa quando eum videbatis « miracula facientem atque temptantes dicebatis : Quousque animas « nostras suspendis ? Si tu es Christus, dic nobis palam. Ille autem « vos ad considerationem mittebat miraculorum, dicens : Opera que « ego facio ipsa testimonium perhibent de me ; ut Christo testimo- « nium dicerent non verba, sed facta. Vos autem non agnoscentes « Salvatorem qui operabatur salutem in medio vestre terre, adicien- « tes in malo aïstis : Tu de te ipso testimonium dicis ; testimonium « tuum non est verum. Sed ad hec ille quid vobis responderit ad- « vertere noluistis : Nonne scriptum est in lege vestra quod duorum « hominum testimonium verum sit? Prevaricatores legis, intendite « legem. Testimonium queritis de Christo : in lege vestra scriptum « est quod duorum hominum testimonium verum sit. Procedant ex « lege non tantum duo sed eciam plures testes Christi et convincant « auditores legis, non factores.

« Dic, YSAIA (le mot YSAIAS est répété en marge à l'encre rouge, « dans le manuscrit) testimonium Christo. — *Ecce*, inquit, *virgo in* « *utero concipiet et pariet filium et vocabitur nomen ejus Hemanuhel,* « quod est interpretatum nobiscum Deus.

« Accedat et alius testis.

« Dic et tu, JHEREMIA (JHEREMIAS répété en marge à l'encre rouge), « testimonium Christo. — *Hic est,* inquit, *Deus noster et non estima-* « *bitur alius absque illo qui invenit omnem viam scientie et dedit eam* « *Jacob puero suo et Israel dilecto suo. Post hec in terris visus est et* « *cum hominibus conversatus est.* — Ecce duo testes idonei ex lege « vestra ad quorum testimonia non sunt compuncta corda vestra. Sed « alii atque alii ex lege testes Christi introducantur ut frontes duris- « sime inimicorum conterantur.

« Veniat et ille DANIHEL sanctus, *juvenis quidem etate, senior vero* « *scientia ac mansuetudine* et convincat omnes falsos testes et sicut

saint Augustin (Réimpression faite à Anvers par les soins de J. Leclerc, 1700-1703, 12 tom., 9 vol. in-fol.). Le texte que j'ai suivi est celui du ms. 1018 lat.

« convicit seniores impudicos, ita suo testimonio Christi conterat
« inimicos. Dic, sancte DANIEL, dic de Christo quod nosti. — *Cum ve-*
« *nerit*, inquit, *Sanctus Sanctorum, cessabit unctio.* — Quare, illo prae-
« sente, cui insultantes dicebatis : Tu de te testimonium dicis, tes-
« timonium tuum non est verum, cessavit unctio vestra ? Nisi quia
« ipse est qui venerat Sanctus Sanctorum. Si enim, sicut vos dicitis,
« nondum venit, sed expectatur ut veniat Sanctus Sanctorum, de-
« monstrate unctionem : si autem, quod verum est, cessavit vestra
« unctio, agnoscite venisse Sanctum Sanctorum. Ipse est enim et
« lapis ille abcisus de monte sine manibus concidentium, id est
« Christus natus de Virgine sine manibus complectentium, qui tan-
« tum crevit ut mons magnus fieret et impleret universam faciem
« terre. De quo monte dicit propheta : *Venite, ascendamus in mon-*
« *tem Domini*, et de quo David dicit : *Mons Dei, mons uber*, ut quid
« suspicamini montes incaseatos, montem in quo placuit Deo habi-
« tare in ipso. Cum enim ipse Dominus Christus discipulos suos in-
« terrogaret quem dicerent esse homines Filium hominis, respon-
« derunt alii Heliam, alii Jheremiam aut unum ex prophetis et ille,
« ut quid suspicamini montes incaseatos, montem in quo placuit
« Deo habitare in eo, hunc cognovit Petrus dicens : Tu es Christus,
« Filius Dei. Agnovit montem et ascendit in montem ; testimonium
« dixit Veritati et dilectus est a Veritate. Super petram fundatus est
« Petrus ut montem susciperet illum amando quem ter negaverat
« timendo.

« Dic, et Moyses, *legislator*, dux populi Israel, testimonium Christo :
« — *Prophetam*, inquit, *vobis suscitabit Deus de fratribus vestris ;*
« *omnis anima que non audierit prophetam illum, exterminabitur de*
« *populo suo.* — Prophetam autem dictum Christum ipsum audi in
« Evangelio dicentem : Non est, inquit, propheta sine honore, nisi
« in patria sua.

« Accedat autem DAVID sanctus, testis fidelis. Ex cujus semine pro-
« cessit ipse, cui lex et prophete testimonium dicunt, dicat et ipse
« de Christo. — *Adorabunt*, inquit, *eum omnes reges terre, omnes*
« *gentes servient illi.* — Cui servient ? dic, cui servient ? — Vis audire
« cui ? *Dixit Dominus Domino meo : sede ad dexteram meam, donec*
« *ponam inimicos tuos scabellum pedum tuorum.* Et expressius atque
« nominatim : *Quare*, inquit, *tumultuate sunt gentes et populi medi-*
« *tati sunt inania ? Astiterunt reges terre et principes convenerunt in*
« *unum adversus Dominum et adversus Christum ejus.*

« Accedat et alius testis. Dic et tu, ABACUCH *propheta*, testimonium

« de Christo. — *Domine*, inquit, *audivi auditum tuum et timui; con-*
« *sideravi opera tua et expavi.*—Que opera Dei iste miratus expavit ?
« Numquid fabricam mundi iste miratus expavit? Absit. Sed, audi,
« aliquid expavit. *In medio*, inquit, *duum animalium cognosceris.*
« *Opera tua, Deus, Verbum caro factum est. In medio duum anima-*
« *lium cognosceris.* Qui quousque descendisti, expavescere me fecisti;
« Verbum, per quod facta sunt omnia, in presepe jacuisti. *Agnovit bos*
« *possessorem suum et asinus presepe Domini sui. In medio duum ani-*
« *malium cognosceris.* Quid est *in medio duum animalium cognosceris?*
« nisi aut in medio duorum testamentorum, aut in medio duorum
« latronum, aut in medio Moyse et Helie cum eo in monte sermoci-
« nantium, *Ambulavit*, inquit, *Verbum et exivit in campis. Verbum*
« *caro factum est et habitavit in nobis.* Hoc et Jheremias ait : *Post*
« *hec in terris visus est et cum hominibus conversatus est.* Ecce quem-
« admodum sibi conveniunt testes Veritatis, ecce quemadmodum
« convincunt filios Falsitatis. Sufficiunt vobis ista, ô Judei, an adhuc
« ad vestram confusionem ex lege et ex gente vestra alios introduce-
« mus testes ut illi testimonium perhibeant cui perdita mente insul-
« tantes dicebatis : Tu de te ipso testimonium dicis, testimonium
« tuum non est verum? Quod si velim ex lege et ex prophetis omnia
« que de Christo dicta sunt colligere, facilius me tempus quam
« copia deseret.

« Verumptamen senem illum ex gente vestra natum, sed in errore
« vestro non relictum, SYMEONEM sanctum in medio introducam, qui
« meruit teneri decrepitus in hac luce quousque videret lucem. Quem
« quidem jam etas compellebat ire, sed expectabat suscipere quem
« sciebat venire; cum iste senex admonitus esset a Spiritu sancto
« quod non ante moreretur quam videret Christum Dei natum, quem
« cognoscens perrexit ad templum. Ubi vero eum portari matris
« manibus vidit et divinam infantiam pia senectus agnovit, tulit in-
« fantem in manibus suis. Ille quidem Christum [infantem] ferebat,
« sed Christus senem regebat. Regebat qui portabatur ne ille ante
« promissum a corpore solveretur. Quid tamen dixerit, quem tamen
« confessus fuerit advertite inimici, non Christi, sed vestri. Benedi-
« cens Dominum exclamavit senex ille et dixit : *Nunc dimittis, Do-*
« *mine, servum tuum in pace, quia viderunt oculi mei salutare tuum.*

« Illi etiam parentes Joannis ZACHARIAS et ELISABETH, juvenes ste-
« riles, in senecta fecundi, dicant etiam ipsi testimonium Christo,
« dicant de Christo quid sentiant et testem idoneum Christo nutriant.
« — Aiunt enim suo parvulo nato : *Tu puer propheta Altissimi vocabe-*

« ris, *preibis enim ante faciem Domini parare viam ejus.* Ipsique matri
« et virgini Helisabeth ait : *Unde mihi hoc ut veniat mater Domini mei*
« *ad me ? Ecce enim ut facta est vox salutationis tue in auribus meis,*
« *exultavit in gaudio infans in utero meo.* Intelligens enim Johannes
« matrem Domini sui venisse ad suam matrem, inter ipsas angus-
« tias uteri adhuc positus, motu salutavit quem voce non poterat.
« Qui postea ipse JOHANNES precursor et amicus, humillimus et fide-
« lissimus servus, testis fidelis idoneus effectus, tanto major inter
« natos mulierum quanto existimabatur esse quod non erat. Chris-
« tum enim eum esse Judei credebant, sed ille non se esse clamabat
« dicens : *Quem me suspicamini esse, non sum ego. Sed ecce venit*
« *post me cujus pedum non sum dignus solvere corrigiam calciamenti.*
« O fidelis testis et amice veri sponsi, quanto te humiliavisses si ad
« corrigiam calciamenti ejus solvendam dignum te esse dixisses ! Sed
« dum ad hoc non te dignum dicis, Judeis falsis testibus contradicis.
« Et hec a te dicta sunt antequam Christum videres, qui cum ad te
« ipse venit excelsus humilis, implende dispensationis sue gratia, ut
« a te baptizaretur qui nullum habebat omnino peccatum, quid
« responderis, quem cognoveris, quod testimonium protuleris
« audiant inimici qui audire nolunt. *Ecce,* inquit, *agnus Dei, ecce*
« *qui tollit peccata mundi.* Et adjecit : *Tu ad me venis baptizari.*
« *Ego a te debeo baptizari.* Agnovit servus dominum, agnovit vincu-
« lis originalis peccati obligatus ab omni nexu peccati obligatum.
« Agnovit preco judicem, agnovit creatura creatorem, agnovit para-
« nimphus sponsum. Nam et hec vox Johannis est : *Qui habet sponsam*
« *sponsus est, amicus autem sponsi qui stat et audit eum gaudio gau-*
« *det propter vocem sponsi.*

« Sufficiunt vobis ista, ô Judei, sufficiunt vobis tanti testes, tot
« testimonia ex lege vestra et ex gente vestra an adhuc impudentia
« nimia audebitis dicere quod alterius gentis vel nationis homines
« Christo deberent testimonium perhibere ? Sed, si hoc dicitis, res-
« pondet quidem ille vobis : Non sum missus nisi ad oves que perie-
« runt domus Israel. Sed, sicut vos in *Actibus apostolorum* increpat
« Paulus, vobis primum oportuerat annuntiare Verbum Dei, sed quia
« repulistis illud nec vos dignos vite eterne judicastis : Ecce, inquit,
« convertimus nos ad gentes. Demonstremus eciam nos ex gentibus
« testimonium Christo fuisse prolatum, quoniam Veritas non tacuit
« clamando etiam per linguas inimicorum suorum. Nonne quando
« ille *poeta facundissimus* inter sua carmina :

      Jam nova progenies celo demittitur alto,

« dicebat, Christo testimonium perhibebat ? In dubium hoc veniat
« nisi alios ex gentibus idoneos testes pluraque dicentes in medio
« introducam.

« Illum, illum regem qui vestram superbiam captivando perdomuit,
« NABUCHODONOSOR, regem scilicet Babilonis, non pretermittam. Dic,
« NABUCHODONOSOR, quid in fornace vidisti quando tres viros justos
« injuste illuc miseras, dic, dic quid tibi fuerit revelatum. — *Nonne*
« inquit, *tres viros misimus in fornace ligatos ?* — Et aiunt ei : *Vere,*
« *rex.* — *Ecce*, inquit, *ego video quatuor viros solutos deambulantes*
« *in medio ignis et corruptio nulla est in eis et aspectus quarti simi-*
« *lis est Filio Dei.* — Alienigena, unde tibi hoc ? Quis tibi annunciavit
« Filium Dei ? Que lex ? Quis propheta tibi annunciavit Filium Dei ?
« Nondum quidem mundo nascitur et similitudo nascentis a te co-
« gnoscitur. Unde tibi hoc ? Quis tibi istud annunciavit nisi quia sic
« te divinus ignis intus illuminavit ut cum illic apud te captivi tene-
« rentur inimici Judei, sic diceres testimonium Filio Dei. Sed quia
« in ore duorum vel trium testium stat omne Verbum, sicut ipse
« Dominus vestram contumaciam confutans : In lege, inquit, vestra
« scriptum est quod duorum hominum testimonium verum sit; etiam
« exigentibus tercius testis introducatur ut testimonium veritatis ex
« omni parte roboretur.

« Quid SIBILLA vaticinando etiam de Christo clamaverit in medium
« proferamus ut ex uno lapide utrorumque frontes percuciantur, Ju-
« deorum scilicet atque Paganorum atque suo gladio, sicut Golias,
« Christi omnes percuciantur inimici. Audite quod dixerit :

> *Judicii signum : tellus sudore madescet ;*
> E celo rex adveniet per secla futurus,
> Scilicet in carne presens ut judicet orbem,
> Unde Deum cernent incredulus atque fidelis
> Celsum cum sanctis, eui jam termino in ipso
> Sic anime cum carne aderunt quas judicat ipse,
> Cum jacet incultus densis in vepribus orbis.
> Reicient simulacra viri cunctam quoque gazam,
> Exuret terras ignis, pontumque polumque :
> Inquirens tetri portas effranget Averni ;
> Sanctorum sed enim cuncte lux libera carni,
> Tradentur sontes, eternaque flamma cremabit.
> Occultos actus retegens, tunc quisque loquetur
> Secreta, atque Deus reserabit pectora luci.
> Tunc erit et luctus, stridebunt dentibus omnes.
> Eripitur solis jubar, et chorus interit astris,

Solvetur celum, lunaris splendor obibit,
Deiciet colles, valles extollet ab imo :
Non erit in rebus hominum sublime vel altum.
Tum equantur campis montes, et cerula ponti
Omnia cessabunt, tellus confracta peribit :
Sic pariter fontes torrentur fluminaque igni.
Et tuba tunc sonitum tristem demittet ab alto
Orbe, gemens facinus miserum, variosque labores,
Tarthareumque chaos monstrabit terra de[h]i[s]cens
Et coram hic domino reges sistentur ad unum :
Decidet e celo ignisque et sulphuris amnis [1].

« Hec de Christi nativitate, passione et resurrectione atque secundo
« ejus adventu ita dicta sunt ut si quis in Greco capita horum ver-
« suum discernere voluerit inveniet : *Jhesus Christus, Vos Theu, Soter*,
« quod in latino ita interpretatur : *Jhesus Christus, filius Dei, Sal-*
« *vator* ; quod, in latinum translatis eisdem versibus, apparet, preter
« hoc quod grecarum litterarum proprietas non adeo potuit obser-
« vari. Credo jam vos, o inimici Judei, tantis testibus obrutos confu-
« tatosque esse ipsa veritate ut nichil ultra repugnare, nichil querere
« debeatis. »

Il suffit de lire ce sermon pour en reconnaître immédiatement
le caractère dramatique. Cette évocation successive des prophètes,
cette interpellation adressée à chacun d'eux par Augustin [2], qui,

1. Ces vers de la Sibylle ont été paraphrasés en vers français et chantés pendant
tout le moyen âge sous le nom de *Dit des quinze signes*. Leur place dans le sermon explique fort bien comment le drame d'*Adam* se termine par ce *dit*. C'est
donc à tort qu'on a reproché à M. Luzarche d'avoir joint dans son édition le *dit* au
drame. Il en est partie intégrante et fin naturelle. Joachim Du Bellay dit encore,
au seizième siècle, dans sa *Défense et Illustration de la langue françoise*, dédiée
au roi Charles IX : « Quant à la disposition des lettres capitales, Eusèbe, au livre de
la préparation évangelique, dit que la sibylle Erithrée avoit prophétizé de Jésus-
Christ, preposant à chacun de ses vers certaines lettres qui declaroient le dernier
advenement de Christ. Lesdites lettres portoient ces mots : *Jesus, Christus, ser-
vator, crux*. Les vers furent translatez par sainct Augustin (et c'est ce qu'on nomme
les XV signes du jugement), lesquels se chantent encore en quelques lieux. » (OEu-
vres françoises de Joachim Du Bellay..., à Paris, de l'imprimerie de Fred. Moret,
MDLXXIIII, fol. 29, verso. — Def. et Illustr., livr. II, chap. 8.) Augustin a en effet
emprunté ces vers à Eusèbe, le sermon apocryphe les a empruntés à saint Augustin,
et le moyen âge les empruntait d'ordinaire au sermon apocryphe.

2. Les Bénédictins, comme je l'ai dit, ont rejeté ce sermon parmi les œuvres apocryphes de saint Augustin. Mais certainement le moyen âge tout entier l'a attribué
à l'évêque d'Hippone, et il a même tiré de cette attribution de singulières consé-

du haut de la chaire, préside, pour ainsi dire, à leur défilé ; la réponse suivant immédiatement la question et par conséquent constituant un dialogue : les véhémentes objurgations du docteur aux Juifs obstinés, exprimées en style direct : la langue même qu'il parle, latin d'extrême décadence aux tours ingénieux et bizarres, coupé à la Sénèque, plein d'antithèses hasardées et de jeux de mots puérils, néanmoins fort et expressif dans sa hardiesse de mauvais goût, exprimant la pensée avec vigueur, l'accusant même trop et exagérant son relief : tout donne à ce morceau oratoire un ton, un mouvement dramatiques.

Mais que le drame soit dans la pensée, qu'il soit même dans le langage, cela ne suffit point. Il faut des rôles, il faut des acteurs. C'est ainsi qu'un roman, si dramatique qu'il soit, n'est point une pièce de théâtre. Le dialogue peut exister dans un roman, mais il est, qu'on me passe l'expression, comme enchaîné dans le monologue. Tant qu'il n'aura pas rompu cette entrave, il ne vivra point de sa vie propre et ne sera pas le drame, tel du moins que nous le comprenons communément.

Sous l'influence de quelle loi le dialogue contenu dans ce sermon de saint Augustin sur la Nativité s'est-il détaché du monologue, a-t-il pris une existence propre, s'est-il, en un mot, transformé en drame, en mystère liturgique ?

Mais n'y a-t-il pas eu un état de transition, un moment où le dialogue, faisant effort pour s'échapper de son cadre, mais retenu encore et non complétement émancipé, luttait, pour ainsi dire, avec le monologue et commençait à transformer le sermon en drame, de telle sorte que les *Prophètes du Christ* ne fussent pas encore l'un et ne fussent déjà plus l'autre ?

Je serais porté à le croire d'après l'aspect que ce morceau offre dans le manuscrit 1018 du fonds latin et que j'ai reproduit le plus exactement qu'il m'a été possible.

Il est essentiel de faire remarquer que ce sermon est ici une leçon, c'est-à-dire une partie de l'office, et, de plus, que cet office est celui de Noël : « *Sermo beati Augustini in Natale Domini, lectio sexta.* » Ainsi donc, ce n'est pas à un sermon

quences, notamment dans le Mystère de la *Nativité* de Munich, où, comme nous le verrons, Augustin préside au défilé des prophètes qui sert de prologue à la représentation. Du reste, que le sermon soit ou non de saint Augustin, c'est ce qui importe fort peu à la théorie que je développe.

prêché que nous avons affaire, mais à un sermon lu ou plutôt récité, sur un ton, sur une mélopée analogue à celui ou à celle que nous pouvons encore entendre tous les dimanches dans nos églises quand on lit l'épître ou l'évangile à la grand'messe.

Ce ton ou cette mélopée qui n'est pas sans parenté, lointaine sans doute, avec la déclamation mesurée usitée dans la tragédie antique, change singulièrement, à elle seule, le caractère du morceau. Elle le laisse sans doute à l'état de monologue, mais elle en fait un monologue déclamé par un acteur spécial, qui est chargé de tous les rôles. Elle transforme le sermon en *récitatif*.

N'a-t-on pas été plus loin, et, divisant le récitatif en *parties*, ne l'a-t-on pas distribué à plusieurs acteurs, tout en lui conservant sa forme primitive et en laissant le dialogue enchâssé dans la partie narrative ou plutôt dialectique du sermon attribué à saint Augustin ?

Ce mode de récitation est encore en usage de nos jours pendant la semaine sainte, et s'applique spécialement à l'évangile de la Passion. La partie narrative a son interprète ; la foule des Juifs est représentée par un autre lecteur ; quand c'est Jésus qui parle, ses paroles sont prononcées par une voix douce ; quand c'est Judas, le ton est aigre et désagréable. Mais ce mode était-il en usage au temps dont nous nous occupons, a-t-il été appliqué au sermon qu'on attribuait à saint Augustin ? Ce mode était certainement en usage à la fin du treizième siècle, et rien ne défend de supposer qu'il existait, au moins en germe, beaucoup plus tôt.

C'est ainsi qu'un missel qui est tout au moins des premières années du douzième siècle (Sorb. 386) nous offre à l'évangile de la Passion une particularité très-remarquable et que les autres évangiles des dimanches et fêtes ne présentent point. Des lettres telles que A. T. M. R. ou SR., jetées dans l'interligne à de certains intervalles, ponctuent le récit. Il est impossible de n'attribuer pas à ces lettres une signification, une valeur *toniques*. Soit que les plus importants des changements de ton qu'ils prescrivent correspondissent à un changement de lecteur, soit que le même lecteur dût donner à sa voix des flexions particulières suivant qu'il faisait parler Jésus, les apôtres, Pilate ou l'évangéliste, toujours est-il que la Passion, au douzième siècle, était déjà récitée d'une façon particulière, sur un mode dramatique ; toujours est-il que le monologue et le dialogue étaient dès lors entrés en lutte.

Ce qui me confirme dans cette opinion, c'est le curieux document suivant. Je l'extrais du manuscrit latin 9,486 (ancien suppl. latin 383) de la Bibl. imp. Ce manuscrit présente les caractères évidents du douzième siècle.

(Folio 7.)

« *Incipit ordo in Die Palmarum.*

« Sitientes venite ad aquas, dicit Dominus......, etc.
« *Sequitur Oratio in Die Palmarum.....*
« *Lectio libri Exodi.....*

Duo cantores cantent antiphonam :

« Collegerunt pontifices et pharisei consilium et dicebant :

Chorus :

« Quid facimus quia hic homo multa signa facit ? Si dimittimus
« eum, sic omnes credent in eum.

Item cantores respondent :

« Unus autem ex illis, Cayphas nomine, cum esset pontifex anni
« illius, prophetavit dicens :

Unus de Choro :

« Expedit nobis ut unus moriatur homo pro populo et non tota
« gens pereat.

Item cantores :

« Ab illo ergo die cogitaverunt interficere eum, dicentes :

Chorus respondet :

« Ne forte veniant Romani et tollant nostrum locum et gentem.

Postea legitur Evangelium.

« Dominus vobiscum.
« Et cum spiritu tuo.
« *Secundum Marcum.*—In illo tempore cum appropinquaret Jhe-
« rosolime et Bethanie, etc. »

Cette antienne est presque textuellement extraite de l'Évangile de saint Jean, chapitre XI, verset 48 à 53. Je n'y vois aucune addition étrangère qui puisse lui donner l'aspect d'un trope. C'est un court passage de l'Évangile coupé de façon à être chanté alternativement par le chœur. Mais qu'on remarque l'intelligence des coupures et comme le sens de chaque fragment concorde avec le nombre, et évidemment aussi le ton des chantres dont ce fragment est la *partie*, disons mieux, le *rôle*, car ici il y a déjà rôle. *Duo cantores*, deux chantres, sont chargés du récit, de la partie narrative. « *Les pontifes et les Pharisiens*, disent-ils, *rassemblèrent leur conseil et dirent.....* » et le chœur alors représentant le conseil, c'est-à-dire un être collectif, une union de voix, représentant un autre être collectif, une union de sentiments : « *Que faire ? Cet homme accomplit de si grands miracles que, si nous le laissons aller, tout le monde croira en lui...* » Les deux chantres reprennent le récit : « *Or un d'entre eux, Cayphe, étant pontife de cette année, prophétisa, disant...* » La prophétie de Cayphe n'est point chantée par les deux chantres : une voix s'élève et, seule, comme Cayphe jadis, s'écrie : « *Il faut qu'un seul homme périsse pour tout le peuple, et que la nation ne périsse point.* » Les deux chantres reprennent le récit. « *A partir de ce jour, ils songèrent donc à le faire mourir, disant...* » et tout le chœur répond ce que disait l'assemblée des pontifes : « *De peur que les Romains ne viennent et ne détruisent notre ville et notre nation.* »

Il est impossible de ne reconnaître pas dans ce mode de chant précisément cet état mixte entre le monologue et le dialogue dont je parlais tout à l'heure. Le dialogue n'est certainement pas complétement affranchi, puisqu'il est encore dépendant du récit ; cependant il a pour interprètes des voix spéciales, des acteurs distincts, de telle sorte que, si l'on supprimait la partie narrative, le drame se trouverait complet. Je crois devoir profiter de cette circonstance pour faire remarquer que, dans les premières manifestations de l'esprit dramatique au moyen âge, dans les premiers mystères, l'antique monologue, l'ancien récit se retrouve encore et a laissé des traces évidentes. On n'a qu'à lire pour s'en convaincre le drame d'*Adam* et le fragment de la *Résurrection du Sauveur* du ms. 902 français (B. I.) [1].

---

1. Publié par M. Jubinal, et une seconde fois par MM. de Monmerqué et F. Michel dans leur *Théâtre français au moyen âge*.

13

Mais ce mode que nous voyons en usage pour le récit de la
Passion et pour le chant de cette antienne, a-t-il été appliqué,
et jusqu'à quel point, au sermon qu'on attribuait à saint Augustin ?

Le bréviaire d'Arles, où j'ai copié le sermon sur les prophètes
du Christ, offre une frappante analogie dans la division de ce
texte par des signes à l'encre rouge avec les missels où la Passion est divisée entre le *presbyter* (représenté par une croix), le
clericus (par la lettre C) et le *subdiaconus* (par la lettre S). Chaque
signe correspond à l'évocation d'un prophète, comme on peut le
voir ci-dessus, puisque je les ai figurés par des alinéas; et de
plus aux deux premiers signes correspond la répétition en marge
à l'encre rouge des noms des deux premiers prophètes : *Ysaias,*
Jheremias. Le scribe a évidemment oublié ou négligé de compléter la liste. Cette disposition est caractéristique, et j'en conclus
hardiment qu'il a été d'usage, à une certaine époque et dans
différents lieux, de lire le sermon de saint Augustin avec des
modifications de ton et des flexions de voix indiquant le changement d'interlocuteur, et qui étaient particulières à cette leçon
du jour de Noël, puisque les signes à l'encre rouge ne figurent
sur aucune autre dans le manuscrit. J'en conclus de plus qu'on
a fini, à un moment donné, par compléter les flexions de voix
en leur donnant pour organes des lecteurs différents, et qu'alors
chaque ton, c'est-à-dire chaque prophète, a eu son interprète,
le dialogue demeurant cependant toujours enchâssé dans le
récit.

Cette conclusion repose sinon sur des preuves péremptoires,
au moins sur des inductions raisonnables. C'est une conjecture,
mais c'est, je crois, une conjecture vraisemblable.

Quoi qu'il en soit, que le sermon ait été lu par un seul ou divisé
entre plusieurs personnages, comment le drame est-il sorti,
comment le dialogue s'est-il définitivement détaché du monologue ?

Ce phénomène s'est accompli sous l'influence d'un autre phénomène plus général. Nous avons la certitude qu'à la fin du
dixième siècle, puis, de nouveau, à la fin du onzième, un singulier mouvement se produisit dans la liturgie romano-gallicane,
dont l'usage était général en France. M. Léon Gautier [1], dans le

1. La leçon d'ouverture a paru chez Adrien Leclerc. Paris, 1866, br. in-8°.

cours supplémentaire qu'il professe avec tant de science et de chaleur à l'École des chartes, a parfaitement exposé et expliqué ce mouvement. Les offices de l'Église, fort longs à cette époque, semblaient encore trop courts. On s'avisa tout à coup de les allonger au moyen d'innombrables interpolations liturgiques, qui, après avoir farci de petites phrases parasites les textes authentiques, finirent par prendre une existence propre et par s'intercaler dans la liturgie, comme offices supplémentaires, distincts des offices ordinaires. Dans cette seconde période, les tropes furent des cantiques rimés, qui se chantèrent avant ou après l'office obligatoire, et particulièrement à l'issue de chaque heure canoniale. Or un certain nombre de ces cantiques affectèrent tout d'abord une forme dramatique, et furent des chants dialogués. Sans rechercher quelle influence les tropes de la première époque ont eue sur les origines du théâtre, on peut constater que ceux de la seconde ont été l'origine de quelques-uns de nos plus anciens mystères, et notamment de la curieuse scène des *Prophètes du Christ*, que nous étudions ici.

En effet les esprits avaient été évidemment frappés de la forme, déjà si dramatique, du sermon qui formait la sixième leçon des matines de Noël. Si, de plus, on admet avec moi qu'il était lu d'une façon particulière qui le rapprochait du dialogue, on ne sera nullement étonné de le retrouver à l'état de trope dramatique, ou, ce qui est la même chose, de mystère liturgique. Pour qu'il soit évident à tous que le mystère liturgique des *Prophètes du Christ* est une pure et simple transformation du sermon, dont on a éliminé la partie dialectique pour ne garder que le dialogue, il suffira, je pense, d'établir les faits suivants :

1° Le mystère comme le sermon servait à la célébration de la fête de Noël ;

2° Le sujet, la donnée générale du mystère est la même que celle du sermon ;

3° Les personnages sont les mêmes ;

4° Les rôles sont les mêmes ;

5° Il existe un assez grand nombre de ressemblances frappantes de détail pour que les ressemblances générales ci-dessus exprimées acquièrent une force invincible.

Je dis d'abord que le mystère comme le sermon servait à la célébration de la fête de Noël et était une partie de l'office de ce jour.

J'ouvre en effet le manuscrit 1139 latin, qui nous offre la version la plus ancienne des *Prophètes du Christ*, et qui est, qu'on veuille bien le remarquer, un *tropaire* à l'usage du monastère de Saint-Martial de Limoges, et au f° 55 verso, je lis, en tête du mystère, les vers latins rimés qui suivent :

> Omnes gentes
> Congaudentes
> Dent cantum leticie !
> *Deus homo fit*
> De domo Davit
> *Natus hodie.*

Ce mystère est donc bien un cantique dialogué, destiné à célébrer la naissance du Christ « *natus hodie* » : c'est bien un trope de l'office de Noël.

J'affirme en second lieu que la donnée générale du mystère est la même que celle du sermon.

Convaincre l'opiniâtre mauvaise foi des Juifs qui refusent de reconnaître Jésus-Christ pour le Messie, en leur rappelant, sous une forme dramatique, tous les témoignages que les prophètes de leur loi ont rendus au Sauveur ; subsidiairement, évoquer les Gentils qui ont également prédit sa venue, afin d'accabler les Juifs sous un plus grand nombre de preuves, et aussi de convaincre les nations païennes auxquelles, sur le refus d'Israël, l'Évangile doit être porté : tel est le sujet, tel est aussi l'objet du sermon.

Maintenant, quel est le sujet du mystère? Les vers suivants vont nous le dire :

> O Judei
> Verbum Dei
> Qui negatis hominem,
> Vestre legis
> Teste[s] regis
> Audite per ordinem.
>
> Et vos, gentes
> Non credentes
> Peperisse virginem,
> Vestre gentis
> Documentis
> Pellite caliginem.

L'identité de sujet est évidente et je n'ai plus à la démontrer.

En troisième lieu, je dis que les personnages sont les mêmes.

Quels sont les personnages du sermon? — Je laisse pour un moment de côté ce qu'on me permettra d'appeler les *disputeurs*, c'est-à-dire Augustin et les Juifs. Nous les retrouverons dans d'autres mystères. Les personnages *objectifs* du sermon, c'est-à-dire les acteurs essentiels du drame qui y est contenu en germe, sont les prophètes. Augustin n'est que l'évocateur, et dans notre mystère c'est le coryphée (*lector* ou *præcentor*) qui le remplace. Or les prophètes, successivement évoqués, sont dans le sermon : *Isaïe, Jérémie, Daniel, Moïse, David, Abacuc, Siméon, Zacharie* et *Élisabeth, Jean-Baptiste, Virgile, Nabuchodonosor* et la *Sibylle*.

Ce sont dans le mystère : ISRAEL, MOYSES, ISAIAS, JEREMIAS, DANIEL, ABACUC, DAVID, SIMEON, ELISABET, BABTISTA, VIRGILIUS, NABUCODONOSOR, SIBILLA.

Un personnage a été ajouté dans le mystère : *Israël*. Mais s'il n'était point évoqué, il était au moins mentionné dans le sermon : « ..... *dedit eam Jacob puero suo et Israel dilecto suo...* » Or on pourra voir dans la suite de cette étude que la tendance constante du théâtre du moyen âge a été de transformer en personnages tous les noms qui figuraient à un titre quelconque dans les offices d'où il est sorti.

Un personnage a été retranché : *Zacharie*. Mais on peut dire qu'il est présent dans la personne de son épouse *Élisabeth*, et d'ailleurs nous le retrouverons dans d'autres versions des *Prophètes du Christ*.

Quant à l'ordre suivi dans l'évocation, il n'est point exactement le même, et cela n'a rien qui doive nous étonner. Évidemment le poëte anonyme, sans doute un maître ou un écolier de l'école monastique de Saint-Martial de Limoges, qui a rimé la partie dramatique du sermon attribué à saint Augustin pour en faire un *trope du Benedicamus*, tout en suivant assez rigoureusement sa matière, s'est cependant donné quelque latitude. Toutefois, dans cet ordre même, la ressemblance est frappante. *Isaïe, Jérémie, Daniel* se suivent exactement dans les deux textes. Si *Moïse*, qui ne vient qu'après ces trois prophètes dans le sermon, les précède dans le mystère; si *Abacuc* change de place avec *David*; *Siméon, Élisabeth, Jean-Baptiste, Virgile, Nabuchodonosor, la Sibylle*, conservent précisément le même rang. Ce rang,

suivant moi, est caractéristique, ainsi que la présence de *Virgile*
et de la *Sibylle*, dont l'introduction simultanée dans la liturgie
est une idée trop originale pour que, la retrouvant à la fois dans
un trope et dans une leçon, d'ailleurs très-semblables, nous n'en
concluions pas immédiatement que l'un des deux textes est une
imitation, ou, pour mieux dire, une transformation de l'autre.

J'affirme, en quatrième lieu, que les rôles, c'est-à-dire les paroles mises dans la bouche des prophètes, sont, à une exception
près, les mêmes dans le mystère et dans le sermon, et que cette
unique exception s'explique très-facilement.

Je laisse de côté *Israël*, qui ne figure qu'incidemment dans
le sermon et y est seulement nommé dans la prophétie de *Jérémie*. L'exception dont je parle se réfère à la prophétie d'*Isaïe*.
Dans le sermon :

« Ecce, inquit, virgo in utero concipiet et pariet filium et vocabitur nomen ejus Hemanubel. » (Isaïe, VII, 14.)

Dans le mystère :

Est necesse
Virga[m] Jesse
De radice prove[h]i ;
Flos deinde
Surget inde
Qui est Spiritus Dei.

Ce qui est la transformation en vers latins rimés de ces paroles
d'Isaïe : « Egredietur virga de radice Jesse et flos de radice ejus
ascendet et requiescet super eum Spiritus Domini. » (Isaïe,
XI, 1, 2.)

Or ces paroles d'Isaïe étaient en usage dans la liturgie de Noël,
et on les chantait dans toutes nos églises, ce qui explique facilement comment elles ont été substituées aux premières. Cette
substitution semble avoir été presque générale, et l'auteur du
drame d'*Adam* qui, comme nous le verrons, réfère textuellement son épilogue, qui est la scène des *Prophètes du Christ*, à la
leçon du jour de Noël, rapporte également les deux prophéties.

Mais, maintenant, si nous comparons les autres prophéties
dans le sermon et dans le mystère, nous verrons que l'auteur
du mystère n'a fait que rimer les prophéties du sermon, qu'il a
emprunté textuellement les vers de la *Sibylle* et déformé le vers
de *Virgile*, suivant le goût de son temps.

2

Dans le sermon :

MOÏSE.

« Prophetam vobis suscitabit Deus de fratribus vestris, omnis anima que non audierit prophetam illum exterminabitur de populo suo. » (Act., III, 12.)

Dans le mystère :

MOÏSE.

Dabit Deus vobis vatem,
Huic, ut mihi, aurem date ;
Qui non audit hunc audientem (loquentem?)
Expelletur sua gente.

JÉRÉMIE.

Dans le sermon .

« Hic est Deus noster et non estimabitur alius absque illo. » (Baruch, III, 36.)

Dans le mystère :

Sic est : hic est Deus noster,
Sine quo non erit alter.

DANIEL.

Dans le sermon :

« Cum venerit Sanctus sanctorum, cessabit unctio » (Daniel, IX, 24.)

Dans le mystère :

Sanctus sanctorum veniet
Et unctio deficiet.

ABACUC.

Dans le sermon :

« Domine, audivi auditum tuum et timui ; consideravi opera « tua et expavi..... in medio duum animalium cognosceris. » (Habacuc, III, 2.)

Et expectavi,
Mox expavi
Metu mirabilium,
Opus tuum
Inter duum
Corpus animalium.

DAVID.

Dans le sermon :

« Adorabunt eum omnes reges terre, omnes gentes servient
« illi..... Dixit Dominus Domino meo : Sede ad dexteram meam. »
(Ps. XXI, vers 28, 29 — CIX , 1.)

Dans le mystère :

Universus
Grex conversus
Adorabat [adorabit?] Dominum,
Cui futurum
Serviturum
Omne genus hominum.

« Dixit Dominus Domino meo : sede a dextris meis. »

SIMÉON.

Dans le sermon :

« Nunc dimittis, Domine, servum tuum in pace, quia vide-
« runt oculi mei salutare tuum. » (Saint Luc, II, 29, 30, 32.)

Dans le mystère :

Nunc me dimittas, Domine,
Finire vitam in pace
Quia mei modo cernunt oculi
Quem misisti hunc mundum pro salute populi.

ÉLISABETH.

Dans le sermon :

« Unde mihi hoc ut veniat mater Domini mei ad me? Ecce
« enim ut facta est vox salutationis tue in auribus meis, exulta-
« vit in gaudio infans in utero meo. » (Saint Luc, I, 43, 44.)

Dans le mystère :

Quid est rei
Quod me mei
Mater Eri visitat?
Nam ex eo
Ventre meo
Letus infans palpitat.

JEAN BAPTISTE.

Dans le sermon :

« Quem me suspicamini esse non sum ego. Sed ecce venit
« post me cujus pedum non sum dignus solvere corrigiam cal-
« ciamenti. » (Saint Jean, 1, 27.)

Dans le mystère :

Venit talis,
Sotularis
Cujus non sum etiam
Tam benignus
Ut sim ausus [dignus?]
Solvere corrigiam.

VIRGILE.

Dans le sermon :

Jam nova progenies cœlo demittitur alto. (*Églogue* IV, vers 4.)

Dans le mystère :

Ecce polo demissa solo nova progenies est.

NABUCHODONOSOR.

Dans le sermon :

« Nonne tres viros misimus in fornace ligatos?... ego video
« quatuor viros solutos deambulantes in medio ignis et cor-
« ruptio nulla est in eis et aspectus quarti similis est Filio Dei. »
(Daniel, III, 91, 92.)

Dans le mystère :

Cum revisi
Tres quo[s] misi

Viros in incendium,
Vidi justis
Incombustis
Mixtum Dei Filium.
Viros tres in ignem misi,
Quartum cerno prolem Dei.

LA SIBYLLE.

Dans le sermon :

Judicii signum, tellus sudore madescet,
E celo rex adveniet per secla futurus,
Scilicet in carne presens ut judicet orbem, etc.

Dans le mystère :

Judicii signum, tellus sudore madescet,
E celo rex adveniet per secla futurus,
Scilicet in carne presens ut judicet orbem.

Il est, je crois, impossible de nier que les paroles mises dans la bouche des personnages ne soient presque identiquement les mêmes dans le mystère et dans le sermon.

Je dis, en cinquième lieu, qu'en comparant les deux textes on trouve un assez grand nombre de ressemblances de détail pour que les ressemblances déjà signalées acquièrent une force invincible.

En dehors même de l'identité des *rôles* que nous venons de constater, il y a entre les prophéties du sermon et celles du mystère de singulières ressemblances de détail, qu'on ne saurait attribuer au hasard et qui ne s'expliqueraient guère si l'on refusait d'admettre ce qui me semble à moi de toute évidence, c'est-à-dire que le mystère est issu du sermon. C'est ainsi que, pour plusieurs d'entre ces prophéties, le texte adopté et souvent modifié par le sermon a servi de transition entre le texte des livres saints et le texte rimé de la prophétie dans le mystère.

Je vais le prouver par des exemples. Si minutieux que puissent sembler ces détails, je ne les crois pas inutiles ; il ne faut pas dire de la critique ce que le proverbe dit du préteur : la critique a souci de tout et même *de minimis.*

C'est ainsi que les paroles mises dans la bouche de *Jérémie* sont, dans le mystère et dans le sermon, empruntées non au texte de ce prophète, mais à celui de Baruch (III, 36). Le texte même de Baruch a été légèrement modifié par l'auteur du sermon :

« Hic est Deus noster, dit Baruch, et non æstimabitur alius « *adversus* eum. » Le sermon change ces mots « *adversus eum* » en ceux-ci : « *absque illo*, » et le mystère suit la leçon du sermon :

> Sic est : hic est Deus noster,
> *Sine quo* non erit alter.

La prophétie d'Habacuc est empruntée au ch. III, v. 2 de ce prophète. Or on lit dans la Vulgate :

« ... Domine, opus tuum : in medio *annorum* vivifica illud. »

Le sermon, suivant la version d'Alexandrie : ἐν μέσῳ δύο ζώων γνωσθήσῃ, » fait dire au prophète : « in medio duum *animalium* cognosceris, » et le mystère, suivant la version du sermon :

> . . . inter duum
> Corpus *animalium*.

Daniel (IX, 24) dit dans la Vulgate :

« Septuaginta hebdomades abbreviatæ sunt... ut... impleatur « visio et prophetia, et ungatur Sanctus sanctorum. »

Le texte est bien modifié dans le sermon :

« Quum venerit, inquit, Sanctus sanctorum, cessabit unctio. »

Et le mystère, suivant non la Vulgate, mais le sermon :

> Sanctus sanctorum veniet
> Et unctio deficiet.

Enfin le sermon réunit, pour former la prophétie de David, le verset 1 du psaume CIX aux versets 28 et 29 du psaume XXI, et le mystère fait de même. Ce n'est pas le hasard qui produit de telles similitudes.

Je passe à un autre ordre de ressemblances, à celles qu'offre *l'évocation* des prophètes.

Moïse est interpellé ainsi dans le sermon :

« Dic, *Moïses legislator*..... »

Cette épithète de *legislator*, caractérisant Moïse, nous la retrouvons dans le mystère :

> *Legislator*, huc propinqua.

L'évocation du vieillard Siméon nous offre une similitude non moins remarquable :

« ... Symeonem sanctum in medio introducam... *cum iste senex*
« *admonitus esset a Spiritu sancto quod non ante moreretur*
« *quam videret Christum Dei natum...* », dit le sermon.

L'auteur du mystère n'a fait évidemment que rimer la phrase ci-dessus :

> Nunc Simeon adveniat
> Qui responsum acceperat
> Quod non haberet terminum
> Donec videret Dominum.

J'attache d'autant plus d'importance à ces deux dernières particularités que les paroles de l'évocation appartiennent en propre à l'auteur du sermon, et que si l'auteur du mystère les a imitées, c'est qu'il avait le sermon sous les yeux, c'est que le sermon était la *matière* de son drame rimé.

Je termine cet examen comparé des deux textes en exposant une dernière et frappante similitude, qui me donnera un argument de plus à l'appui d'une hypothèse que j'ai émise ci-dessus.

Les noms des prophètes *Isaias*, *Jeremias*, etc., se trouvent dans le sermon à leur place naturelle, c'est-à-dire dans l'évocation : « *Dic, Ysaia ; dic, tu, Jeremia,* » et la réponse est liée à la question par le mot *inquit*... « *Ecce*, INQUIT, *Virgo ; ... Hic est*, INQUIT, *Deus noster...* » Nous avons vu de plus que les mots *Isaias, Jeremias* sont répétés à l'encre rouge en marge du manuscrit 1018. Ils sont répétés, non en tête de la réponse, mais en tête de l'évocation, ce qui nous indique bien qu'il n'y avait pas de dialogue proprement dit. La prophétie d'*Isaie*, de *Jérémie*, etc., se composait en quelque sorte de la demande et de la réponse.

Dans le mystère au contraire le dialogue est évident, car, sans dialogue, le mystère n'aurait pas de raison d'être. Et cependant, en souvenir du temps où les *Prophètes du Christ* n'étaient qu'un sermon, une leçon de l'office de Noël ; où une seule voix était chargée, à l'aide de flexions et de changements de ton, d'exprimer tous les personnages ; où, *peut-être*, plusieurs voix se partageaient la lecture, mais sans constituer nettement un dialogue, le mystère place encore les noms des personnages en tête de l'évocation et relie la réponse à la question par le mot *Responsum* qui, seul, indique le dialogue et n'est que le mot *inquit* transformé, expulsé du texte et devenu rubrique. Exemple :

ISRAEL.

Israel, vir lenis, inque,
De Christo, quid nosti, firme.

Responsum.

Dux de Juda non tolletur
Donec adsit qui mittetur,
Salutare Dei verbum
Expectabunt gentes mecum.

MOYSES.

Legislator, huc propinqua,
Et de Christo prome digna.

Responsum.

Dabit Deus vobis vatem, etc.

et ainsi de suite. Le dialogue a triomphé, il a brisé les entraves
du monologue, du récit, mais il porte encore les traces de la
lutte; le drame est né, il est complet, mais sa forme rappelle
encore le temps peu éloigné où les *Prophètes du Christ* n'é-
taient déjà plus une simple leçon, mais n'étaient pas encore
un mystère.

Je termine donc l'examen comparatif des deux textes en répé-
tant cette proposition que je crois démontrée :

Le mystère ou trope dramatique des Prophètes du Christ *est
une transformation du sermon attribué à saint Augustin, qui
commençait par ces paroles : Vos, inquam, convenio, ò Judei,
et formait dans un grand nombre de diocèses, au moyen âge, une
des leçons de Noël.*

Il me reste, pour avoir achevé cette première partie de mon
étude, à dire quelques mots de ce premier mystère en lui-même,
à examiner brièvement sa nature, sa place dans la liturgie, la
façon dont il était représenté.

Et d'abord, quelle est sa nature ? J'ai déjà répondu plus haut
à cette question. Ce mystère n'est autre chose qu'un *trope dramatique* de la seconde époque, suivant la très-savante classifi-
cation de M. Léon Gautier, c'est-à-dire un cantique rimé et
dialogué, introduit dans la liturgie par interpolation et destiné
à allonger l'office de Noël.

Par là même, sa place dans la liturgie nous est indiquée. Ce trope en effet est un *trope du Benedicamus*, comme nous l'indique la rubrique qui le termine dans le ms. 1139 latin « *Hic incoant Benedicamus.* » Or le *Benedicamus* se chantait à la fin de chaque heure canoniale. Le mystère des *Prophètes du Christ* de Saint-Martial de Limoges a donc été représenté à la fin d'une des heures canoniales et probablement après tierce, comme le mystère plus développé de Rouen, ou après matines, ainsi que semble l'indiquer la place qu'occupait le sermon dans la liturgie. Quant au jour de la représentation, il n'est pas douteux, c'est le jour de Noël. La façon dont il était représenté, c'est-à-dire sa mise en scène, était fort simple, et n'avait pas atteint les prodigieux développements que nous lui verrons prendre dans la *Procession de l'Ane* de Rouen. Les rubriques de mise en scène sont totalement absentes dans le manuscrit 1139; on peut cependant les suppléer. Les moines, assis au chœur à leur rang et guidés par le préchantre, entonnaient l'invocation :

> Omnes gentes
> Congaudentes
> Dent cantum leticie! etc.

Puis le préchantre, debout au milieu du chœur, et se tournant successivement vers le demi-chœur de droite et vers le demi-chœur de gauche « *clero in duos ordines diviso*, » comme dit l'*Office du Sépulcre* de Kloster-Neubourg, chantait :

> O Judei,
> Verbum Dei...
> — Et vos gentes
> Non credentes...

Il interpellait ensuite un moine chargé du rôle d'*Israël*, et portant peut-être dès cette époque quelque insigne caractérisant ce personnage et lui chantait :

> Israël, vir lenis...

Le moine se levait, s'avançait au milieu du chœur et prophétisait :

> Dux de Juda non tolletur...

Et de même pour les autres prophètes, jusqu'au dernier. La

dernière prophétie achevée, toutes les voix, s'unissant, entonnaient le *Benedicamus* :

Letabundi jubilemus,
Accurate celebremus
Christi Natalitia.
Summa leticia
Cum gratia
Produxit,
Gratanter mentibus
Fidelibus
Inluxit.

Eructavit Pater Verbum,
Perdit hostis jus acerbum
Quod in nobis habuit,
Quod diu latuit
Tunc patuit
Arcanum,
Qui contra garriunt
Insaniunt
In vanum.

O re[s] digna predicari
Cui non valent comparari
Quantavis miracula !
Ferit virguncula
Per secula
Rectorem,
Conceptum edidit
Nec perdidit
Pudorem!

Nous venons d'assister à la naissance d'un mystère, nous
allons bientôt le voir grandir, se développer, se transformer ;
nous allons suivre l'idée et le texte primitifs dans la *Procession
de l'Ane* de Rouen, dans les deux drames de *Daniel*, dans le
drame d'*Adam*, dans la *Nativité* de Munich ; nous les verrons,
ici s'amplifier en élargissant la forme primitive, sans la rompre ;
là, briser le cadre du drame ancien pour se diviser en plusieurs
drames distincts ; ailleurs, servir de prologue à une des premières compilations des antiques mystères ; ailleurs encore servir
d'épilogue à un drame sorti de leur sein. Notre tâche ne sera

pas encore terminée. Nous pénétrerons résolûment dans le grand cycle dramatique du quinzième siècle; nous y étudierons les destinées de notre sermon devenu mystère. Là aussi nous le verrons se transformer plusieurs fois, et nous aurons le plaisir de démontrer scientifiquement que les *Prophètes du Christ* du onzième siècle ne sont autre chose que la rédaction première du mystère du *Vieux Testament*, tel qu'on le jouait au seizième; d'où il résultera que, depuis sa naissance au sein de l'Église jusqu'à sa chute à la Renaissance, le théâtre du moyen âge n'a cessé d'élaborer les mêmes idées, les mêmes textes sous l'influence de ces trois lois qui l'ont dominé :

1° *La loi d'assimilation et d'amplification;*
2° *La loi de désagrégation;*
3° *La loi d'agglutination ou de juxtaposition;*

lois qui, agissant en sens contraire, mais s'équilibrant de temps à autre, ont produit cette prodigieuse variété des textes dramatiques du moyen âge que la science peut et doit ramener à l'unité.

II.

DÉVELOPPEMENT PAR ASSIMILATION ET AMPLIFICATION.

Le drame des *Prophètes du Christ*, tel que nous l'avons vu à Saint-Martial de Limoges, n'était encore, à proprement parler, qu'un cantique dialogué ou, pour emprunter la savante définition de M. Léon Gautier, qu'un trope dramatique du *Benedicamus*. Cette courte pièce, telle qu'elle nous est parvenue dans le manuscrit 1139 du fonds latin à la Bibliothèque impériale, paraît remonter à la fin du onzième ou aux premières années du douzième siècle. Dès son apparition dans la liturgie, elle acquit une grande popularité et se répandit en peu d'années dans un grand nombre de diocèses et de monastères, ou plutôt, le sermon des *Prophètes du Christ* qui, comme nous l'avons dit, était lu à Noël dans un grand nombre d'églises, donna naissance, dans beaucoup d'endroits en même temps, à de petits drames, sinon identiques, au moins analogues, puisqu'ils sortaient de la même source et se développaient suivant les mêmes lois. On ne s'expliquerait point, sans cette popularité, comment nous retrouvons à Rouen ce même drame que nous avons laissé à Limoges, et comment, dans la suite de cette étude, nous le retrouverons plus loin encore, en Allemagne.

Le drame liturgique des *Prophètes du Christ* suivant l'usage de Rouen nous a été transmis par Du Cange, dans son glossaire, sous le nom de *Procession de l'âne* et au mot *Festum asinorum*. Ce nom, qui est exact, puisqu'il a été emprunté à l'*ordinaire* du diocèse, que nous ne possédons plus, mais que Du Cange a pu consulter, ne doit point toutefois nous faire illusion. L'âne ne figure dans ce drame que comme monture du prophète Balaam, et s'il a donné son nom à la procession tout entière, c'est que son introduction dans l'église est une innovation qui devait, à coup sûr, concentrer sur l'acteur aux longues oreilles les regards et l'attention des spectateurs. Cette remarque n'est point une épigramme. Comme on peut facilement s'en assurer en lisant le texte fort curieux que nous a légué Du Cange, l'âne s'acquittait de son rôle avec beaucoup de gravité et de décence, et de façon à ne scandaliser personne, même Dulaure, qui se scandalise facilement. Aujourd'hui que les progrès du scepticisme nous ont rendus fort susceptibles en matière liturgique, la présence d'un quadrupède quelconque dans nos temples ferait, je n'en doute pas, un très-mauvais effet et ne manquerait pas d'exciter les clameurs de ces publicistes qui ont d'autant plus souci de réformer les abus qui se peuvent glisser dans notre culte qu'ils y semblent moins intéressés. Mais on ne pensait pas de même aux douzième et treizième siècles, et l'on trouvait tout naturel, dès lors qu'on introduisait Balaam, de ne le pas priver de sa monture. Pour apprécier les faits nombreux qui, au premier abord, nous semblent choquants dans les mœurs du moyen âge, et qui pourtant ne choquaient point nos aïeux, il convient de se placer non au point de vue des idées modernes, mais au point de vue des idées du temps, et de se rappeler, comme nous y invite notre savant maître M. Félix Bourquelot [1], que la foi de nos ancêtres, plus robuste que la nôtre, était par là même moins timorée.

La *Procession de l'âne* de Rouen n'est donc autre chose qu'un

---

1. *Office de la fête des fous de Sens*, préface et notes. Sens. 1856.

drame des *Prophètes du Christ*. Mais en comparant ce drame à
celui de Saint-Martial, il est aisé de s'apercevoir qu'on a sous
les yeux deux documents, de même famille sans doute, mais qui
ne se peuvent classer au même degré. L'idée primitive, que la
liturgie de Saint-Martial avait empruntée au sermon que le
moyen âge attribuait à saint Augustin, s'est, à Rouen, prodigieu-
sement développée. Cela nous indique que la matière a subi un
nouveau travail de mise en œuvre, et que nous nous trouvons en
présence d'un drame liturgique de formation postérieure. Le
canevas du drame, qui n'est autre, comme nous l'avons constaté,
que le plan du sermon, prêtait singulièrement, par son élasticité,
à ce nouveau travail, à cette seconde mise en œuvre. En effet,
l'action consiste purement et simplement dans le défilé des prophètes qui viennent, chacun à son tour, réciter leurs prophéties.
Mais le nombre de ces prophètes, borné à une douzaine dans le
mystère de Saint-Martial, qui a été presque calqué sur le sermon,
peut facilement s'accroître à l'aide des livres saints et des commentaires dont ils ont été l'objet. Pour développer le drame,
sans en rompre le cadre, il suffit d'introduire un certain nombre
de prophètes jusqu'alors négligés, ce qui crée autant de rôles
nouveaux et permet au liturgiste d'allonger à son gré le poëme
primitif. Ainsi, à Saint-Martial de Limoges, nous avons vu défiler
*Israel, Moïse, Isaïe, Jérémie, Abacuc, Daniel, David, Siméon,
Elisabeth, saint Jean-Baptiste, Virgile, Nabuchodonosor* et la
Sibylle. A Rouen, *Israel* a disparu, mais nous trouvons en plus
*Amos, Aaron, Balaam, Samuel, Osée, Johel, Abdias, Jonas,
Michée, Naun, Sophonias, Aggée, Zacharie, fils de Barachias,
Ezéchiel et Malachie*. Nous trouvons aussi *Zacharie, père de saint
Jean-Baptiste;* mais comme ce prophète, absent dans le mystère
de Saint-Martial, était évoqué dans le sermon, nous ne le comp-
tons point en plus. Une preuve presque décisive qu'il y a eu un
second travail dramatique opéré sur le premier, en d'autres
termes, que le texte de Saint-Martial ou un texte presque identique a servi de base pour construire le drame de Rouen, qui n'est
ainsi que de seconde formation, c'est que, sauf pour *Moïse* et
Siméon, dont les prophéties ne sont point les mêmes dans les
deux textes, et pour *Nabuchodonosor*, dont le rôle s'est développé
jusqu'à former un petit drame dans le grand par une loi que
nous expliquerons tout à l'heure, les paroles prononcées par
ceux d'entre les prophètes qui ont un rôle dans les deux mystè-

res, et l'évocation qui leur est adressée, sont, pour ainsi dire, identiques. Cette identité saute d'autant plus vite aux yeux que le texte de Rouen nous a été transmis par Du Cange dans un état affreux et presque inintelligible, et qu'on ne parvient précisément à le corriger et à le compléter qu'à l'aide de la partie correspondante du texte de Saint-Martial. Exemple :

ISAÏE.

Texte de Rouen cité par Du Cange.

Ysaias, verum qui scit...
Est necesse virga Jesse...

Texte de S. Martial de Limoges d'après le Ms. 1139 *latin.*

Ysayas, verum qui scis,
Veritatem cur non dicis?...
Est necesse
Virga[m] Jesse
De radice prove[h]i etc.

JÉRÉMIE.

Texte de Rouen.

Qui vocaris Jheremias...
Sic est : hic est Deus noster...

Texte de S. Martial.

Huc accede, Jeremias,
Dic de Christo prophetias...
Sic est : hic est Deus noster,
Sine quo non erit alter.

DANIEL.

Texte de Rouen.

Daniel, judica voce prophetica...
Sanctus sanctorum veniet...

Texte de S. Martial.

Daniel, indica
Voce prophetica

Facta dominica...
Sanctus sanctorum veniet
Et unctio deficiet.

ABACUC.

Texte de Rouen.

Abacuc, regis celestis...
Opus tuum inter bini...

Texte de S. Martial.

Abacuc, regis celestis
Nunc ostende quod sis testis...
Et expectavi,
Mox expavi
Metu mirabilium,
Opus tuum
Inter duum
Corpus animalium.

DAVID.

Texte de Rouen.

Dic tu, David, de nepote causas...
Universus grex conversus adorabit Dominum...

Texte de S. Martial.

Dic tu, David, de nepote
Causas que sunt tibi note...
Universus
Grex conversus
Adorabit Dominum
Cui futurum etc.

ELISABETH.

Texte de Rouen.

Illud, Elizabeth, in medium...
Quid est rei quod me mei...

Texte de S. Martial.

Illud, Helisabeth, in medium
De Domino profert (profer) eloquium...

Quid est rei
Quod me mei
Mater Eri visitat etc.

S. JEAN BAPTISTE.

Texte de Rouen.

Dic, Baptista, ventris cista clausus...
Venit talis sotularis cujus non sum etiam...

Texte de S. Martial.

De [die], Baptista,
Ventris cista
    Clausus
    Quod dedisti
    Causa Christi
      Plausus;
Cui dedisti gaudium
Profert [profer] testimonium...
    Venit talis,
    Sotularis
Cujus non sum etiam etc.

VIRGILE.

Texte de Rouen.

Maro, Maro, vates gentilium, da Christo..
Ecce polo demissa solo...

Texte de S. Martial.

Vates Maro gentilium,
Dea [da] Christo testimonium...
Ecce polo demissa solo nova progenies est.

LA SIBYLLE.

Texte de Rouen.

Tu, tu, Sibylla, vates illa...
Judicii signum tellus sudore...

Texte de S. Martial.

Vera pande jam, Sibilla,
Que de Christo pre[s]cis signa...
Judicii signum, tellus sudore madescet.

On voit que, sauf de légères différences et une qui paraît peut-être un peu plus marquée dans l'évocation de la *Sibylle*, les deux textes sont, quant à ces rôles, absolument les mêmes. Cette identité prouve, d'une façon presque évidente, que l'un des textes a servi de modèle à l'autre; que comme le sermon avait été la matière du premier drame, ce premier drame a été la matière du second.

Ainsi le drame des *Prophètes du Christ* de Rouen est le développement du drame des *Prophètes du Christ* de Limoges ou d'un drame presque identique, et ce développement a consisté, en premier lieu, à introduire dans la procession de nouveaux prophètes et de nouvelles prophéties.

En second lieu, ce développement a consisté à créer, pour ainsi dire, de petits drames dans le grand en faisant représenter, au lieu de faire simplement réciter certaines prophéties. Je m'explique. *Nabuchodonosor* est appelé à rendre témoignage à Jésus. Que dit-il? que quand il eut fait jeter les trois jeunes Israélites dans la fournaise, il les vit sains et saufs au milieu des flammes, et avec eux un quatrième personnage qu'il appelle le Fils de Dieu. Au lieu de ce récit, nous aurons dans le drame de seconde formation une petite scène dialoguée représentant l'aventure des trois jeunes Israélites qui, refusant d'adorer les idoles, sont jetés dans la fournaise par l'ordre du roi, puis en sortent sains et saufs. Comparons les deux textes:

Texte de S. Martial.

NABUCODONOSOR.

Age, fare, os laguene,
Que de Christo nosti vere.

Responsum [1].

Nabucodonosor, propheti[z]a,
Auctorem omnium auctorisa.

Responsum.

Cum revisi
Tres quos misi

1. Malgré la rubrique *Responsum*, ces deux vers ne sont, on le voit, qu'une variante des deux précédents.

Viros in incendium,
Vidi justis
Incombustis
Mixtum Dei Filium;
Viros tres in ignem misi,
Quartum cerno, prolem Dei.

Texte de Rouen.

... *Interim* NABUCHODONOSOR, *quasi rex paratus, ostendens imaginem duobus armatis dicat :*

Huc venite, vos, armati ...

Tunc ARMATI *ostendant imaginem tribus pueris, dicentes :*

Huic sacro
Simulacro ...

Tunc PUERI *imaginem respuentes, dicant :*

Deo soli
Digno coli ...

Hoc audito, ARMATI *pueros ducant regi, dicentes :*

Quia tuum
Stabilitum
Non timet is ...

Tunc ostendant pueros regi, dicentes :

Rex, tua salventur ...

Tunc REX *iratus dicat :*

Ergo tales assumantur ...

Tunc ARMATI *ducant pueros ad fornacem, dicentes :*

Reos digno
Jam in igne ...

Tunc mittantur pueri in fornace, et accendatur. At ILLI *facti liberi
dicant :*

Benedictus es, Dominus ...

REX *hoc audiens, admiratus hoc, dicat :*

En quid cantant illi tres ...

ARMATI *dicant :*

> Deum laudant ...

Tunc VOCATORES *dicant regi :*

> Puerum cum pueris, Nabuchodonosor ...

REX *fornacem ostendens, dicat :*

> Tres in igne positi pueri ...

Le rapprochement de ces deux textes fait immédiatement comprendre quel travail a subi le drame primitif, et comment, farciture de l'office, il a été, en quelque sorte, farci à son tour.

Quoique dans une proportion moindre, le rôle de *Balaam* s'est
également développé jusqu'à devenir un petit drame. Or *Balaam*
ne figurait point dans le drame de Saint-Martial de Limoges. En
faut-il conclure que les deux procédés de développement, l'un
consistant à introduire de nouveaux prophètes, et l'autre à amplifier certaines prophéties en les dramatisant, ont été employés
simultanément pour former le drame de Rouen, et qu'ainsi, en
introduisant *Balaam* dans la *Procession de l'âne*, on a, de prime
abord, introduit avec lui le petit drame auquel sa prophétie
donne lieu? Ou faut-il penser, au contraire, que le texte transmis
par Du Cange est le résultat de remaniements successifs, et qu'on
a d'abord introduit de nouveaux prophètes, puis, plus tard, dramatisé certaines prophéties? C'est ce qu'il est assez difficile de
décider. Mais, quoi qu'il en soit, la scène de *Balaam*, telle que
nous la trouvons à Rouen, n'est que de seconde formation, par
rapport au rôle primitif de *Balaam* dans la scène des *Prophètes
du Christ*, car nous possédons d'autres versions de cette scène,
où *Balaam* se borne purement et simplement à réciter sa prophétie. Le drame de Rouen n'est donc, quant à la scène de *Balaam*,
que de troisième formation.

Nous avons en effet :

1° Le drame primitif, immédiatement sorti du sermon, et d'où
Balaam est absent.

2° Le drame de seconde formation, où *Balaam* apparaît et se
borne à réciter sa prophétie.

3° Le drame de troisième formation, où la prophétie de *Balaam*
est devenue un petit drame dans le grand.

Le drame primitif est représenté pour nous par le texte de

Saint-Martial de Limoges, qui est le plus ancien que nous possédions.

Nous n'avons point d'exemple absolument exact du drame de
seconde formation, mais le drame d'*Adam*, sur lequel nous revien-
drons, et qui, sous d'autres rapports, est à plusieurs échelons plus
bas que le texte de Rouen dans cette longue série de degrés qui
va du trope dramatique au mystère laïque, peut, quant au rôle
de *Balaam*, remplacer le drame de seconde formation que nous
ne possédons pas. Ce rôle, dans le drame d'*Adam*, est en effet demeuré, pour ainsi dire, en son état primitif, c'est-à-dire tel qu'il
avait été introduit à l'origine dans la procession des prophètes.

Rôle de BALAAM *dans la procession des prophètes du drame d'*ADAM.

« ... *Post hunc veniet* BALAAM, *senex largis vestibus indutus, sedens
super asinam, et veniet in medium et eques dicat propheciam suam :*

Orietur stella ex Jacob, et consurget virga de Israel, et percusciet duces
Moab, vastabitque omnes filios Seth ... »

Le drame de troisième formation est, avons-nous dit, quant
au rôle de *Balaam*, le texte de Rouen.

Texte de Rouen.

« ... *Duo missi a rege Balec dicant :*

Balaam, veni et fac.

Tunc BALAAM *ornatus, sedens super asinam, habens calcaria, reti-
neat lora, et calcaribus percutiat asinam, et quidam juvenis, tenens
gladium, obstet asinæ.* QUIDAM *sub asina dicat :*

Cur me calcaribus miseram sic læditis ?

Hoc dicto, ANGELUS *ei dicat :*

Desine regis Balac præceptum perficere.

VOCATORES *Balaam :*

Balaam, esto vaticinans.

Tunc BALAAM *respondeat :*

Exibit ex Jacob rutilans. ... »

Enfin l'introduction au drame, c'est-à-dire l'annonce de la naissance du Christ et l'invitation adressée aux Juifs et aux Gentils de reconnaître le Messie annoncé par les prophètes dont ils vont entendre les témoignages, a été elle-même amplifiée et dramatisée. En comparant les deux textes nous constaterons une fois de plus que le drame de Saint-Martial ou un drame presque identique a servi de base au drame de Rouen.

Texte de S. Martial.

> Omnes gentes
> Congaudentes
> Dent cantum leticie!
> Deus homo fit etc.

> O Judei
> Verbum Dei etc.

> Et vos gentes
> Non credentes etc.

Texte de Rouen.

« *Processio in medio ecclesiæ stet*, *et sex* JUDÆI *sint ibi parati, et ex altera parte* GENTILES, *et omnes gentes vocent ita* VOCATORES :

> Omnes gentes … Dominus homo fit …

Hic vertant se VOCATORES *ad Judæos :*

> O Judæi, Verbum Dei …
> Vestre legis testes …

JUDÆI *respondeant :*

> Nos mandatum vobis …

VOCATORES *ad Gentiles dicant :*

> Et vos, gentes non credentes …

GENTILES *respondeant :*

> Deum verum, regem rerum [regum?] [1] … »

1. Cette correction est de Du Cange.

On voit qu'il s'établit ici une sorte de dialogue entre les *vocatores*, évocateurs, qui représentent, en quelque sorte, dans ce drame le pseudo-Augustin auteur du sermon, et les Juifs. Nous signalons cette particularité, que nous retrouverons ailleurs sous une forme plus singulière et plus frappante.

La comparaison que nous venons de faire entre le drame de Saint-Martial et le drame de Rouen nous autorise, ce semble, à formuler les conclusions suivantes que nous rattachons aux conclusions précédemment tirées de la comparaison du drame de Saint-Martial avec le sermon *Vos, inquam, convenio, o Judei* :

1° *D'un sermon qui était récité à Noël dans un grand nombre de diocèses et de monastères et dont la forme était dramatique, est né, sous l'influence de ce mouvement général qui, du dixième au onzième siècle, poussait le culte vers le théâtre, un véritable petit drame dialogué par des acteurs ecclésiastiques au sein de l'église et ayant une place dans la liturgie de Noël, comme le sermon d'où il était issu ;*

2° *De ce premier drame ou d'un drame presque identique est né, sous l'influence d'une loi que nous appelons d'*ASSIMILATION ET D'AMPLIFICATION, *et dont le texte de Rouen nous a montré les phénomènes, un second drame, beaucoup plus développé dans son texte et dans le nombre de ses personnages, mais encore dialogué au sein de l'église, mais conservant encore un aspect incontestablement liturgique.*

Toutefois, même au point de vue de la liturgie, il existe une différence notable entre le drame de Saint-Martial et celui de Rouen, et il est temps de la faire ressortir en étudiant et en résolvant, autant qu'il est en nous, les principales questions que soulève la mise en scène des *Prophètes du Christ* de Rouen.

Dès les premières lignes du texte publié par Du Cange une observation nous frappe et nous semble de nature à caractériser ce drame, au point de vue de la liturgie.

« *Nota, cantor,* dit la rubrique de l'*ordinaire de Rouen, si* FESTUM ASINORUM *fiat, processio ordinetur post tertiam. Si non fiat festum, tunc fiat processio, ut tunc prænotatur…* »

Ainsi la procession des prophètes, quand elle avait lieu, se mettait en marche après tierce ; mais elle n'était pas indispensable à la solennisation de la fête de Noël ; elle n'avait point pris force de loi dans le diocèse, comme beaucoup d'autres coutumes, telles par exemple que la scène de l'*Adoration des Bergers* et la scène de la *Visite au Sépulcre*, au sujet desquelles l'ordinaire s'exprime d'une façon impérative :

« *Finito* Te Deum láudamus, *peragatur* OFFICIUM PASTORUM *hac modo secundum Rothomagensem usum* [1] ... »

« *Finito tertio Responsorio*, OFFICIUM SEPULCHRI *ita celebratur* [2] ... »

S'il ne convenait point à l'évêque, au chapitre, ou même au simple clergé que la procession fût dramatique cette année-là, on la remplaçait par une procession ordinaire, « *tunc fiat processio ut tunc prænotatur.* »

Ainsi un premier caractère du drame de Rouen, au point de vue qui nous occupe, c'est d'être essentiellement facultatif ; de ne s'imposer pas au clergé ; de dépendre en un mot du bon plaisir des acteurs principaux et quelque peu aussi sans doute de la bonne volonté et de la bonne conduite des spectateurs. L'année d'auparavant, cette procession aux costumes variés, ces sortes de décors que l'on disposait dans l'église, l'âne surtout, ce nouvel acteur, cet intrus de la liturgie dramatique, avaient-ils excité trop de tumulte, trop de rires, et même donné lieu à des propos inconvenants pendant l'office, quoique rien, à vrai dire, n'y prêtât dans la pièce, sinon une certaine exubérance de mise en scène ; alors, quand revenait l'anniversaire consacré à ces joies chrétiennes, quand décembre ramenait Noël, on supprimait le jeu des prophètes, et c'était une sorte d'avertissement et de punition.

Sans affirmer que le trope dramatique de Saint-Martial fût aussi formellement obligatoire que l'*Office du Sépulcre* ou celui des *Pasteurs*, qui étaient devenus une partie intégrante et quasi nécessaire de la liturgie de Pâques et de Noël, on peut croire cependant, eu égard à sa forme beaucoup plus simple et, par conséquent, se rapprochant beaucoup plus des chants ordinaires du clergé dans les églises, qu'il était aussi d'un usage moins discutable et moins facultatif que le drame de Rouen ; en d'autres termes, qu'à Saint-Martial et dans les autres églises qui paraissent l'avoir de prime abord adopté, il était entré plus avant dans les coutumes liturgiques et semblait moins une superfétation, un superflu que l'on pouvait retrancher, si les inconvénients s'en faisaient trop vivement sentir. C'est là une différence qu'il im-

1. Du Cange, au mot *Pastor.*
2. Du Cange, au mot *Sepulchrum.*

porte de noter, parce que le caractère plus ou moins obligatoire des drames qui avaient place dans la liturgie est l'une des nuances, souvent difficiles à saisir, qui servent à distinguer le mystère *liturgique* de cette espèce de transition à laquelle, le premier, j'ai cru devoir imposer le nom de mystère *semi-liturgique*, indiquant par là une sorte de mélange, de compromis, si l'on veut, où se confondent encore le culte et le drame proprement dit, bien que ce dernier tende visiblement à s'émanciper et à rompre les liens qui le retiennent au sein de cette liturgie où il a pris naissance.

Cette différence entre les deux drames, dont l'un a cependant servi de cadre ou de canevas à l'autre, deviendra de plus en plus saillante à mesure que nous parcourrons les parties principales de la mise en scène des *Prophètes du Christ* de Rouen.

Une observation se présente tout d'abord à notre esprit. Cette mise en scène, nous avons dû la supposer pour le drame de Saint-Martial ; le manuscrit qui nous avait fourni le texte ne nous offrait aucun renseignement à ce sujet, aucune de ces rubriques si précieuses, qui nous permettent de rendre le mouvement même et la vie à ces vieux drames ; de les évoquer, en quelque sorte, de leurs parchemins desséchés, pour les replacer dans les cathédrales et leur faire recommencer sous nos yeux toutes les évolutions scéniques qu'ils accomplissaient il y a sept cents ans. Au contraire, l'*ordinaire* de Rouen, qu'a consulté Du Cange, et qui nous donne un texte si mutilé et si peu intelligible, est fort explicite sur les moindres détails de la mise en scène. Costumes, décors, mouvements et jeux de scène, il n'oublie rien, tout est minutieusement relaté. Un livret d'opéra de nos jours est à peine plus exact. Tout en tenant compte de la différence existant entre un *tropaire* destiné à régler le chant et, par conséquent, devant contenir les paroles plutôt que la mise en scène, et un *ordinaier*, destiné à régler l'ordre des cérémonies, et, par conséquent, devant donner le détail de la mise en scène et pouvant, au contraire, se borner à rapporter les premiers mots de chaque rôle, il est impossible de ne remarquer pas cette absence de rubriques dans le drame des *Prophètes du Christ* de Limoges [1], le drame de l'*Époux* (inexactement nommé mystère des *Vierges sages et*

---

1. La seule rubrique est celle-ci, que l'on trouve à la fin du drame et qui est plutôt une instruction musicale qu'une note de mise en scène : « *Hic incoant Benedicamus.* »

des Vierges folles) qui nous a été transmis par le même tropaire, en contenant du moins une ou deux : « *Modo veniat Sponsus... Modo corripiant eas demones et precipitentur in infernum.* » Il semble assez naturel de conclure que la mise en scène était fort peu de chose à Saint-Martial, et ne demandait point, pour qu'on en gardât la tradition fidèle, à être conservée par l'écriture. La mémoire des chanoines suffisait. En effet des costumes peu différents des vêtements ordinaires des ecclésiastiques au chœur, ne s'en distinguant même que par quelque insigne de convention qui servait à caractériser le personnage; de décors, point; nulle autre évolution scénique que de s'avancer à l'appel du préchantre, de débiter son rôle au milieu du chœur, puis de s'éloigner pour faire place au prophète suivant ; telle était, telle paraît, du moins, avoir été toute la mise en scène du drame de Saint-Martial. Cette mise en scène est autrement compliquée, nous l'allons voir, dans le drame de Rouen.

Nous nous poserons sur la mise en scène de ce mystère les questions suivantes :

Quels étaient les acteurs?

Quels étaient le jour et l'heure de la représentation?

Quelle était la scène?

Quels étaient les décors?

Quels étaient les costumes?

Quels étaient les évolutions des personnages et les jeux de scène?

Enfin, en dernier lieu, quels étaient les spectateurs et que venaient-ils chercher dans ce spectacle?

Les acteurs, ce semble, étaient des clercs. Tout au moins c'étaient des clercs qui dirigeaient la procession, « *duo clerici de secunda sede in cappis processionem regant.* » Mais du caractère même, essentiellement facultatif, du drame de Rouen, il résulte que ces clercs, eux aussi, étaient des acteurs facultatifs; on les désignait non à tour de rôle, comme pour un office, mais au choix et, sans doute, en tenant compte de leurs aptitudes plus ou moins grandes à jouer le drame. C'étaient déjà des *comédiens* autant que des *célébrants*. Ici encore il est une nuance qui distingue le drame de Rouen du trope dramatique de Saint-Martial. Issu du sermon, celui-ci gardait encore quelque chose d'une leçon ; c'était même, à bien prendre, une leçon figurée et chantée, au lieu d'être simplement récitée à une ou à plusieurs voix. Ceux qui figuraient et chantaient ces prophéties mises en rimes étaient encore des *officiants*, comme ceux qui se bornaient à les réciter sous leur forme primitive dans le sermon *Vos, inquam, convenio, o Judei*. Sans doute, on s'apercevait déjà bien qu'on donnait un spectacle (et même, pour dire ici toute ma pensée, j'ajouterai que, quand je parle du drame qui est le plus près de l'office, mon esprit se reporte à une forme antérieure au texte de Saint-Martial et qui a servi de transition entre ce texte et le sermon, forme que j'entrevois à travers les surcharges et les vers latins rimés, et que j'essayerai peut-être un jour de restituer, mais dont, pour le moment, je suis contraint de transporter les caractères à la plus ancienne forme que nous possédions), mais ce spectacle n'était pas nettement distingué des autres cérémonies de l'église; de même qu'il est un moment dans l'histoire du théâtre grec où le dithyrambe passe encore pour un hymne, le chœur tragique pour un chœur sacré, quoique l'un et l'autre soient déjà la tragédie. A Rouen, au contraire, on sait fort bien qu'on joue un drame, on le sait si bien qu'on le supprime quand il est gênant; les clercs savent fort bien qu'ils sont des comédiens : et cependant le drame se joue encore de la même manière que se célèbre l'office; les *acteurs* agissent encore comme des *officiants*. C'est là un des traits qui permettent de reconnaître le mystère *semi-liturgique*. Il est possible même, et cela n'aurait rien de surprenant à mes yeux, que des laïques aussi aient pris part à la représentation, par exemple dans les rôles secondaires, comme ceux des *gardes* de *Nabuchodonosor* ou des *envoyés* du roi *Balec*. La conjecture la plus vraisemblable serait peut-être celle qui composerait la troupe de clercs[1] du second degré pour les rôles principaux, et d'étudiants des écoles épiscopales, qu'on regardait presque comme des clercs, pour les autres rôles.

Nous n'avons pas lieu d'insister longuement sur le jour et l'heure de la représentation. Le texte nous indique positivement que la *Procession de l'âne* faisait partie de l'office du jour de Noël et qu'elle se mettait en marche après tierce.

La scène était la nef de la cathédrale. Le drame s'enhardissait: sortant du chœur, il marchait en avant et se dirigeait vers la grande porte. Il ne la franchissait point encore.

Dans cette nef il disposait déjà des décors ou, si l'on aime

1. On entend suffisamment que, par ce mot *clercs*, je désigne des *ministres* attachés au service de la cathédrale. Je prends ce mot dans son sens restreint.

mieux, un appareil scénique, premier germe de la somptueuse mise en scène des grands mystères laïques du quinzième et du seizième siècle. Au milieu de la nef était figurée une fournaise au moyen de linge et d'étoupes qu'on devait enflammer au moment voulu, « *fornace in medio navis ecclesiæ linteo et stuppis constituta.* » Non loin de cette fournaise était sans doute disposé un siége où devait trôner *Nabuchodonosor* lorsque son tour de prophétiser serait venu, et peut-être, à quelque distance, trois siéges pour les *trois jeunes Israélites.* Il fallait aussi de chaque côté de la fournaise des siéges pour les *Juifs* et des siéges pour les *Gentils.*

Voici comment notre texte nous décrit les costumes et les attributs des prophètes :

Moïse tient d'une main les tables de la loi ouvertes; de l'autre, une verge; il est vêtu d'une aube et d'une chape, a des cornes au front et une longue barbe.

Isaïe est barbu, vêtu d'une aube, une étole rouge ceint son front.

Aaron a les ornements épiscopaux; il est mitré, barbu, et tient en main une fleur.

Jérémie a des vêtements sacerdotaux, une barbe, à la main un rouleau de parchemin.

. *Daniel* est en tunique verte, « *viridi tunica,* » son visage a l'air jeune [1]; il tient une pique.

Abacuc est un vieillard boiteux, vêtu d'une dalmatique, ayant dans une besace des racines et de longues palmes dont il fait semblant de manger, tenant un fouet pour châtier les nations, « *habens unde gentes percutiat.* »

Balaam bien vêtu, « *ornatus,* » est monté sur son âne; il a des éperons à ses souliers.

Samuel est vêtu en religieux, « *religiose indutus.* »

David a les ornements royaux.

Osée est barbu.

Johel a des ornements variés, « *diversum habens cultum;* » il est barbu.

Abdias est comme *Johel.*

Jonas est chauve, vêtu d'une aube.

---

1 Cf. avec le sermon l'*os inquam* : « Veniat et ille DANIEL sanctus, *juvenis quidem etate, senior vero scientia ac mansuetudine.* »

Michée est comme *Abdias et Johel.*

Naun a l'air d'un vieillard.

Sophonias est barbu.

Aggée semble vieux.

Zacharie, fils de Barachias, est barbu.

Le texte ne nous indique ni l'aspect d'*Ezéchiel*, ni celui de *Malachie*.

Zacharie, père de saint Jean-Baptiste, est costumé en Juif, « *ornatus sicut Judeus.* »

Élisabeth est vêtue de blanc et paraît enceinte, « *quasi prægnans.* »

Saint Jean-Baptiste est nu-pieds, il tient en main le texte de l'évangile, « *tenens textum.* »

Cet attribut est singulier. Il est cependant difficile d'admettre que le liturgiste, ordonnateur de cette mise en scène, ait confondu saint Jean-Baptiste avec l'apôtre saint Jean. Ce détail répond peut-être à l'une de ces mille allusions liturgiques dont nous n'avons plus l'idée, mais que tout le monde comprenait au moyen âge [1].

Siméon est un vieillard.

Virgile a les vêtements d'un jeune homme, il est bien habillé, « *in juvenili habitu, bene ornatus.* »

Nabuchodonosor est paré des insignes de la royauté; il tient en main la statuette d'une idole.

La *Sibylle* porte une couronne et est vêtue d'habits de femme, « *coronata et muliebri habitu ornata.* » Ce personnage était donc joué par un homme, car, sans cela, l'indication *muliebri habitu* serait évidemment superflue.

Outre le costume des prophètes, nous remarquerons celui des *gardes de Nabuchodonosor* qui nous est indiqué par cette rubrique *armati*. Ils étaient sans doute costumés en hommes d'armes du temps, portant, par exemple, au douzième siècle, la cotte de maille ou haubert, le heaume en tête, l'épée au flanc; tenant d'une main le bouclier, de l'autre la lance. Peut-être cependant étaient-ils simplement vêtus, comme les militaires d'ordre inférieur, de l'ancien vêtement franc, avec le chapeau de fer en gui-

---

1. Peut-être répond-il tout simplement au début de l'évangile de saint Jean où est caractérisé le rôle du précurseur. Saint Jean-Baptiste, prophète de la nouvelle loi, tient en main le texte de l'évangile et est ainsi opposé à Moïse, qui tient les tables de l'ancienne loi.

se de casque. Peut-être même étaient-ils simplement habillés en
clercs et leur épée seule indiquait-elle leur fonction. Au quinzième siècle, dans les grands mystères, les satellites des tyrans sont
généralement armés comme des chevaliers, ce qui me fait penser
qu'il en pouvait être ainsi antérieurement à cette époque. Quoi
qu'il en soit, l'introduction de ces gardes, comme celle de l'âne,
indique bien la tendance à transformer l'office dramatique en
drame proprement dit.

Les évolutions des personnages et les mouvements scéniques
ne sont pas moins curieux et moins significatifs que les costumes.
C'est, comme on va le voir, un singulier mélange de la marche
réglée par le processionnal et du *jeu* dramatique. La procession
s'accommode au drame, mais, en revanche, il faut que le drame se
plie aux exigences de la procession ; de même que nous venons
d'assister à un compromis entre les vêtements sacerdotaux pres-
crits par le rituel, qui, nécessairement, entraînent une certaine
uniformité, et les costumes dramatiques, qu'il faut varier suivant les personnages, et qui réclament toujours un peu de ce que
nous appelons, dans notre langage actuel, la *couleur locale*.

La procession part du cloître, c'est-à-dire de cette cour enca-
drée de portiques qui s'étendait sur l'un des flancs de l'église et
où régnaient, au premier étage, les logements des chanoines,
fait le tour du parvis et pénètre dans l'église par la grande porte
occidentale [1]. Les prophètes marchent un à un, suivant l'ordre
où ils doivent être évoqués ; deux clercs du second siége les gui-
dent, en chantant un verset auquel répond le chœur, c'est-à-dire
les chantres et le clergé. Le cortége s'avance jusqu'au milieu de
la nef où a été disposée la fournaise et où se tiennent d'un côté
six *Juifs*, de l'autre six personnages représentant les *Gentils*.
Après que les deux clercs qui jouent le rôle *d'évocateurs* ont successivement interpellé les uns et les autres et reçu leur réponse,
ils commencent l'évocation des prophètes, qui s'avancent tour à
tour, récitent leur prophétie, puis, faisant place à leur succes-
seur, sont conduits derrière la fournaise, « *ultra fornacem*, »
par les évocateurs dont la voix s'élève, s'adressant à l'assemblée :

---

1. Telle est aussi la voie que suit le cortége dans l'*Office de la Présentation*,
par Philippe de Maizières. Cet office est un document des plus précieux pour l'histoire
de la mise en scène. Notre confrère et ami M. Anatole Lefoullon se propose de le pu-
blier d'après le mss. Célestins 15, B. I.

Iste cœtus
Psallat lætus !

Tandis que le chœur entonne :

Quod Judæa [1] ...

Quand c'est le tour de *Balaam*, ce prophète s'avance, assis
sur son âne, les rênes en main. Tout à coup l'animal s'arrête ;
en vain les coups redoublés de l'éperon déchirent son flanc ; il ne
peut continuer sa route. Un jeune homme (figurant l'ange) lui
porte un glaive au museau. La pauvre bête se plaint d'une voix
lamentable (celle d'un acteur caché sous le corps de l'animal et
dissimulé par quelque housse qui couvrait l'âne). L'ange parle
à *Balaam* qui, sur l'ordre des évocateurs, récite sa prophétie, et
va, derrière la fournaise, rejoindre ses prédécesseurs, tandis
qu'après ce petit drame le défilé recommence.

Bientôt arrive *Nabuchodosor*, qui prend place sur son trône
non loin de la fournaise et mande ses deux satellites. Il leur con-
fie la petite statuette qu'il tient en main pour qu'ils aillent l'offrir à l'adoration des trois jeunes Israélites. Ceux-ci refusant
d'accomplir cet acte d'idolâtrie, sont amenés par les gardes devant
le roi, qui ordonne purement et simplement qu'on les jette dans
la fournaise qui les attend depuis le commencement du drame.
Le linge et les étoupes s'allument, la flamme brille au milieu de
la nef, et la fumée monte vers les voûtes de la cathédrale. Au
milieu de ce tourbillon on entend le cantique des jeunes martyrs
qui demeurent sains et saufs. Le roi, fort étonné, s'entretient de
ce miracle avec ses satellites, et enfin prophétise, sur l'ordre des
évocateurs. Après quoi, il s'éloigne avec son idole, ses deux
gardes et ses trois victimes.

Quand la *Sibylle*, qui ferme la marche dans la procession des
prophètes, a récité les *signes du jugement*, les deux clercs du
second rang reprennent la tête du cortége qui, remontant la nef,
se dirige lentement vers le chœur. Les prophètes se retournant

[1].   O Judea,
Incredula
Cur adhuc manes inverecunda ?
(Texte de S. Martial , mss. 1139 f.)

ensuite vers les fidèles ou montant au jubé, quand il y eut un jubé [1], entonnent ces vers :

> Hortum prædestinatio
> Parvo sabbati spatio [2] ...

Quand ce chant est terminé, le chantre commence, à l'entrée du chœur, le répons *Confirmatum est cor virginis*, puis les prophètes qui, durant la messe, doivent guider le chœur, « *regentes chorum secundum suum ordinem*, » entonnent avec les ministres, « *ministri*, » l'introït, le Kyrie et le Gloria, « *Puer natus, Kyrie et Gloria*. »

La nature de cette représentation, le texte et la mise en scène de ce drame, l'un et l'autre encore incontestablement liturgiques, d'une part; d'autre part, les traits remarquables qui le distinguent et établissent une séparation très-nette entre ce mystère et le trope dramatique de Saint-Martial; le développement du dialogue et des procédés scéniques, l'ampleur du jeu, la part très-large faite au plaisir des yeux par la variété des costumes, l'émotion qu'on s'efforce d'exciter par des moyens matériels, et, si j'ose dire, des *trucs*, ingénieux déjà, comme cette fournaise qui s'allume en pleine église, le rire même qu'on ne craint plus de provoquer, pourvu qu'il soit décent, par l'introduction de l'âne dans le sanctuaire : en un mot, le double caractère de la *Procession de l'âne* de Rouen, tout à la fois office et drame tendant à se séparer de cet office qui l'étreint encore, nous indique suffisamment quels étaient les spectateurs et ce qu'ils venaient chercher dans ce spectacle.

Les spectateurs étaient encore des fidèles, ils venaient encore chercher dans la cathédrale l'enseignement, l'édification accou-

1. Le texte indique positivement ce jubé, « *in pulpito* », ce qui prouve que l'*ordinaire* consulté par Du Cange n'était au plus que de la seconde moitié du quatorzième siècle; mais cela n'empêche point que la *Procession de l'âne* ne soit probablement de deux siècles au moins plus ancienne. Les scènes de ce genre se perpétuèrent dans les églises pendant tout le moyen âge et même au delà. Elles se transmirent d'ordinaire en ordinaire, et pour fixer leur date approximative, c'est à leur forme même qu'il se faut reporter et non à l'âge du manuscrit auquel on les emprunte.

2. Cette prose se trouve tout au long dans l'*Office du Sépulcre* suivant l'usage de Sens, publié par M. Ed. du Méril dans ses *Origines latines du théâtre moderne*. Elle se rapporte en effet beaucoup mieux à l'office de Pâques qu'à celui de Noël, et sa présence ici nous révèle, une fois de plus, le relâchement des règles liturgiques qui gouvernaient le drame primitif.

tumés. Jadis, ils écoutaient, recueillis et prêtant une attention
pieuse à la voix du lecteur ou des lecteurs, le sermon où Augustin, évoquant de sa voix doctorale les prophètes endormis
dans le tombeau, introduisait ces fantômes, pour les faire défiler
devant les Juifs consternés, auxquels chacun d'eux, à son tour,
venait jeter son accablant témoignage. Avec la même attention,
avec le même recueillement, ils écoutèrent plus tard le trope de
Saint-Martial où ces prophètes, se dressant en chair et en os dans
le chœur de l'abbaye, venaient affirmer en personnes, et non plus
par une voix ou des voix empruntées, la vérité de l'Évangile :
mais à cette attention, à ce recueillement se mêlait déjà un peu
de curiosité. A Rouen, certes, l'attention pieuse, le recueillement
existent encore, mais comme la curiosité a grandi! Elle s'est
accrue au point de troubler parfois la piété par ses étonnements,
ses rires, ses clameurs soudaines, au point d'obliger le clergé, à
qui cependant ces représentations liturgiques sont si chères,
parce qu'il les a créées, parce qu'elles ont grandi sous sa tutelle,
proche de l'autel, à l'ombre du sanctuaire, de les suspendre de
temps à autre, de se priver et de priver son auditoire de ces
scènes pieuses, pour éviter le scandale, pour préserver l'office
divin de toute souillure, jusqu'à ce que des promesses sincères
de bon ordre, de silence et de respect lui permettent de les recommencer. Les spectateurs du mystère des *Prophètes du Christ*
de Rouen sont encore des fidèles, mais ce sont aussi des curieux.
Le drame est encore un office, mais il est déjà un spectacle, un
spectacle facultatif et qu'on distingue très-nettement des autres
cérémonies liturgiques. Nous avons sous les yeux un des plus
curieux exemples du mystère semi-liturgique représenté dans
l'église.

La loi *d'assimilation et d'amplification* nous a montré ses phénomènes; il est temps de passer à une seconde loi, à d'autres
phénomènes, à des formes nouvelles.

III.

DÉSAGRÉGATION.

Si, reprenant l'étude du mouvement dramatique qui transfor-
mait la légende des *Prophètes du Christ*, sortie du sermon attri-

bué à saint Augustin, au point où nous l'avons laissée, c'est-à-
dire au moment où la prophétie de *Nabuchodonosor* et celle de
Balaam se changeaient en deux petits drames compris dans le
grand, nous essayons de nous rendre compte de la marche que
ce mouvement a dû suivre, le raisonnement nous indique qu'il
a dû exercer la même influence sur d'autres prophéties et leur
faire subir la même transformation. Le liturgiste qui, dans tel ou
tel diocèse, se chargeait de remanier l'ancien drame, c'est-à-dire
de l'amplifier, parce qu'il ne suffisait plus à la curiosité de plus
en plus grande des spectateurs, usa de ce procédé commode : au
lieu de se borner à faire successivement réciter leurs prophéties
aux prophètes qu'il mettait en scène, il replaça plusieurs d'entre
eux au milieu des circonstances les plus frappantes de leur existence, les entoura des personnages contemporains avec qui ils
avaient eu des rapports demeurés célèbres, et, si j'ose m'exprimer ainsi, les força de recommencer, pour le plaisir et l'édification de l'auditoire, les scènes de leur vie passée qui lui semblaient les plus propres à mettre en lumière leur caractère de
prophètes du Christ. Il résulta de cette tendance, qui s'accusa de
jour en jour davantage, une série de petits drames qui s'agran-
dissaient et se développaient au sein de l'action primitive, par les
mêmes procédés qui l'avaient elle-même développée et agrandie.
Mais à mesure que ces scènes secondaires, que ces actions dans
l'action, ces nouveaux tableaux qui se juxtaposaient dans l'ancien
cadre prirent des proportions plus considérables, l'unité du drame primitif s'affaiblit, et le jour où l'un de ces nouveaux drames
arriva à constituer à lui seul une action complète et se suffisant
à elle-même, une rupture dut avoir lieu entre lui et le drame ancien
qui l'avait enfanté ; il dut se séparer du cadre commun, comme
un fruit mûr tombe de l'arbre qui lui a donné naissance. C'est
ainsi que les *Prophètes du Christ* se divisèrent en plusieurs drames distincts qui n'avaient plus entre eux rien de commun que
leur origine, et c'est ce que j'appelle la loi de *désagrégation*, qui
est, comme on le voit, une résultante naturelle de la loi d'*assimilation et d'amplification*.

Voilà ce que le raisonnement nous indique. Voyons maintenant si les faits viendront justifier notre hypothèse.

La théorie que je viens d'exposer sera, ce me semble, sinon
démontrée, au moins singulièrement fortifiée par les faits, si je
prouve que les deux drames de *Daniel*, dont l'action est complète

4

et se suffit à elle-même, et que l'on jouait indépendamment et séparément de l'ancien drame des *Prophètes du Christ*, n'en sont cependant qu'un démembrement.

Une première preuve résultera pour nous des paroles qui terminent l'un et l'autre drame et que l'auteur a mises dans la bouche d'un ange; ces paroles sont les mêmes dans le *Daniel* que l'on attribue à Hilaire, disciple d'Abélard, et dans le *Daniel* publié par M. de Coussemaker, d'après un manuscrit provenant du chapitre de Beauvais [1].

Texte d'Hilaire.

Tunc apparebit ANGELUS *alia voce canens :*

Nuntium vobis fero....

Texte du manuscrit de Beauvais.

Tunc ANGELUS *improviso exclamabit :*

Nuntium vobis fero de supernis,
Natus est Christus, dominator orbis,
In Bethleem Jude,
Sic enim propheta dixerat ante.

Ces paroles ne sont autre chose que la paraphrase rimée d'une antienne tirée de saint Luc (II, 10) que nous trouvons encore dans le bréviaire romain, le jour de Noël, à Laudes :

« Angelus ad pastores ait : Annuntio vobis gaudium magnum; « quia natus est vobis hodie Salvator mundi, alleluia! »

Que vient faire ici cette antienne? Quel rapport y a-t-il donc entre le drame et les paroles qui le terminent, et sont destinées par conséquent à marquer plus fortement dans l'esprit des spectateurs l'intention de l'auteur, à tirer en quelque sorte la moralité de la représentation? Le seul rapport que nous puissions découvrir entre la représentation des aventures de Daniel à la cour de Balthazar et à la cour de Darius et l'apparition de l'ange annonçant aux bergers la naissance du Sauveur, réside dans la qualité de prophète du Christ, inséparable de la personne

1. Ce manuscrit fait aujourd'hui partie de la bibliothèque de M. Pacchiarotti, à Padoue. — De Coussemaker, *Drames liturgiques au moyen âge*, p. 49.

de Daniel : c'est le rapport qui existe nécessairement entre une prophétie et son accomplissement. L'auteur n'a mis en scène Daniel que comme prophète du Christ, comme témoin du Messie ; son drame a pour but de prouver la vérité de l'incarnation du Fils de Dieu par le témoignage de l'un des nombreux prophètes qui l'ont annoncée, et c'est pourquoi il se termine par les paroles de l'ange annonçant aux bergers que les prédictions sont accomplies : « *Natus est Christus... sic enim propheta dixerat ante.* » C'est en effet la prophétie de *Daniel* qui amène et justifie les paroles de l'ange, puisqu'elle les précède immédiatement dans les deux drames, et l'examen des termes mêmes de cette prophétie va nous fournir une seconde preuve, encore plus frappante, en faveur de notre théorie.

Cette prophétie n'est rien autre chose en effet que la paraphrase de celle que nous avons citée d'après le texte de Saint-Martial, copié par celui de Rouen, et qui n'est elle-même que la mise en rimes de la prophétie rapportée dans le sermon attribué à saint Augustin, laquelle diffère sensiblement du texte des livres saints auquel elle semble empruntée : de telle sorte que la prophétie de *Daniel*, dans les deux drames de ce nom, se rattache évidemment au texte du sermon, source première de tous les drames des *Prophètes du Christ*, Exemple :

Texte des livres saints.

« Septuaginta hebdomades abbreviatæ sunt super populum tuum... ut consommetur prævaricatio... et impleatur visio et prophetia et ungatur Sanctus sanctorum. » (Daniel, IX, 24.)

Texte du sermon attribué à S. Augustin.

« Quum venerit, inquit, Sanctus sanctorum, *cessabit unctio.* »

Texte de S. Martial copié par celui de Rouen.

Sanctus sanctorum veniet
Et *unctio deficiet.*

Texte du DANIEL attribué à Hilaire.

Tunc DANIEL prophetabit hoc modo :

Exultet hodie fidelis concio ;
Judee regibus instat confusio :

4

Nascetur Dominus, cujus imperio
Cessabit regimen et regum *unctio*
Quem qui crediderit cum rege Dario,
Remunerabitur perenni gaudio.

Texte du DANIEL *du manuscrit de Beauvais.*

DANIEL *in pristinum gradum receptus prophetabit* :

Ecce *venit Sanctus* ille *sanctorum* sanctissimus
Quem rex iste jubet coli potens et fortissimus.
Cessant phana, cesset regnum, *cessabit* et *unctio*[1]
Instar regni Judeorum finis et oppressio.

Il me semble que je puis tirer légitimement des preuves que je viens de donner cette conclusion : la prophétie de *Daniel* que l'on trouve dans les drames des *Prophètes du Christ* a servi de base pour construire le drame de *Daniel* qui, renfermé d'abord dans le cadre commun, s'en est ensuite séparé par suite de son trop grand développement.

Ainsi voici la marche qui a été suivie : la prophétie de *Daniel* a été comprise parmi les prophéties du sermon attribué à saint Augustin et, par conséquent, parmi celles des mystères qui sont dérivés de ce sermon ; cette prophétie a été amplifiée et dramatisée de façon à former un petit mystère compris dans le grand ; enfin, ce petit mystère, ayant grandi et s'étant développé à son tour, a formé un drame distinct qui s'est séparé du drame primitif.

Il est vrai que nous n'avons pas, à ma connaissance, de document qui nous montre la prophétie de *Daniel* dans son état intermédiaire, c'est-à-dire alors qu'elle formait un drame secondaire compris dans l'action principale ; mais, outre que cette transition est naturellement indiquée, nous avons dans les deux scènes de *Nabuchodonosor* et de *Balaam*, telles que nous les a présentées la *Procession de l'âne* de Rouen, de frappants exemples de cet état intermédiaire, qui nous fournissent un puissant argument d'analogie. La critique doit s'appuyer sur des textes, cela est incontestable, mais elle doit tenir compte aussi de ceux qu'elle

1. Ces mots, identiques à ceux employés par le sermon, rattacheraient directement à ce sermon la prophétie de *Daniel*, s'il n'était certain d'ailleurs qu'il a existé plusieurs textes intermédiaires, dont l'un était, sinon le texte même de Saint-Martial, au moins un texte analogue.

ne possède point, quand un raisonnement rigoureux lui permet d'en affirmer l'existence. C'est ainsi que, bien que nous n'ayons point ces antiques cantilènes qui ont précédé les chansons de geste, les savants les plus distingués, et récemment, entre autres, deux érudits, dont notre école a droit de se montrer fière, n'ont pas hésité à attribuer à ces cantilènes une influence prépondérante sur la formation de l'épopée française[1].

Aussi n'hésité-je pas non plus à affirmer que d'autres prophéties que celle de *Daniel* ont donné lieu à des drames complets et distincts qui se sont séparés, à un moment donné, du cadre commun des *Prophètes du Christ*, pour vivre de leur vie propre, sans cependant perdre complétement de vue leur origine, c'est-à-dire sans cesser d'être, dans l'intention des auteurs qui, çà et là, se les transmettaient pour les remanier, des témoignages rendus à la vérité de la mission divine du Christ et comme des préfaces de la naissance du Sauveur. C'est ainsi qu'ont dû naître, par exemple, des drames d'*Abraham*, de *Jacob*, de *Joseph*, de *Moïse*, de *David*, de *Nabuchodonosor*, etc., peut-être même de *Virgile* et de la *Sibylle* qui, l'un et l'autre, étaient devenus, au moyen âge, le sujet de légendes très-détaillées. Si l'on m'objecte qu'*Abraham* et *Joseph*, par exemple, n'ont pas même paru dans les diverses versions des *Prophètes du Christ* que j'ai citées jusqu'ici, je répondrai que nous sommes loin de posséder toutes les versions de ce mystère qui a été représenté, au moyen âge, sous des formes diverses, dans toute l'Europe chrétienne. Nous trouverons d'ailleurs *Abraham* dans la procession des prophètes du drame d'*Adam*.

Si j'osais profiter de cette occasion, et si ma voix surtout avait plus d'autorité, je me permettrais d'engager tous ceux qui s'intéressent au progrès des études qui ont pour objet notre ancien théâtre, à fouiller avec persévérance, en se guidant par les lois que j'essaye d'indiquer ici, les bibliothèques des diverses contrées où on a représenté des mystères : la France, l'Allemagne, l'Angleterre, l'Espagne, l'Italie. C'est seulement en 1854 que le drame d'*Adam*, qui est au théâtre du moyen âge ce qu'est à l'épopée la *chanson de Roland*[2], a été mis en lumière. Combien de documents aussi précieux, plus précieux peut-être, sont encore ense-

1. Gaston Paris, *Histoire poétique de Charlemagne.*
Léon Gautier, *les Épopées françaises.*
2. Seulement, nous avons cet avantage de posséder les textes antérieurs les *cantilènes dramatiques*, si l'on me passe cette expression.

velis dans la poussière et dans l'oubli! C'est surtout dans les livres liturgiques, missels, bréviaires, rituels, processionnaux, ordinaires, évangéliaires et dans les recueils de prières et de poésies
rhythmiques des onzième, douzième et treizième siècles, qu'on peut
espérer de faire des découvertes, pour la période liturgique et
semi-liturgique, la plus curieuse parce qu'elle est la moins connue.
Le champ où j'essaye de tracer mon modeste sillon est vaste, et la
science des origines du théâtre à peine ébauchée: les ouvriers
feront plus tôt défaut à l'œuvre que l'œuvre ne manquera aux
ouvriers.

Je rattache en ces termes les conclusions que j'ai tirées de l'examen des deux drames de *Daniel* à celles que m'ont fournies l'étude
de la *Procession de l'âne* de Rouen et la comparaison du texte
de Saint-Martial avec le sermon attribué à saint Augustin :

3° *De la seconde forme des* Prophètes du Christ, *c'est-à-dire
du drame primitif considérablement augmenté sous l'influence de
la loi* D'ASSIMILATION ET D'AMPLIFICATION, *est sortie, sous l'influence de la loi de* DÉSAGRÉGATION, *une série de drames distincts,
joués séparément, ne se rattachant à l'ancien drame que par
leur origine, et dont les deux drames de* Daniel *nous offrent un
exemple.*

Étudions maintenant ces deux drames en eux-mêmes, examinons quel rapport ils conservaient avec la liturgie et de quelle
façon ils étaient représentés.

Tout d'abord, nous ferons remarquer un fait qui vient encore
à l'appui de la théorie que nous avons présentée sur la formation de ces deux drames ou, pour mieux dire, de ces deux versions d'un même drame : c'est que la représentation des aventures de *Daniel* servait à célébrer avec plus de pompe les fêtes de
Noël. Ce fait résulte non-seulement de l'apparition de l'ange qui
vient clore la pièce en annonçant aux bergers la naissance du Sauveur, mais encore des vers suivants du texte de Beauvais, lesquels
étaient chantés en chœur par les envoyés du roi *Darius*, au moment où ils lui amenaient le prophète: Ces vers forment ce que
l'on appelle un *conductus*, c'est-à-dire un chant que l'on exécutait en marchant, en formant un cortége.

CONDUCTUS DANIELIS.

Congaudentes *celebremus Natalis solempnia,*
Jam de morte nos redemit Dei sapientia,

Homo natus est in carne, qui creavit omnia,
Nasciturum quem predixit prophete facundia
Danielis, jam *cessarit unctionis copia,*
Cessat regni Judeorum contumax potentia.
   In hoc Natalitio,
    Daniel, cum gaudio
    Te laudat hæc concio.
Tu Susannam liberasti de mortali crimine,
Cum te Deus inspiravit suo sancto flamine.
Testes falsos comprobasti reos accusamine.
Bel draconem peremisti coram plebis agmine.
Et te Deus observavit leonum voragine.
Ergo sit laus Dei Verbo genito de Virgine!

Rien ne saurait mieux que ces paroles nous indiquer le but de
la représentation et marquer plus fortement le caractère de *pro-*
phète du Christ qu'ont voulu faire surtout ressortir les auteurs
des drames de *Daniel.*

En même temps, ce *conductus* montre que ces deux mystères
se rattachaient encore par un lien étroit à la liturgie catholique.
En effet, outre que le mot lui-même qui, comme nous l'avons dit,
signifie un chant que l'on exécutait en marchant, en formant un
cortège, est emprunté au vocabulaire des rituels, ce morceau
renferme des idées et des expressions qui, si elles ne s'expliquaient
par la place qu'occupait la représentation parmi les offices, *inté-*
rieurs ou extérieurs, destinés à célébrer la fête de Noël, choque-
raient le bon sens et constitueraient un flagrant anachronisme.
Supposons que l'on mette aujourd'hui à la scène un drame de
Daniel. Ne nous semblerait-il pas bizarre d'entendre les envoyés
du roi de Perse chanter les louanges du Sauveur et célébrer sa
naissance? Pourrions-nous entendre, sans être frappés de stupeur,
des vers comme ceux-ci :

  Congaudentes celebremus Natalis solempnia,
  Jam de morte nos redemit Dei sapientia,
  Homo natus est in carne, qui creavit omnia ...
  Ergo sit laus Dei Verbo genito de Virgine?

Il me semble que cela ne nous paraîtrait guère moins étrange que
si nous entendions les lévites, dans l'*Athalie* de Racine, entonner
en chœur avec le grand prêtre Joad le cantique de Pâques :

O filii et filiæ,
Rex cœlestis, rex gloriæ
Morte surrexit hodie.
Alleluia!

Eh bien! ces vers ne choquaient nullement au douzième siècle
les auditeurs des drames de *Daniel*. Mais pourquoi? Parce que, le
drame n'étant pour eux qu'un office supplémentaire, ils ne pouvaient s'étonner que les *acteurs* reprissent à certains moments le
caractère de *célébrants*, que les *personæ* redevinssent des *clerici*.

Mais ce lien qui unissait le drame de *Daniel* à la liturgie catholique, quelque étroit qu'il fût encore, l'était déjà moins cependant que celui qui rattachait la *Procession de l'âne* de Rouen aux
rites de Noël, de même que ce dernier mystère était déjà moins
liturgique que le mystère de Saint-Martial, qui, lui-même, ne
pouvait être aussi strictement canonique que le sermon attribué
à saint Augustin, qui formait l'une des leçons de l'office. En
d'autres termes, le culte avait fait un pas de plus vers le théâtre,
l'élément dramatique se développait aux dépens du rituel.

Je trouve un indice assez frappant de ce progrès du drame dans
la rubrique finale du *Daniel* attribué à Hilaire.

« *Quo finito, si factum fuerit ad matutinas*, DARIUS *incipiat*
Te Deum *laudamus*; *si vero ad vesperas*, Magnificat anima mea
Dominum. »

Quoique cette rubrique prouve une fois de plus la liaison du
drame avec la liturgie, puisque, suivant que le drame était représenté à matines ou à vêpres, il devait se terminer par le *Te Deum*
qui se chante à matines ou le *Magnificat* qui se chante à vêpres,
elle prouve aussi par cette alternative que cette liaison s'était
affaiblie.

La *Procession de l'âne* de Rouen pouvait avoir lieu ou n'avoir
pas lieu suivant la décision de l'autorité ecclésiastique chargée
d'apprécier ses avantages ou ses inconvénients; mais, quand elle
avait lieu, nous l'avons dit, elle avait dans l'office une place
fixe, elle se mettait en marche après tierce. Quand un drame
occupe ainsi parmi les rites d'une fête une place déterminée par
avance, qui ne dépend en rien de la volonté arbitraire des acteurs
ou de l'auditoire, c'est qu'il a encore un caractère éminemment
liturgique. La raison en est facile à donner. Les diverses parties
de l'office se succèdent dans un ordre qui est fixé par les règles

de la liturgie et qu'il n'est pas permis d'intervertir. C'est ainsi que matines se chantent avant laudes, qui doivent elles mêmes précéder prime, tierce, sexte et none, lesquelles doivent précéder vêpres et complies. Quand le drame naquit au sein de l'office, ces règles lui furent naturellement applicables. C'est ainsi que tel drame dans tel diocèse fut représenté à matines, tel autre à tierce, tel autre à vêpres, pour nous borner aux mystères qui furent introduits dans le bréviaire. Matines et vêpres notamment eurent leurs représentations qui leur demeurèrent propres.

L'*Office du Sépulcre*, par exemple, ne fut jamais, au moins dans sa forme primitive, représenté à vêpres, ni l'*Office des Pèlerins* à matines. En un mot, tant que le drame fut surtout un office, il demeura sujet aux règles qui déterminaient la succession des diverses parties de l'office, et l'heure de la représentation fut fixée d'après ces règles, et non d'après les convenances des auteurs, des acteurs ou des spectateurs.

Mais quand le lien qui unissait le théâtre au culte, quoique très-étroit encore, commença à se relâcher, comme il pouvait être utile, suivant la circonstance, de représenter le drame plutôt la nuit ou le matin que l'après-midi ou réciproquement, les règles liturgiques se plièrent aux exigences nouvelles de ce théâtre qui grandissait tous les jours, et, sans abandonner encore entièrement la détermination de l'heure à la fantaisie des entrepreneurs de la représentation, elles leur laissèrent au moins le choix entre deux des anciennes heures consacrées, et le drame, au lieu d'être représenté nécessairement à matines ou nécessairement à vêpres, put l'être, à la volonté des auteurs et des acteurs, soit à matines, soit à vêpres.

Ainsi le drame de *Daniel* non-seulement n'était pas obligatoire et pouvait avoir lieu ou n'avoir pas lieu, mais encore, quand il avait lieu, on pouvait le représenter soit à matines, soit à vêpres[1].

Toutefois, à Beauvais, il semble qu'il a été représenté plutôt à matines qu'à vêpres, puisque la rubrique finale du manuscrit de Beauvais n'indique pour terminer la représentation que le chant du *Te Deum*, et non celui du *Magnificat*.

Il nous reste encore deux observations très-importantes à faire sur le jour et l'heure de la représentation des drames de *Daniel*,

---

1. Nous raisonnons ici en prenant ces mots dans leur sens propre, mais voyez plus loin.

dans leurs rapports avec les jours et les heures consacrés par les règles liturgiques.

La représentation des aventures de *Daniel* servait, avons-nous dit, à la célébration des fêtes de Noël. Est-ce à dire qu'elle avait lieu le jour même de Noël, comme la *Procession de l'âne* de Rouen? Telle est la question que nous allons examiner en peu de mots.

L'expression *fêtes de Noël* peut parfaitement s'appliquer, surtout au moyen âge, à tout le temps qui s'écoule de la vigile de Noël au lendemain de l'Epiphanie[1]. Cette époque de l'année était un temps de réjouissances pour le clergé et pour le peuple; c'est dans cette courte période que se plaçaient les fêtes des *Innocents*, des *Fous*, des *Diacres*, où l'on a vu, non sans quelque raison, un souvenir de la *libertas Decembris* chère aux esclaves de Rome païenne, mais qu'il serait peut-être plus juste de considérer, du moins à l'origine et avant les abus qui s'introduisirent dans ces fêtes, comme de pieux délassements accordés à ses ministres et à ses fidèles par l'Eglise, qui n'a jamais proscrit la joie, et la tolérait d'autant plus volontiers au moyen âge qu'en ce temps de foi ardente et naïve elle ne pouvait engendrer le scepticisme. Parmi ces délassements se rangeaient naturellement les représentations dramatiques déjà développées et qui tendaient à se constituer à côté des offices, après être sorties de leur sein. C'est ce qu'on appelait les *ludi* et les *historiæ*, mise en scène de l'Ecriture sainte, espèces d'offices historiques où la prière occupait moins de place que l'enseignement, livres vivants destinés à frapper les yeux du vulgaire qui n'en comprenait point d'autres. Or, si un certain nombre de ces pièces, plus rapprochées des drames primitifs et surtout moins développées, s'en tenaient strictement aux règles qui avaient présidé à la naissance du théâtre et à ses premiers pas, c'est-à-dire demeuraient attachées à l'office qui les avait enfantées et se représentaient le jour même de la célébration de cet office: Noël, la fête des saints Innocents, l'Epiphanie; d'autres, qui s'étaient souvent formées par la fusion en un seul drame des divers drames de Noël, des saints Innocents, de l'Epiphanie, n'avaient pas de jour fixé d'avance et pouvaient choisir

1. Dans certains diocèses on faisait même remonter cette période jusqu'au 17 décembre et on la prolongeait jusqu'à l'octave de l'Epiphanie. Cf. Du Cange, au mot *Kalendæ*.

entre tous les jours de la période de réjouissances dont nous avons plus haut déterminé les limites. Les deux drames de *Daniel* doivent-ils être assimilés, sous ce rapport, à cette dernière classe? Nous ne pouvons l'affirmer, mais nous serions inexact si nous affirmions le contraire. L'un porte le titre d'*historia*, « *historia de* DANIEL *representanda* » (texte d'Hilaire), l'autre celui de *ludus*, « *Incipit* DANIELIS *ludus* » (texte de Beauvais). L'un et l'autre tendent visiblement à s'éloigner de la liturgie, quoique un lien très-étroit les y retienne encore. Nous laisserons la question dans le doute, en nous bornant à déclarer que, par sa nature, le drame de *Daniel* en général ne semble pas avoir été nécessairement attaché à l'office du jour même de Noël.

Toutefois il est probable qu'en fait la version de Beauvais a été composée pour être jouée ce jour même, « *In hoc natalitio* ».

Nous devrons également laisser dans le doute le sens exact et précis des mots *matutinæ* et *resperæ* qui nous ont servi tout à l'heure à montrer le relâchement du lien liturgique. Voici en effet la question qui se pose au sujet de ces deux mots :

Les mots *matutinæ* et *vesperæ* ont-ils, dans la rubrique finale du *Daniel* d'Hilaire, le sens rigoureux de *matines* et de *vêpres*, ou veulent-ils simplement dire *matinée* et *après-midi?*

Mais il faut tout d'abord que nous écartions une objection que l'on pourrait tirer contre notre théorie du doute même que nous proposons.

Dès qu'il y a doute, pourrait-on dire, sur le sens des mots *matutinæ* et *vesperæ*, c'est-à-dire dès qu'on peut croire que le vrai sens de ces mots était *matinée* et *après-midi*, désignation générale et qui n'a rien de liturgique, comment et de quel droit a t-on tiré plus haut un argument de ces deux termes pour montrer l'affaiblissement, il est vrai, mais aussi la réalité du lien liturgique?

Un mot suffira pour répondre à cette objection. Lors même que les mots *matutinæ* et *vesperæ* auraient dans la rubrique finale du *Daniel* d'Hilaire le sens de *matinée* et d'*après-midi*, la liaison du drame avec la liturgie n'en est pas moins indiquée par ces deux termes qui, dans ce cas, sont un souvenir frappant du temps où le drame était lié à l'office et se jouait aux heures liturgiques, puisque, suivant qu'on représentait *Daniel* dans la matinée ou dans l'après-midi, on le terminait par le *Te Deum*, qui est un chant *consacré* de *matines* ou le *Magnificat* qui est un chant consacré de *vêpres*.

Nous venons maintenant à la question elle-même, et voici comment nous arrivons sur ce point à un doute raisonné, préférable, ce semble, à une affirmation téméraire.

Matutinæ et *vesperæ*, dans leur sens propre, veulent incontestablement dire *matines* et *vêpres*. Nous avons vu plus haut que ces deux heures canoniales ont été particulièrement consacrées à la représentation des mystères. Mais voici ce qui arriva quand le drame commença à se séparer des cérémonies qui lui avaient donné naissance. Il pouvait être incommode de commencer la représentation à ce moment précis qui, dans tel ou tel diocèse, marquait la fin de l'office ordinaire de ces deux heures canoniales, et appelait par conséquent la représentation de l'office supplémentaire, du trope dramatique, du mystère. Matines notamment se terminaient souvent, dans beaucoup d'églises, en pleine nuit, avant le lever du soleil, et il semble que c'est particulièrement le cas des matines de Noël. Or on conçoit facilement que, dans beaucoup de circonstances, il pouvait être plus agréable de jouer le matin que la nuit; cela devenait même une nécessité quand le drame, au lieu d'être représenté dans l'intérieur de l'église, devint une sorte d'*office extérieur* représenté sous le porche ou sur le parvis. Que fit-on? On élargit tout simplement la règle canonique, au lieu de s'en affranchir.

On créa des matines et des vêpres *extraordinaires*, si je puis m'exprimer ainsi, que l'on termina comme les matines et les vêpres ordinaires par le chant du *Te Deum* et du *Magnificat*, et qui furent remplies tout entières par la représentation du drame qui avait déterminé cette extension. Ces matines et ces vêpres d'un nouveau genre purent se placer à l'heure la plus commode pour les entrepreneurs de la représentation, de telle sorte toutefois que la règle canonique fût encore respectée, en ce sens que les *matines dramatiques* fussent toujours célébrées dans la première partie du jour, avant midi, et les *vêpres* dans la seconde, après midi. C'est ainsi que *matutinæ* et *vesperæ* finirent par signifier purement et simplement *matinée* et *après-midi*, et c'est ainsi qu'il faut attacher un sens traditionnel à la subdivision des *journées* dans les grands mystères du quinzième siècle en *matinées* et *après-dinées*.

Maintenant, comme les deux drames de *Daniel* sont justement placés à ce point précis où le lien du théâtre avec la liturgie est encore très-étroit, et où, d'autre part, la tendance à la séparation

est aussi très-marquée, nous craindrions d'émettre un avis téméraire en résolvant, dans l'un ou l'autre sens, la question que nous
avons posée, et nous nous bornons à dire qu'il ne semble pas
que, par sa nature, la représentation des aventures de *Daniel* fût
nécessairement liée aux *matines* ou aux *vêpres canoniques*.

Nous aurions tiré, pour la solution de cet épineux problème,
une assez vive lumière de la connaissance exacte, si nous eussions
pu la posséder, du lieu où se représentaient les deux drames de
Daniel : dans l'église ou hors de l'église? Malheureusement, en
l'absence d'un texte précis, nous n'arriverons, ici comme plus
haut, qu'à un doute raisonné.

À ne considérer que les formes du drame, qui sont encore si
liturgiques dans la version d'Hilaire comme dans celle du manuscrit de Beauvais; si nous nous attachions seulement à ces noms
de *proses*, de *conductus*, que portent les chœurs; à ce chant du *Te
Deum* ou du *Magnificat* qui devait terminer la représentation,
nous serions tentés au premier abord de décider que cette représentation avait lieu dans l'église. Mais, au sujet même de ces formes liturgiques, une objection se présente qui suffit à nous reje-
ter dans le doute. Quand le drame commença à être joué non
plus dans le sanctuaire, mais tout proche encore, sous le porche, sur le parvis, dans la cour du cloître, il n'est pas douteux,
et nous avons des exemples qui ne souffrent pas qu'on conteste
ce fait, que ce drame ne retint encore la plus grande partie de
ces formes qui avaient présidé à sa naissance. Comment aurait-il
fait autrement? Il n'en connaissait point d'autres. Les *proses*, les
conductus, le chant du *Te Deum* ou du *Magnificat*, les *antiennes*
même et les *répons* y figurent tout naturellement et ne pouvaient
n'y pas figurer, de même que le chœur, bien que le dialogue
empiétât sur lui de jour en jour, demeurait toujours une partie
essentielle de la tragédie grecque, comme un souvenir de son origine dionysiaque et dithyrambique. Ainsi donc les formes des
deux drames de *Daniel*, toutes liturgiques qu'elles sont, ne sauraient nous suffire pour que nous décidions d'une façon péremp-
toire qu'ils ont été représentés dans l'église.

D'autre part, l'argument qu'on pourrait invoquer et qui semble au premier abord d'un grand poids, pour décider que la
représentation avait lieu hors de l'église, c'est-à-dire le développement de la mise en scène qui, nous le verrons tout à l'heure,
est déjà considérable, souffre également une objection qu'il n'est

pas, je crois, possible de surmonter. Il est certain qu'au quinzième siècle, et surtout dans la seconde moitié, de 1450 à 1500, la
mise en scène dramatique avait pris des proportions hors de comparaison avec celles qu'avaient atteintes au douzième siècle les
drames les plus développés. Des textes précis nous permettent
cependant d'affirmer que de 1450 à 1500, des mystères furent
représentés dans les églises, et je ne parle pas ici des antiques
scènes, de formation primitive, qui se perpétuèrent au sein des
offices, tandis que le théâtre laïque, qui était déjà bien loin d'elles,
se déployait sur les places publiques ; je parle de mystères complets, analogues à ceux que l'on représentait en plein air. Je sais
que M. Charles Magnin a nié ce fait, mais je le répète, des textes
précis ne permettent plus de le révoquer en doute[1]. Il en résulte
que la mise en scène des drames de *Daniel* n'était pas un obstacle
suffisant pour empêcher qu'on les représentât dans l'église, et nous
retombons dans notre hésitation première.

Ce qu'on peut dire, je crois, sans craindre de commettre une
trop lourde méprise, c'est que, par leur nature, les deux drames

---

1. *Acte Capitulaire de l'église d'Amiens du 3 mars* 1496. « Magni *vicarii* ecclesie Ambianensis petierunt et obtinuerunt a prefatis dominis licentiam ludendi *in
choro hujus ecclesie* ludum *Joseph*, proviso quod ipsi vicarii nec non pueri chori
prefate ecclesie non discurrant per vicos et plateas civitatis Ambianensis de nocte
neque de die, faciendo dissolutiones aliquando per eosdem fieri solitas. »

Ce même mystère de *Joseph* fut joué sur le parvis en 1533.

Acte capitulaire de l'Église d'Amiens du 8 janvier 1533. « Domini licentiam et
congerium donaverunt *vicariis* ecclesie ludendi hoc anno die dominica *Letare Jeru-
salem* supra *parvisium* ludum seu mysterium de *Joseph*. » (Dom Grenier, Picardie,
t. XIV, 2ᵉ paq. nᵒ 6, fol. 99, rect. B. I.)

Une décision du chapitre de l'église de Noyon du 23 octobre 1538 défend de représenter dans l'église le mystère de *la Béguine*, parce que c'était une occasion de
scandale. (Id. fol. 98, vers.) Ainsi on avait joué ce mystère dans la cathédrale
de Noyon jusqu'en 1538.

Mais ce qui prouve d'une façon irréfragable que l'on jouait dans les églises des
mystères analogues à ceux que l'on représentait en plein air, c'est qu'une note du
mystère de l'*Incarnation et Nativité* joué à Rouen, en 1474, sur le *Marché Neuf*,
renvoie à un mystère sur le même sujet joué antérieurement dans une église : « Hoc
dictum fuerat in quadam *longa Nativitate* ostensa *in ecclesia* sancti [Machuti ?][1]
anno sequenti reductionem Normannie. » (*Incarn. et Nat.* in-fol. goth., sans date
ni nom d'imprimeur, fol. CLXVIII). La Normandie a été reconquise par Charles VII
en 1450, c'est donc en 1451 environ qu'a été joué *dans une église* ce *long* mystère de
la *Nativité*.

1 Le mot est effacé.

de *Daniel* ne semblent pas avoir été nécessairement représentés
dans l'église. Si l'on ajoutait qu'ils pouvaient être indifféremment
joués dans l'église ou hors de l'église, on ne serait pas, je crois,
trop éloigné de la vérité.

En ce qui concerne les auteurs et les acteurs de nos deux drames, nous ne serons pas dans la même perplexité et nous les dé-
terminerons plus facilement.

L'une des deux versions du *Daniel* a été attribuée à Hilaire,
disciple d'Abélard, et, dans une certaine mesure, cette attribution me paraît très légitime. Ce texte, publié une première fois par
M. Champollion-Figeac [1] et une seconde fois par M. Edélestand
du Méril [2], est extrait d'un manuscrit du douzième siècle, conservé à la Bibliothèque impériale [3]. Ce manuscrit renferme deux autres *ludi*, le mystère de la *Résurrection du Lazare* et un *miracle
de saint Nicolas*, et, en outre, un certain nombre de poésies latt-
nes rhythmiques, parmi lesquelles on remarque une pièce adressée
à Pierre Abélard, *ad Petrum Abelardum*, où Hilaire se nomme
en se faisant l'interprète des plaintes de ses condisciples abandon-
nés par leur docteur favori :

> Tort a vers nos li mestre.

comme dit le refrain français qui termine chacune des strophes
latines.

De plus, le nom d'Hilaire est tracé à la marge en tête de plusieurs des morceaux qui composent le *Daniel*. Je crois donc
qu'il faut le reconnaître non pas pour l'auteur unique, mais pour
l'un des auteurs du drame. Ses collaborateurs ont été, suivant
moi, trois de ses condisciples, *Jourdan, Simon, Hugues*, dont
les noms sont également tracés à la marge, sans doute pour indiquer les auteurs auxquels on doit les divers morceaux que ces
noms précèdent [4].

---

1. Champollion-Figeac. *Hilarii versus et ludi*. Lutetiæ Parisiorum, 1838, in-8,
p. 43.
2. Ed. du Méril. *Orig. lat. du Th. mod.*, p. 241.
3. Mss. du fonds latin 11331 (anc. suppl. lat. 1015).
4. La première idée qui se présente à l'esprit est que ces noms sont ceux des quatre acteurs qui remplissaient les quatre principaux rôles. Mais cette supposition est
immédiatement détruite par ce fait, que ces noms se trouvent en tête de divers morceaux qui devaient être chantés en chœur, par exemple *Jordanus* en tête d'un
chœur de soldats (fol. 12, 14), *Hugo* en tête du chœur des Mages (fol. 13), *Hilarius*

L'autre version, celle du manuscrit de Beauvais, est également une œuvre collective. Elle a été composée par les étudiants de cette ville. C'est ce que nous apprennent ces quatre vers que l'on chantait au début de la représentation et qui sont, comme les autres, mis en musique.

> Ad honorem tui, Christe,
> Danielis ludus iste
> In Belvaco est inventus
> Et invenit hunc juventus.

On voit que les collaborateurs ne craignaient pas de se désigner, et qui plus est, en musique, dès le début du drame. La désignation est, il est vrai, fort vague et de nature à ne compromettre personne. A œuvre collective, responsabilité collective.

Les deux versions ont été composées dans le même système et par les mêmes procédés. La différence n'existe que dans l'expression : le plan du drame et sa conduite n'offrant que des

en tête d'un chœur de soldats (fol. 13, 14), Simon en tête du chœur des envieux (fol. 15).

Une seconde explication a été proposée par M. Edélestand du Méril : suivant lui, cette mention se rapporterait à une représentation où Hilaire et ses trois condisciples conduisaient les chœurs. Je crois bien qu'ils ont en effet dirigé ces chœurs, mais je ne pense pas que la mention de leurs noms faite en marge du manuscrit se rattache à cette particularité. Dans l'hypothèse de M. du Méril, on ne s'expliquerait pas pourquoi le nom de *Jourdan* qui, au fol. 13, est en tête d'un chœur, se trouve, au fol. 16, en tête de la prophétie qui est le dernier morceau compris dans le rôle de *Daniel* ; pourquoi le nom de *Simon* qui précède un chœur au fol. 15 recto, précède, au verso du même fol., les paroles de l'*Ange* à *Abacuc* ; pourquoi enfin le nom d'*Hilaire* se trouve tantôt en tête d'un chœur (fol. 13, 14), tantôt en tête des paroles du *roi*, tantôt en tête des paroles de *Daniel* (fol. 15).

Je pense donc que la seule explication plausible est que le drame a été fait en collaboration et que les noms tracés en marge, en tête des divers morceaux, indiquent les auteurs de ces morceaux. Ces noms n'ont pas été *rayés*, comme le dit M. du Méril, ils ont été *rubriqués*, c'est-à-dire que le scribe a tracé sur les lettres à l'encre noire un trait à l'encre rouge destiné non à les annuler, mais, au contraire, à les faire remarquer. Il a fait de même pour les notes de mise en scène. J'épargnerais cette petite chicane à M. du Méril s'il n'importait de relever les erreurs qui ont pu lui échapper, précisément parce que son excellent recueil, véritable « puits de science », suivant l'expression de M. Sainte-Beuve, a acquis auprès de ceux qui s'occupent de ces études un trop juste renom pour qu'on ne soit pas, au premier abord, disposé à adopter toutes les assertions de l'auteur.

variantes sans importance. Cette curieuse similitude nous révèle l'existence, dans le théâtre du moyen âge, d'un élément sinon invariable, au moins impersonnel. Les formes nouvelles, résultant des lois générales qui présidaient aux développements successifs des légendes dramatiques au moins autant que de la fantaisie des poètes désireux de rajeunir et d'amplifier ces légendes, tendaient, dès leur apparition, à devenir des types, auxquels se conformaient, dans les lieux les plus éloignés l'un de l'autre, les auteurs qui traitaient le même sujet. La forme qui répondait à l'état général des esprits déterminé par les lois que nous essayons de découvrir servait de moule universel à toutes les imaginations, et ne laissait, en définitive, qu'une part fort restreinte à l'invention, à l'originalité poétiques. C'est là précisément le cachet de tout théâtre religieux et national en sa période primitive; il est plus spontané que réfléchi, plus général qu'individuel. Cette spontanéité, cette généralité, sont précisément ce qui le rendent si populaire, et l'on peut dire, sans trop de hardiesse, que jamais peuple n'a dû son théâtre à l'initiative d'un homme de génie, Thespis ou Shakspeare, et que, pour qu'il s'intéresse aux fictions dramatiques qu'on lui présente, il faut, en quelque sorte, qu'au moins à l'origine, il les ait lui-même inventées.

Les acteurs du *Daniel* d'Hilaire ont été, sans aucun doute, quelques-uns de ces étudiants qui suivaient avec tant d'enthousiasme les leçons de Pierre Abélard; Hilaire et ses trois collaborateurs, dont le manuscrit nous a conservé les noms, *Jourdan, Simon, Hugues,* dirigeaient sans doute eux-mêmes la représentation et donnaient particulièrement leurs soins à la musique et à la bonne exécution des chœurs.

Voici, d'après le manuscrit même, quels étaient les personnages du drame, les rôles que l'on devait distribuer entre les acteurs :

« Istoria de *Daniel* representanda. In cujus prima parte he persone sunt necessarie : *rex unus* sub persona *Baltazar, regina, Daniel, quatuor milites, quatuor seniores;* in secunda vero parte : *rex unus* sub persona *Darii,* idem *Daniel, milites* et *seniores* qui et in prima, *angelus unus* in lacu leonum, *Abacub, angelus alius* qui deferat *Abacub* ad lacum, *angelus tercius* qui cantet : « *Nuncium vobis fero.* »

Le seul rôle de femme que nous rencontrions dans la pièce,

celui de la reine, épouse de *Balthazar*, était, sans aucun doute, joué par un étudiant.

Les femmes n'ont pris part aux représentations dramatiques qu'à une époque beaucoup plus rapprochée de nous, si ce n'est toutefois dans les monastères où les religieuses, officiant en quelque sorte avec le clergé, pouvaient, sans enfreindre les règles liturgiques, prendre part aux offices dramatiques comme aux offices ordinaires.

Les personnages sont à peu de chose près les mêmes, quoique en plus grand nombre, dans la version de Beauvais. Ils ont été représentés par les étudiants de cette ville sous la direction de ceux d'entre eux qui avaient composé le drame et avec l'aide des enfants qui fréquentaient les écoles de grammaire en attendant que, plus avancés en âge, ils suivissent à leur tour les cours de théologie scolastique et de droit canon :

> Astra tenenti
> Cunctipotenti
> Turba *virilis*
> *Et puerilis*
> Contio plaudit.

Si je ne me trompe, ces faits jettent un jour curieux sur la vie des étudiants et des écoliers au douzième siècle. On voit qu'ils égayaient leurs études par des jeux qui, tout en leur servant de délassement, étaient encore pour eux un exercice intellectuel, exercice d'imagination, de style, de mémoire, de déclamation et de chant. On voit aussi qu'on les considérait presque comme des clercs, puisque le clergé proprement dit leur abandonnait tous les rôles sans exception dans un mystère qui, à beaucoup d'égards, était encore un office. Mais il n'est pas malaisé de s'apercevoir qu'ici encore la liturgie a perdu le terrain gagné par l'art dramatique. Si les acteurs sont encore, à certains égards, des officiants, ils ont déjà beaucoup moins ce caractère que les acteurs de la *Procession de l'âne* de Rouen. C'est ce qui résulte des termes mêmes employés dans les deux textes :

« *Duo clerici de secunda sede in cappis* processionem regant, » dit le texte de Rouen.

« He *persone* sunt necessarie, » dit le texte d'Hilaire.

Ce progrès de l'art dramatique, qui correspond à un affaiblissement de l'élément liturgique, est également sensible dans la partie matérielle de la représentation, dans l'appareil scénique, beaucoup plus pompeux et beaucoup plus théâtral dans les deux drames de *Daniel*, qu'il ne l'était dans la *Procession de l'âne* de Rouen.

Une fournaise figurée au milieu de la nef au moyen de linge et d'étoupes, de chaque côté de cette fournaise des siéges pour les *Juifs* et pour les *Gentils*, un trône disposé pour *Nabucho-donosor* à quelque distance, et, non loin de là, trois siéges pour les *trois jeunes Israélites*, telle était à Rouen la décoration. Ici, la mise en scène est autrement compliquée, bien que les rubri-ques, d'une concision regrettable, nous la laissent deviner plutôt qu'elles ne nous l'indiquent.

Il fallait tout au moins un trône pour *Balthasar* « *in throno suo* »; peut-être en fallait-il un second pour la reine son épouse, qui aurait été disposé à quelque distance. Ce trône ou ces deux trônes étaient placés sur des échafauds et entourés, chacun, de légères cloisons en bois « *pariete* » (*sedes* en latin, *estals* en fran-çais, tels sont les noms consacrés de ces échafauds dans la langue du théâtre à cette époque), et c'est ainsi que l'on figurait som-mairement le palais ou les palais des souverains de Babylone. Il fallait plus loin un échafaud analogue où se tenaient les mages, puis on devait représenter, de la même façon probablement, la maison « *domum* » du prophète *Daniel*, le lieu « *locum* » où se tenait *Abacuc* se disposant à porter à manger à ses moissonneurs, enfin on devait représenter la fosse aux lions, *lacus leonum*, où ces animaux étaient visibles pour les spectateurs, si je comprends la rubrique qui, par malheur, a négligé de nous expliquer com-ment on les représentait, comment on les faisait mouvoir, oubli d'autant plus regrettable que ce *truc*, quel qu'il fût, suppose un art déjà fort ingénieux [1].

Le roi de Perse Darius ne semble pas avoir eu d'échafaud qui lui fût propre, et il n'apparaissait dans le jeu « *statim apparebit* » (texte de Beauvais) qu'au moment de s'emparer à main armée de Babylone, c'est-à-dire de l'échafaud de Balthasar.

Quoique les rubriques ne nous donnent qu'une idée générale et un peu confuse de cette mise en scène, et que bien des détails nous échappent à l'aide desquels nous pourrions préciser le sys-

1. Peut-être ces lions étaient-ils représentés par des acteurs portant un masque et couverts de peaux de bêtes. Cf. Du Cange, au mot *Kalendæ*.

tème adopté à cette époque, la nature et les limites des conventions théâtrales, qui sont une sorte de pacte entre les acteurs et les spectateurs, ceux-ci se prêtant de bonne grâce à une illusion que ceux-là cherchent à produire; nous voyons cependant se dessiner les grandes lignes de la mise en scène dramatique du moyen âge, telles qu'elles ont persisté à travers les siècles, en se développant de jour en jour et en servant de cadre à des ornements, à des accessoires de plus en plus nombreux, à mesure que le drame prenait des proportions plus grandes et que l'art de la mise en scène se perfectionnait.

On peut dire que le système de mise en scène adopté dès l'origine du théâtre au moyen âge est fondé sur un principe tout à fait contraire à celui que proclame la théorie classique telle que Corneille, par exemple, l'expose dans ses discours sur la tragédie. Le principe classique est, en effet, celui-ci : le drame étant la reproduction des actions humaines, la première règle dramatique est d'observer la vraisemblance, et la mise en scène, qui n'est que le cadre de l'action, doit également se rapprocher le plus possible de la vérité. C'est de ce principe que sont issues les fameuses règles de l'unité de temps et de l'unité de lieu. L'idéal classique qui, au reste, n'a presque jamais été atteint, serait de ne représenter sur le théâtre que les actions qui ne demanderaient en réalité dans la vie que le temps qu'on leur consacre à la représentation et que l'espace qui leur est accordé sur la scène. Au contraire, le principe du moyen âge est celui-ci : le drame étant un dogme, une moralité, une histoire rendue plus frappante par le dialogue et la représentation, en d'autres termes, un récit mis en scène au lieu d'être lu à haute voix, la première règle dramatique est d'en reproduire, autant que possible, toutes les circonstances, et la mise en scène doit également, tant bien que mal, représenter tous les lieux et tous les objets nécessaires à toutes les circonstances de ce récit. Il faut donc entasser, sans souci de la vraisemblance matérielle, le plus grand nombre de lieux et d'objets dans un espace nécessairement restreint. De là est tout naturellement sorti le système qui a prévalu pendant tout le moyen âge : la juxtaposition des scènes diverses que devait traverser l'action, la représentation sommaire de chacune d'elles par des procédés convenus, la suppression complète des distances. Ce système, qui était déjà en germe dans la scène de *Nabuchodonosor* et des trois jeunes Israélites de la *Procession de* l'âne de Rouen, nous le trouvons en vigueur dans nos deux drames de *Daniel* où nous voyons figurer cinq ou six lieux divers, où nous voyons un trône représenter un palais, où nous pouvons d'un coup d'œil embrasser la fosse au lion, la maison de *Daniel*, et celle d'*Abacuc*, bien que celui-ci demeurât en réalité fort loin de Babylone, puisqu'il ne connaissait ni cette ville, ni la fosse aux lions où il est censément transporté par un ange à travers les airs ; et c'est ce même système qui a présidé à la somptueuse mise en scène des grands mystères laïques du quinzième et du seizième siècle.

Nos deux textes dont les brèves indications nous ont du moins permis de nous faire une idée générale de la façon dont on représentait, dont on disposait sur la scène, c'est-à-dire soit dans l'église, soit au moins proche d'elle, sur le parvis, dans la cour du cloître, les divers lieux que devait traverser l'action, sont à peu près muets sur les costumes que devaient porter les acteurs, et nous devrions nous borner à constater cette absence de renseignements si nous ne pouvions tirer d'ailleurs, c'est-à-dire en premier lieu de notre théorie générale sur les origines du théâtre et, en second lieu, de textes analogues à ceux dont nous nous occupons, mais plus explicites sur ce chapitre, de quoi nous faire une idée générale de ces costumes.

Les premiers costumes dramatiques n'ont été autres que les vêtements sacerdotaux. Cela ressort avec une entière évidence du caractère liturgique des premiers drames, qui se confondaient avec les offices. C'est ainsi qu'en supposant, comme nous l'avons fait, le sermon *Vos inquam* récité par plusieurs lecteurs et dans une forme quasi dramatique, ces lecteurs n'avaient évidemment d'autres costumes que les vêtements portés au chœur durant l'office canonial. Quand le drame fut complétement formé, tel, par exemple, que nous l'avons vu à Saint-Martial, ces costumes demeurèrent les mêmes ou de même nature, on les modifia seulement par quelques attributs destinés à marquer d'une façon plus précise le rôle de tel ou tel personnage. Quand le drame s'amplifia, la mise en scène prenant une plus grande importance, ces attributs gagnèrent en nombre et en précision ; le fond du costume dramatique fut bien toujours le vêtement sacerdotal, mais disposé de façon à perdre son uniformité et à s'adapter plus étroitement aux divers caractères des personnages : on put admettre, en outre, pour certains rôles, ceux des gardes par exemple, un habillement qui n'avait plus aucun rapport avec le vêtement sacerdotal. C'est en cet état que les rubriques de la *Procession de l'âne* de Rouen nous ont montré les costumes. Le même système dut être appliqué pour la représentation des deux drames de *Daniel*, si ce n'est que probablement l'élément liturgique s'affaiblit pour les costumes comme pour les autres parties de la mise en scène, comme pour le texte, comme pour le drame en général. *Balthasar* et *Darius* portaient les ornements royaux, c'est-à-dire, comme je le pense, des vêtements sacerdotaux disposés et modifiés de façon à figurer ces ornements; des insignes particuliers tels que la couronne et le sceptre ne permettaient pas d'ailleurs de se méprendre sur leur caractère. La reine, épouse de *Balthasar*, représentée par un jeune clerc, portait, ce semble, un riche vêtement de femme qui pouvait être figuré par cette longue robe de couleur blanche qu'on appelle l'*aube*, ornée d'un parement d'or « *in vestitu deaurato* » (texte de Beauvais), et par dessus un manteau, un *peplum* (comme Ève en porte un dans le drame d'*Adam*). Son front était ceint du diadème. *Daniel* et *Abacuc* étaient costumés à peu près sans doute comme nous les avons vus dans la *Procession de l'âne*. Les gardes de *Balthasar* et de *Darius* portaient probablement l'armure des chevaliers du temps. Les anges étaient vêtus d'aubes et d'étoles avec des ailes aux épaules, ainsi qu'ils sont dans les nombreux offices de la *Résurrection*. Quant aux satrapes et aux mages, les vêtements sacerdotaux fournissaient amplement de quoi les habiller, et quelques attributs suffisaient à préciser leur caractère. Au reste, il convient de s'attacher surtout au principe général que nous avons posé, et, quant aux détails, en l'absence de textes précis, nous ne donnons nos suppositions que pour ce qu'elles valent.

Nous avons remarqué que les évolutions des personnages et les mouvements scéniques dans la *Procession de l'âne* de Rouen nous offraient un curieux mélange de la marche réglée par le processionnal et du *jeu* dramatique. Ici encore, l'élément liturgique s'est affaibli et, dans nos deux drames de *Daniel*, le *jeu* l'emporte certainement sur la *procession*. Il est encore facile cependant de retrouver dans les mouvements scéniques des souvenirs évidents de la forme ancienne, les évolutions des personnages se faisant encore, dans la plupart des cas, avec cette pompe et cette lenteur qui caractérisent la marche des processions et, en général, les évolutions diverses du clergé pendant les offices. C'est ce que montrera l'esquisse que nous allons tracer de la représentation, de l'*action scénique*, en prenant pour base de notre examen le drame de Beauvais, mais en notant les principales différences qui le distinguent, sous ce rapport, du drame d'Hilaire. Ces différences, au reste, n'ont pas une grande importance.

Après que le directeur du jeu a chanté les quatre vers que nous avons rapportés plus haut et qui font connaître les auteurs du drame de *Daniel*, on voit s'avancer processionnellement le cortège du roi *Balthasar*. Les courtisans « *principes* » (ce sont des soldats « *milites* » dans le texte d'Hilaire) chantent une prose qui sert d'exposition et raconte par avance tous les événements du drame [1]. Ce récit anticipé ne se concevrait pas si l'on ne se rappelait que le drame garde encore dans une certaine mesure le caractère d'un office et que les courtisans sont ici des *célébrants* et remplissent le rôle du chœur ecclésiastique, du clergé, *clerus* :

Astra tenenti
Cunctipotenti
Turba virilis
Et puerilis
Contio plaudit.

Nam Danielem
Multa fidelem
Et subiisse
Atque tulisse
Firmiter audit.

Convocat ad se rex sapientes
Gramata dextre qui sibi dicant enucleantes;
Que quia scribe non potuere
Solvere, regi illi eomuti conticuere.
Sed Danieli scripta legenti mox patuere
Que prius illis clausa fuere.
Quem quia vidit prevaluisse
Balthasar illis fertur in aula preposuisse.
Causa reperta
Non satis apta

1. Cette prose n'a pas ce caractère dans le drame d'Hilaire.

Destinat illum
Ore leonum
Dilacerandum.
Sed, Deus, illos ante malignos
In Danielem tunc voluisti esse benignos ;
Huic quoque panis,
Ne sit inanis,
Mittitur, ad te
Prepete vate
Prandia dante.

Le roi monte sur son trône et les satrapes le saluent du cri de Vive le roi !

Rex, in eternum vive !

Balthasar, se rappelant tout à coup les vases sacrés dont son père a dépouillé le temple de Jérusalem, ordonne à ses courtisans de les lui aller chercher pour qu'il les fasse servir à son usage. Ils obéissent et rapportent ces vases processionnellement en chantant une prose :

Jubilemus regi nostro magno ac potenti,
Resonemus laude digna, voce competenti,
Resonet jocunda turba solemnibus odis,
Cytharizent, plaudant manus, mille sonent modis…

Mais voici qu'une main apparaît dans l'air et écrit sur la muraille (c'est-à-dire sur l'une des cloisons dont j'ai parlé) ces trois mots : « *Mane, Thechel, Phares*. » Par quel secret opérait-on ce jeu de scène, je l'ignore, mais je le signale comme une preuve que l'art du machiniste était plus avancé dès lors qu'on ne le supposerait, car ce *truc*, en vérité, n'est pas indigne d'être comparé à ceux qui ont fait la vogue des *Pilules du Diable*. Le roi, très-effrayé, mande les mages pour qu'ils lui expliquent les trois mots mystérieux. Dans la version d'Hilaire, les mages, après avoir salué *Balthasar*, se retirent un peu à l'écart, « *secedent in partem*, » pour en délibérer, mais, comme le veut l'Écriture, ils ne peuvent, dans l'un et l'autre drame, fournir au roi aucune explication. En ce moment la reine descend de son trône et son cortége la mène processionnellement vers le roi en chantant un *conductus* :

..... Ecce prudens
Styrpe cluens
Dives cum potentia
In vestitu deaurato conjunx adest regia ...
Letis ergo
Hec virago
Comitetur plausibus,
Cordis oris
Que sonoris
Personetur vocibus.

La reine se prosterne devant *Balthasar*, « *adorabit* », puis se relevant, elle lui conseille de faire appeler le juif *Daniel*, seul capable de résoudre la difficulté que le roi a en vain proposée aux mages; sur l'ordre de leur maître, les courtisans viennent trouver le prophète sur l'échafaud qui figure sa maison et l'invitent à se rendre à la cour, en lui adressant ces six vers dont la forme est bizarre, le premier hémistiche étant en langue latine et le second en langue vulgaire :

Vir propheta Dei, Daniel, vien al roi,
Veni, desiderat parler à toi;
Pavet et turbatur, Daniel, vien al roi,
Vellet quod nos latet savoir par toi;
Te ditabit donis, Daniel, vien al roi,
Si scripta poterit savoir par toi.

Daniel consent à les suivre, et, le long du chemin, le cortége chante un *conductus* en latin, mais dont chaque strophe se termine par un vers français, et auquel le prophète répond par un vers moitié en latin moitié en français, qui forme un refrain.

On voit que, comme je l'ai dit, la plupart des mouvements scéniques affectent la forme lente et pompeuse des processions :

CONDUCTUS DANIELIS *venientis ad regem*.

Hic verus Dei famulus
Quem laudat omnis populus,
Cujus fama prudentie
Est nota regis curie,
Cestui manda li rois par nos.

DANIEL.

Pauper et exulans en vois al rois par vos ...

Ce mélange de latin et de français montre qu'il en a été pour la langue dramatique comme pour le drame en général. On est parti de la langue liturgique pour arriver à la langue vulgaire, et il y a eu un moment de transition où les deux idiomes, luttant l'un contre l'autre, se heurtaient de la façon la plus étrange.

Daniel, après avoir salué le roi, lui explique les trois mots mystérieux. *Balthasar*, transporté d'admiration, revêt le prophète des ornements royaux et le fait asseoir sur son trône à ses côtés. En outre, il lui fait don des vases sacrés, et bientôt *Daniel* et la reine quittent le palais, accompagnés chacun d'un cortége qui chante un *conductus* [1] :

Tunc, relicto palatio, referent vasa satrape et regina discedet.

CONDUCTUS REGINE.

Solvitur in libro Salomonis
Digna laus et congrua matronis...

CONDUCTUS *referentium vasa ante* DANIELEM.

Regis vasa referentes
Quem Judee tremunt gentes,
Danieli applaudentes,
  Gaudeamus !
Laudes sibi debitas referamus !...

La première partie du drame est terminée ; la seconde commence. Le roi de Perse *Darius* s'avance, précédé de ses satrapes et de ses musiciens. Le cortége, au son des instruments, chante un *conductus* :

Statim apparebit DARIUS *rex cum principibus suis, venientque ante eum* CYTHARISTE *et* PRINCIPES *sui psallentes hec :*

Ecce rex Darius
Venit cum principibus
Nobilis nobilibus...
Illum Babylonia
Metuit et patria.
Cum armato agmine

1. Il n'y a qu'un seul cortége et un seul *conductus*, celui de la reine, dans le texte d'Hilaire.

Ruens et cum turbine
Sternit cohortes
Confregit et fortes ...
Hic est Babylonius
Nobilis rex Darius.
Illi cum *tripudio*
Gaudeat hec concio
Laudet et cum gaudio
Ejus facta fortia
Tam admirabilia !
Simul omnes gratulemur, resonent et tympana ;
Cythariste tangant cordas ; musicorum organa
Resonent ad ejus preconia !

Il résulte de ces vers que dans le cortége du roi *Darius* se trouvait un véritable orchestre, où l'on remarque notamment des tambours, « *tympana*, » et des instruments à cordes, « *cythariste*. » La musique dramatique a, comme on le voit, suivi la destinée du drame. D'abord exclusivement liturgique, elle se composait seulement des sons graves de l'orgue. Cet instrument, liturgique par excellence, a été conservé, puisque notre drame est noté en plain-chant[1], mais on admet d'autres instruments plus mondains, des tambours, des cithares, etc. Il nous suffit de signaler le fait, sans insister davantage sur un sujet où nous reconnaissons volontiers notre entière incompétence.

Avant que le roi de Perse n'arrive près du trône où *Balthasar* est toujours assis, deux hommes armés se détachent du cortége et vont chasser de son échafaud le malheureux roi d'Assyrie qu'ils font semblant d'égorger. C'est ainsi que l'on figure la prise de Babylone. *Darius* prend place sur le trône vacant et y siége dans toute sa majesté. Sa cour le salue du cri de Vive le roi !

« *Antequam perveniat* REX *ad solium suum, duo precurrentes expellent* BALTHASAR *quasi interficientes eum. Tunc sedente* DARIO *rege in majestate,* sua CURIA *exclamabit[2]* :

Rex in eternum vive !

___

1. C'est du moins l'opinion de M. de Coussemaker.
2. « *Postea* DARIUS, *rex Persarum et Medorum, adveniens cum exercitu suo et, quasi interficiens* BALTASAR, *auferat ei coronam et imponat capiti suo. Qui cum sederit in trono suo, cantabitur hec laus coram eo...* » (**Texte** d'Hilaire).

Deux des courtisans s'agenouillent et parlent au roi à l'oreille : ils lui conseillent de mander *Daniel* à sa cour. Le roi donne l'ordre, et *Daniel* est amené processionnellement par les envoyés de *Darius* qui chantent le *conductus* que nous avons rapporté plus haut. *Darius* fait asseoir le prophète à ses côtés et le nomme son principal ministre :

> Quia novi te callidum,
> Totius regni providum
> Te, Daniel, constituo,
> Et summum locum tribuo.

Jaloux de cette haute faveur, les conseillers du roi résolvent la perte de ce juif qu'on leur a préféré, et, dans ce but, ils conseillent au roi de se faire rendre les honneurs divins. Si quelqu'un de ses sujets refuse de se soumettre à son ordre, qu'on le jette en pâture aux lions ! *Darius* ne manque pas de tomber dans ce piége :

> Ego mando
> Et remando
> Ne sit spretum
> Hoc decretum.
> O Hez !

Cette exclamation « *O Hez !* » qui, au premier abord, semble étrange dans la bouche du roi de Perse, tendrait à prouver que la représentation de notre drame était une de ces réjouissances dont nous avons parlé plus haut et qui marquaient la période des fêtes de Noël. Nous la retrouvons au refrain de la fameuse *Prose de l'âne :*

> Orientis partibus
> Adventavit asinus
> Pulcher et fortissimus,
> Sarcinis aptissimus,
> Hez, sire asne, hez [1] !

---

[1]. Cette *prose de l'âne* demanderait à être examinée avec une critique sévère. Il en existe plusieurs versions. Celle du manuscrit de Sens est loin d'avoir le caractère ridicule de la version rapportée par Du Cange (au mot *Kalendæ*). Je pense que cette prose a été inspirée à l'origine par un sentiment pieux qui a dégénéré en parodie par suite d'additions successives. Cf. Félix Clément, *Histoire générale de la musique religieuse*, Paris, Adrien Leclère, 1860, in-8, p. 153 et suiv.

Cependant *Daniel*, qui ne veut point obéir à un tel décret, s'échappe secrètement de la cour et va prier Dieu dans sa maison. Les envieux posent alors au roi cette question perfide : N'as-tu pas ordonné que celui de tes sujets qui refuserait de t'adorer fût donné en pâture aux lions? — Sans doute, répond le roi, qui ne sait où ils veulent en venir.

> Vere jussi me omnibus
> Adorari a gentibus.

Les envieux vont saisir *Daniel* et l'amènent au roi :

> Hunc Judeum
> Suum Deum
> Danielem vidimus
> Adorantem
> Et precantem
> Tuis spretis legibus.

Le roi hésite, il voudrait sauver *Daniel;* tantôt il consent à sa perte, tantôt il s'y refuse. Enfin il cède aux suggestions perfides de ses conseillers qui, pour le déterminer, lui montrent le texte de la loi :

> REX *hoc audiens, velit, nolit, dicet :*

> Si sprevit legem quam statueram
> Det penas ipse quas decreveram.

Les satrapes saisissent *Daniel*, tandis que le prophète essaye en vain d'exciter par ses plaintes la pitié du roi. — Tu n'as rien à craindre, lui dit celui-ci avec ironie, ce Dieu que tu sers si fidèlement te délivrera par un miracle.

> Deus quem colis tam fideliter
> Te liberabit mirabiliter.

Daniel est jeté dans la fosse aux lions. Mais un ange (c'est-à-dire un acteur qu'on avait jusqu'alors tenu caché derrière quelque tapisserie) apparaît tout à coup un glaive en main et empêche les lions de faire aucun mal au prophète. En même temps un autre ange apparaît à *Abacuc* et lui ordonne de porter à *Daniel*, dans la fosse, les aliments qu'il destinait à ses moissonneurs :

> Abacuc, tu senex pie,
> Ad lacum Babylonie
> Danieli fer prandium,
> Mandat tibi rex omnium.

— Mais, répond *Abacuc*, j'atteste Dieu que j'ignore où est située Babylone et que je ne connais point ce lieu où tu dis qu'est placé *Daniel*.

> Novit Dei cognitio
> Quod Babylonem nescio,
> Neque locus est cognitus
> Quo Daniel est positus.

L'ange, le saisissant alors par les cheveux, « *apprehendens illum capillo capitis sui*, » le conduit à la fosse aux lions, censément à travers les airs, et, après qu'il a offert ses aliments à Daniel, le ramène en son lieu « *in locum suum*. »

Cependant le roi, tourmenté par ses remords, vient vers la fosse et dit en pleurant :

> Tu ne putas, Daniel, salvabit, ut eripiaris
> A nece proposita, quem tu colis et veneraris.

Mais il trouve *Daniel* sain et sauf, qui lui apprend que Dieu a envoyé un ange pour le sauver.

> Rex in eternum vive!
> Angelicum solita misit pietate patronum
> Quo Deus ad tempus conpescuit ira leonum.

Le roi, tout joyeux, ordonne de délivrer *Daniel* et de jeter les envieux dans la fosse. On les dépouille, on les y précipite, et les lions les dévorent au même instant ou plutôt font semblant de les dévorer, ce qui exigeait une certaine habileté de mise en scène. C'est alors que *Daniel*, remonté au faîte des honneurs, prophétise, et qu'à la suite de sa prophétie un ange apparaît dans les airs, c'est-à-dire, par exemple, dans le *triforium*, si le drame était joué dans l'église, et, s'il était joué sur le parvis, dans la galerie qui règne au-dessus du portail, et annonce la naissance du Sauveur. A cette heureuse nouvelle, les *chantres* entonnent le *Te Deum* et le drame est terminé.

« *His auditis* CANTORES *incipient* Te Deum laudamus. »

A Rouen, quand la procession des prophètes, y compris *Balaam* et son âne, se déroulait dans la nef de la cathédrale, si les spectateurs étaient déjà des curieux, quoiqu'ils fussent encore des fidèles, à plus forte raison devons-nous donner ce nom de curieux aux spectateurs de nos deux drames de *Daniel*. Ce n'est pas qu'ils ne soient animés d'intentions pieuses, bien plus, d'intentions liturgiques, et qu'ils ne soient persuadés qu'en assistant à cette représentation, ils assistent à un office, supplémentaire, extraordinaire, extérieur peut-être, mais enfin, je crois l'avoir prouvé, à un office. Mais il faut avouer que cet office les met en joie et que cette joie s'exhale fort bruyamment. Voyez-vous, soit dans l'église, sous les hautes voûtes croisées d'ogives, soit dans le cloitre ou sur le parvis, en plein air, sous la voûte du ciel, cette multitude d'étudiants et d'écoliers, gent tumultueuse pour l'ordinaire, et avec eux cette grande masse de peuple qui n'est pas fâchée, tout en s'instruisant, de s'amuser un peu, à l'occasion de la Noël? L'orgue résonne, les harpes vibrent, les tambours battent des marches allègres. Voilà Balthasar et ses courtisans ! Voilà la reine ! Voilà Darius et ses satrapes ! Voilà les anges ! Voilà Abacuc! Voilà Daniel ! Et les lions dans la fosse ! Et la main mystérieuse ! On s'étonne, on s'écrie, on trépigne, on applaudit. Et de rire. Nous sommes dans une période de gaieté. Le Christ est né! Réjouissons-nous, « *Gaudeamus!* » Certes, si ce beau tapage a eu lieu, comme c'est possible, dans la cathédrale de Beauvais, le vénérable édifice s'est, ce jour-là, singulièrement déridé. Et cependant, au sujet de la *Procession de l'âne* de Rouen, nous avons dit qu'on la supprimait quand les spectateurs s'abandonnaient à une gaieté trop bruyante.

Mais il y a une distinction à faire. La *Procession de l'âne*, quoique facultative, quoique distinguée des autres rites, avait dans l'office une place fixe, elle avait lieu entre tierce et la messe, et pendant cette messe les prophètes qui avaient joué un rôle dans le drame guidaient le chœur. Les abus qui se seraient glissés dans cette scène auraient donc souillé en quelque sorte l'office ordinaire, l'office divin. Le drame de *Daniel* au contraire, comme le texte d'Hilaire nous l'a montré, était un office pour ainsi dire mobile, qu'on célébrait à matines ou à vêpres, le matin ou l'après-midi. Peut-être même, nous l'avons dit, n'avait-il pas de jour déterminé dans la période des fêtes de Noël. Il faisait, ce semble, partie de cette liturgie extraordinaire et joyeuse destinée tout à la fois à instruire le peuple et à l'amuser, mais où la prière tient beaucoup moins de place que l'enseignement et l'amusement. Il en résulte qu'on devait être moins difficile à son égard. En outre, il ne faut s'attendre à trouver ni dans tous les temps ni dans tous les diocèses une législation uniforme au sujet de ces représentations. L'autorité suprême, qui en proscrivait l'abus, semble en avoir toléré l'usage [1] ; le clergé inférieur surtout était très-attaché à ces coutumes dramatiques.

Mais entre l'abus et l'usage la ligne est difficile à tracer ; il a dû y avoir de fréquents tiraillements, des appréciations et des décisions diverses. De là d'apparentes contradictions auxquelles il ne convient pas d'attacher une trop grande importance. Les deux drames de *Daniel* sont deux frappants exemples du mystère semi-liturgique déjà très-développé et représenté peut-être dans l'église, peut-être hors de l'église, peut-être même dans l'église ou hors de l'église, suivant les cas.

Avant de pénétrer dans le grand cycle dramatique du quinzième siècle, nous devons, après les phénomènes de la loi d'*assimilation et d'amplification*, et ceux de la loi de *désagrégation*, étudier les phénomènes de la loi d'*agglutination*, tels que nous les offriront le drame d'*Adam* et la *Nativité* de Munich, l'un du douzième, l'autre du treizième siècle, et alors, nous l'espérons, on ne doutera plus qu'il n'ait existé, du onzième au quatorzième siècle, un théâtre à la fois religieux et populaire, et que ce théâtre ne soit issu de la liturgie.

1. « Interdum ludi fiunt in ecclesiis theatrales, et non solum ad ludibriorum spectacula introducuntur in eis monstra larvarum, verum etiam in aliquibus festivitatibus diaconi, presbyteri, ac subdiaconi insaniæ suæ ludibria exercere præsumunt : fratres, vobis mandamus, quatenus ne per hujusmodi turpitudinem Ecclesiæ inquinetur honestas, prælibatam ludibriorum *consuetudinem, vel potius corruptelam*, curetis a vestris Ecclesiis extirpare. » (Decretal. Gregor. IX, lib. tert., tit. 1 de vit. et honest. Cleric., cap. 12. Innocentius III. Prælatis et clericis Lombardiæ, an. 1210.)

IV.

DRAMES JUXTAPOSÉS. — LE DRAME D'ADAM [1].

La scène des *Prophètes du Christ* a été, nous l'avons dit, maniée et remaniée de bien des façons pendant tout le moyen-âge. C'était, il est vrai, une facilité singulière de pouvoir sans cesse introduire dans cette scène de nouveaux prophètes et de nouvelles prophéties. Il ne fallait pas un grand effort d'esprit pour étendre et, par suite, transformer l'ancien drame ; il suffisait de puiser dans les Écritures, qui offraient en abondance des personnages ayant eu, plus ou moins, le caractère prophétique. La *Procession de l'âne* nous a montré qu'on avait usé largement de cette faculté : nous avons vu, dans ce mystère, toute une troupe de nouveaux prophètes venir s'intercaler dans les rangs anciens pour grossir le cortége et rendre le défilé plus pompeux. L'ordre de ce défilé n'était pas bien exact ; dans cette procession, pour ainsi dire historique, les règles de la chronologie n'avaient

1. Nous empruntons à M. Luzarche la description du manuscrit qui contient le drame d'*Adam*, et qui, acheté en 1716 par les Bénédictins de Marmoutier à la famille de Lesdiguières, fait aujourd'hui partie de la bibliothèque municipale de Tours.

« C'est, dit M. Luzarche, un in-octavo de forme carrée, écrit sur un papier de coton, probablement d'origine orientale. Ce volume a été écrit à deux époques, et, peut-être, par deux mains différentes. La première partie, comprenant quarante-six feuillets, appartient à la seconde moitié du XII⁰ siècle ; la dernière, comprenant le reste du volume, au commencement du XIII⁰.

Cette première partie commence par un office latin de la Résurrection, dramatisé et mis en musique. A la suite de cette scène liturgique et du drame d'*Adam*, en français, on trouve dans le même manuscrit les pièces suivantes :

1⁰ La vie de saint Georges, sous ce titre : *Incipit vita beati Georgii militis.*

2⁰ Une longue vie de la Vierge Marie, intitulée : *Incipit vita sancte Marie Virginis.*

3⁰ La vie du pape saint Grégoire. *Incipit vita sancti Gregorii papæ.*

4⁰ Un recueil de sentences ou de dits moraux.

5⁰ Un long fragment d'une vie de sainte Marguerite.

6⁰ Le *miracle de Sardenay*, attribué à Gautier de Coincy. »

Il n'est pas inutile d'ajouter que dans le *catalogue des livres qu'on a acheptés de la bibliothèque de M. Lesdiguierres*, l'année 1716, encore aujourd'hui possédé par la bibliothèque de Tours, le manuscrit est désigné par ce titre vague : *Prières en vers.* (Cf. Luzarche. Préface. p. III-XI.)

guère été respectées. Ce défaut, il est vrai, datait de plus loin ;
car, dans le mystère de Saint-Martial de Limoges, David vient
après Isaïe, Jérémie, Daniel et Abacuc, que régulièrement il
devrait précéder, et c'est une chose étrange que d'entendre
Nabuchodonosor prophétiser après Virgile. Mais l'auteur du trope
dramatique de Saint-Martial est excusable, car il se bornait à
mettre en vers le sermon *Vos inquam*, et ce serait vraiment
être trop exigeant, que d'imposer à un prédicateur qui dispose,
comme il veut, ses preuves, la rigueur de l'ordre chronologique.
Au contraire, l'auteur du drame de Rouen, à supposer même
qu'il voulût accepter, pour les prophéties qu'il empruntait au
texte de Saint-Martial, l'ordre que ce texte avait suivi, aurait pu
du moins respecter un peu plus la chronologie dans ses interca-
lations. Rien, à coup sûr, ne l'obligeait à placer Aaron après
Amos et Isaïe, Balaam après Daniel et Abacuc. Le reproche
toutefois n'est pas grave. Outre que le liturgiste avait peut-être,
pour agir ainsi, des raisons qui nous échappent, on sait de reste
que l'histoire appartient au poète, comme l'argile au potier. Le
drame, chanté dans l'église à son origine, avait un caractère
lyrique qu'on ne saurait méconnaître, et nous devons, par
conséquent, lui passer quelques unes des licences que le sévère
Boileau ne refusait pas à l'ode :

Chez elle un beau désordre est un effet de l'art.

Cependant, avouons-le, l'ordre chronologique satisfait mieux
l'esprit, et il semble que cet ordre, qui paraît si négligé, a pourtant inspiré des additions autres que celles observées par nous dans
la *Procession de l'âne*, et qui ont enrichi de leur côté l'antique
scène des *Prophètes du Christ*. En effet, le défilé des prophètes
commence à Rouen par Moïse ; à Saint-Martial, il commençait par
Israel ou Jacob. En partant soit de Moïse, soit de Jacob, et en
remontant la chaîne des temps dans l'ordre chronologique, on
trouvait dans l'Ancien-Testament divers personnages qui pouvaient passer pour des prophètes du Christ. Je suis convaincu
que dans certains diocèses Abraham, par exemple, prit de
bonne heure la tête du défilé. Le sacrifice qu'il fut sur le point
d'accomplir en immolant son fils Isaac est, on le sait, une figure,
un présage du sacrifice du Calvaire. Abel, le premier juste
immolé, Abel, gracieux et touchant symbole du Rédempteur,

méritait bien aussi de guider les prophètes, si ce rôle n'avait dû revenir plutôt à son père Adam, dont le péché avait rendu nécessaire la naissance et la mort du Fils de Dieu. En d'autres termes, je crois que non-seulement Abraham, mais Abel et peut-être avec lui Caïn, Adam et peut-être avec lui Ève, ont été ajou-tés d'assez bonne heure, dans certaines versions qui ne nous sont pas parvenues, en tête du défilé, et qu'ils n'y figuraient d'abord que comme de simples prophètes dans la bouche desquels le liturgiste avait mis une prophétie, ou peut-être dès lors un court dialogue.

L'introduction d'Abel dans la scène des *Prophètes du Christ* est peut-être même postérieure à celle d'Adam, qui l'aurait naturellement amenée, et qui aurait été elle-même amenée par celle d'Abraham. Du père des Hébreux au père des hommes il n'y a pas loin, principalement dans la doctrine de l'Église, qui se doit refléter dans sa liturgie. Si Abraham a été choisi par Dieu pour devenir l'ancêtre de son peuple préféré, c'est que la race d'Adam était devenue infidèle à son Créateur, mais Adam avait été le premier élu. Ils sont tous deux les ancêtres et les précurseurs du Christ; le Sauveur a tenu à honneur de se dire fils d'Abraham, et lui-même a été nommé le second Adam :

Hic est Adam qui secundus per prophetam dicitur,
Per quem scelus primi Ade a nobis diluitur...

Ces deux vers, que j'emprunte au mystère de l'*Époux*, ex-priment bien le sentiment de la liturgie à l'égard du premier homme; ils expliquent et justifient la présence d'Adam dans un drame liturgique, et qui faisait, à son origine, partie intégrante de l'office de Noël. Le premier pécheur était bien à sa place au milieu de prières, de cantiques et de représentations, destinés à célébrer la naissance du Rédempteur, car, encore une fois, cette naissance, c'était son péché qui l'avait rendue nécessaire, et Dieu la lui avait annoncée en le chassant du Paradis. Cette idée est encore exprimée, de la façon la plus explicite, dans un trope de Noël, dans un cantique qui suit immédiatement celui que nous avons rapporté, d'après le ms lat. 1139, comme terminant le mystère des *Prophètes du Christ* de Saint-Martial. Les acteurs ou plutôt les officiants pouvaient, à leur gré, entonner l'un ou l'autre des deux tropes à la fin du drame :

Hɪᴄ[1] ɪɴᴄᴏᴀɴᴛ Bᴇɴᴇᴅɪᴄᴀᴍᴜѕ.

Letabundi jubilemus,
Accurate celebremus etc.
Aʟɪᴜᴍ (*sic*) Bᴇɴᴇᴅɪᴄᴀᴍᴜѕ.

Prima mundi seducta sobole,
Perturbati sunt paradicole
    Fraude nota;

Fraude nota Adam condoluit,
Eva quoque, que scelus monuit,
    Fit commota.

Fit commota, planxitque nimium,
Que seduxit et se, et socium
    Adam, Eva.

Adam Eva, mali convivio,
Imposuit longo exilio,
    Uxor Eva.

Uxor Eva decepit hominem
Fraude, sed fraus per sanctam Virginem
    Est adempta.

Est adempta plebs diabolica,
Ergo plaudat voce magnifica
    Plebs redempta!

Plebs redempta plaudat magnifice,
Benedicat nato deifice
    Ex Maria!

Ex Maria natus est Dominus,
Cujus regni non erit terminus.
    Et gratias.

Quand on a lu ce cantique, on s'étonne de moins en moins qu'Adam ait été appelé par certains liturgistes en tête de la *procession des prophètes*. C'a été, nous l'avons dit, la tendance constante du moyen-âge, de transformer en personnages dramatiques les noms qui figuraient, à un titre quelconque, dans les offices d'où les drames sont sortis, et rien n'était plus dans

1. Ms. latin 1139, f. 58.

les habitudes des liturgistes de cette époque, que d'emprunter à un cantique qui terminait le drame le personnage qui faisait le sujet de ce cantique, pour l'introduire dans le drame même. Il est donc on ne peut plus naturel que, dans certains diocèses, le mystère ait emprunté à son chant final le personnage d'Adam, qui était d'ailleurs également amené par la tendance qui avait fait remonter la chaîne des temps, et passer de Moïse ou de Jacob à Abraham.

Cela était d'autant plus naturel, qu'à Saint-Martial même, nous trouvons, parmi les leçons de Noël [1], un assez long parallèle entre le premier et le second Adam, qui est Jésus-Christ :

..... Primus homo de terra terrenus; secundus homo de cœlo cœlestis. Primum hominem mulier corrupta mente decepit; secundum hominem Virgo incorrupta virginitate concepit. In primi hominis conjuge, nequitia diaboli seductam depravavit mentem; in secundi autem hominis matre, gratia Dei et mentem servavit, et carnem. Menti contulit firmissimam fidem, carni abstulit omnino libidinem. Quoniam igitur miserabiliter pro peccato dampnatus est homo, ideo sine peccato miserabiliter natus est Deus-Homo. Adtendite, fratres, *medicinalis gratie lineas, divina nobis benignitate monstratas.* Tunc ad Evam angelus malus accessit, ut per eam homo, quem Deus fecerat, a Deo separaretur; nunc autem ad Mariam bonus angelus venit, ut in ea humane nature Deus unigenitus uniretur. Venit ad Evam diabolus, ut vitam nobis malignus auferret; venit ad Mariam Gabrihel, ut vitam reddendam hominibus nunciaret. Per primi hominis culpam, cœpit diabolus homini dominari; per secundi hominis gratiam, cœpit ab homine superari. Super primum superbus, sub secundo captivus. Per illum, nos captivatos tenuit; per istum, nos liberatos amisit. *Primus Adam* nobis auctor extitit culpe; *novissimus Adam* nobis auctor extitit gratie. Ille de limo plasmatus, terrenos protulit; iste de Spiritu sancto natus, celestes effecit. Per illum, perdidimus gratiam priorem; per istum, recepimus ampliorem. Ille quippe nobis intulit peccati maculam, cum qua nasceremur ad supplicium; iste nobis contulit justificationis gratiam, ut renasceremur ad regnum. Per illum, nos filios seculi generatio carnalis effecit; per istum, nos filios Dei generatio spiritualis exibuit. Ille nos vitiis subdidit; iste nos virtutibus florere fecit. Ille nos per vitia dejecit quo primus cecidit; iste nos per virtutes elevat quo primus ascendit. Ille quippe primus cecidit in infernum; iste primus conscendit in cœlum. Interea, fratres, dignum est ut, in die Nativitatis dominicæ, diem quoque dominicæ Resurrectionis sollempniter audiatis...

1. Huitième leçon des matines, au f° 34 du ms. latin 743, qui est du XII° siècle.

Je ne nie pas que cette série d'antithèses, qui rappelle assez bien la prose de tel poète de nos jours, ne soit, à la longue, passablement fatigante, mais j'ai dû rapporter ce fragment, parce qu'il nous montre, dans un texte liturgique bien antérieur à tous nos drames, Adam considéré comme un prophète du Christ, et introduit à ce titre dans l'office de Noël. Je suis tout particulièrement frappé du rapport qui existe entre cette leçon et le trope que je viens de rapporter, et je ne serais nullement étonné que ce trope eût été tiré de cette leçon même, qui aurait également fortement contribué à faire admettre Adam en tête du défilé des *prophètes du Christ*, qui avait lieu, on le sait, dans ce même office canonial du jour de Noël, où nous trouvons ce frappant parallèle. A ce propos, je ferai une observation. Ce serait une curieuse étude, que celle qui consisterait à chercher l'origine de plusieurs des cantiques, même non dialogués, qui sont ou qui ont été en usage dans la liturgie, non-seulement dans les Ecritures, mais aussi dans les ouvrages, authentiques ou apocryphes, des pères et des docteurs de l'Eglise, auxquels on a emprunté un grand nombre des leçons de l'office; mais une telle étude sortirait absolument du cadre de ce travail.

Une fois Adam et Abel introduits dans le drame, et placés en tête de la *procession des prophètes*, soit qu'ils y eussent amené avec eux, dès le principe, Eve et Caïn, leurs compagnons naturels, soit que ceux-ci n'y soient entrés que plus tard, quand le rôle d'Adam et celui d'Abel commencèrent à se développer, il est probable que la tendance par nous signalée, à propos des scènes de Nabuchodonosor et de Balaam dans la *Procession de l'âne*, et aussi à propos des deux drames de *Daniel*, dut également avoir ici son cours, et exercer son influence sur ces nouvelles prophéties. Deux petites scènes, l'une d'Adam et Eve, l'autre d'Abel et Caïn, durent être, à un moment donné, dans certaines versions que nous ne possédons plus, comprises dans le grand drame des *Prophètes du Christ*. Ces petites scènes allèrent se développant de jour en jour, et lorsqu'elles furent arrivées à un point de croissance tel, que l'une et l'autre constituaient une action complète, qui pouvait se suffire à elle-même, et être représentée indépendamment de l'ancien drame, elles durent se séparer du cadre commun, pour vivre de leur vie propre. A un moment donné, il a dû exister un drame d'*Adam et Eve* et un drame d'*Abel et Caïn*, tout à fait analogues à ces deux drames de *Daniel*, que nous avons longuement examinés, il y a peu de temps.

Deux faits particuliers de la liturgie, qu'il est utile de signaler, ont pu contribuer à la création de ces deux scènes, puis de ces deux drames, d'*Adam et Ève*, d'*Abel et Caïn*. L'une de ces circonstances se rapporte à l'office du mercredi des Cendres.

Ce jour qui est, comme on sait, le premier du carême, était marqué au moyen-âge par une triste cérémonie. L'Eglise inaugurait ce jour-là la pénitence publique, et expulsait pour un temps du sanctuaire les pécheurs qu'elle avait condamnés à cette expiation humiliante. Cette expulsion se faisait en grande pompe et avait le caractère, si fréquent dans la liturgie, d'une cérémonie symbolique, d'une représentation figurée. Les pénitents, chassés de l'église, rappelaient la mémoire de nos premiers parents, chassés du Paradis, et, jusque dans ses moindres détails, la liturgie s'était efforcée d'accuser fortement ce souvenir, de l'exprimer sous une forme dramatique.

L'évêque, après avoir imposé les cendres aux pénitents, et les avoir arrosés d'eau bénite, ordonnait à ses ministres de les chasser de l'église. Le clergé les conduisait processionnellement jusqu'aux portes, en chantant le répons : *In sudore vultus tui*, puis, quand les portes s'étaient refermées sur eux, on entonnait cet autre répons, également destiné à bien marquer le caractère symbolique de la cérémonie : *Ecce Adam quasi unus*.

Dans certains diocèses, c'était l'évêque lui-même qui, la crosse à la main, faisait cette exécution : les pénitents, pieds nus, se tenant par la main, formaient une longue file, et le premier d'entre eux, représentant plus spécialement Adam, était saisi par l'évêque, qui l'expulsait, et avec lui tous ses compagnons.

Cette cérémonie donna lieu dans une ville d'Allemagne, à Halberstadt, à une curieuse coutume, qui probablement s'introduisit quand les pénitences publiques furent tombées en désuétude. Un malheureux pécheur, quelque vagabond sans doute, fut chargé du rôle de bouc émissaire. Il fut l'Adam d'Halberstadt, *Adamus Halberstadiensis*. Le mercredi des Cendres, on le chassait de l'église avec un cérémonial peu différent sans doute de celui que je viens de rapporter. Il prenait place alors sur un banc de pierre que, dit-on, l'on montrait encore au siècle dernier, et là, contrit et humilié, couvert d'un cilice, faisait pénitence au nom de toute la ville. Ce n'est pas tout, il lui fallait parcourir, pieds nus, durant le Carême, les rues et les carrefours, sans autre nourriture que celle qui lui était abandonnée par la compassion des habitants. Enfin, le jeudi saint, il recevait l'absolution solennelle et, en ce jour, la charité des fidèles le dédommageait de ses souffrances [1].

Ce rite de l'expulsion des pénitents était assez frappant, et rappelait d'une façon suffisamment dramatique le malheur du premier homme, pour que les esprits des fidèles en demeurassent comme préoccupés, et qu'il se produisît, dans divers diocèses, une tendance à tirer parti de cet élément dramatique. Or ce drame nouveau, qu'on méditait, trouvait une place naturelle dans l'office de Noël, où Adam avait déjà été introduit, et où il figurait entre les *prophètes du Christ*. Transporter à Noël l'élément dramatique contenu dans l'office du premier jour du carême, n'était-ce pas le meilleur moyen de joindre ensemble ces deux idées, la pénitence et la rédemption, la chute du premier Adam et la naissance du second Adam, du Sauveur? Il n'est donc pas sans vraisemblance de supposer que le rite célébré par l'Église le mercredi des Cendres a contribué à la naissance du drame d'*Adam* et aux progrès qu'il accomplit peu à peu au sein de l'office de Noël.

L'autre fait, dont il me reste à parler, se rapporte à un office antérieur dans le cours de l'année liturgique à celui du mercredi des Cendres, je veux dire à l'office de la Septuagésime. Le dimanche de la Septuagésime, et les jours qui suivent, une partie des leçons de l'office canonial est empruntée aux débuts de la Genèse, et le bréviaire raconte ainsi aux fidèles la création du monde, celle de l'homme, la chute d'Adam et d'Ève, l'histoire d'Abel et de Caïn. On avait là, pour accroître les drames nouveaux, qui tendaient à se développer au sein de l'ancien drame des *Prophètes du Christ*, tous les éléments nécessaires, on n'avait qu'à puiser dans ces leçons, et pour qui s'est rendu compte du caractère intime de ce théâtre primitif, ce n'est pas une chose de médiocre importance, que ces éléments figurassent déjà dans la liturgie. Je ne prétends pas dire qu'on ne les aurait pas su trouver dans la Genèse, mais, comme ces leçons étaient déclamées pendant l'office, la liturgie leur donnait déjà, si l'on

---

1. Voyez Martène, *De antiq. eccles. rit.*, t. III, au mercredi des Cendres.

me passe cette expression, une sorte de publicité dramatique, qui excitait les esprits à transformer complètement ces récits en drames, et comme le premier germe de ces drames existait déjà dans l'office de Noël, on y transportait peu à peu tous ces récits qui, si j'ose le dire, y prenaient vie et couleur au sein du vieux drame, qui a été comme le moule de tant d'œuvres nouvelles. En outre, quand, d'une part, le drame d'*Adam et Ève*, et, d'autre part, celui d'*Abel et Caïn*, ayant atteint une dimension incompatible avec leur caractère d'actions secondaires, comprises dans une action principale, se séparèrent l'un et l'autre des *Prophètes du Christ*, pour vivre de leur vie propre, ces leçons de la Septuagésime, ainsi que les répons qui les accompagnaient, leur offrirent un cadre naturel, transporté tout entier aux fêtes de Noël, et qui leur conservait un caractère liturgique, en leur donnant l'aspect de deux récitations dramatiques, de deux offices extraordinaires, qui bientôt, sans doute, furent des offices extérieurs.

Nous voici donc arrivés, pour le drame d'*Adam et Ève*, et pour le drame d'*Abel et Caïn*, exactement au même point où nous avons trouvé naguère les deux drames de *Daniel*, et où se rencontrèrent aussi, sans doute, plusieurs autres drames, également issus des *Prophètes du Christ*, et par les mêmes procédés, mais que nous ne possédons plus, par exemple, un drame d'*Abraham*, un drame de *Jacob*, un drame de *Moïse*, tous indépendants l'un de l'autre, joués séparément, reliés seulement ensemble par le souvenir de leur origine, et la place qu'ils occupaient, dans divers diocèses, parmi les offices dramatiques, destinés à célébrer les fêtes de Noël. Ici commence un curieux mouvement, nous voyons se produire un phénomène singulier, et pourtant logique, et qui peut-être, de tous ceux que nous avons étudiés, a le plus contribué à la formation de ce que j'oserais appeler, si ce nom ne devait paraître trop ambitieux, l'épopée dramatique du Moyen-Âge. Ce mouvement en effet, présente une frappante analogie avec celui qui a consisté à grouper, dans l'unité des poëmes chevaleresques, les antiques Cantilènes et, plus tard, ces poëmes eux-mêmes dans l'unité des grandes gestes. Je n'ai pas besoin de m'expliquer davantage, nos savants confrères, MM. Gaston Paris et Léon Gautier, nous ont, Dieu merci, rendu assez familière cette marche vers une unité systématique. [1] Pour le théâtre, comme pour l'épopée, on tendait sans cesse à développer, à accroître les éléments premiers : c'est pourquoi l'on avait introduit de nouveaux personnages dans la procession des prophètes, puis transformé certains rôles en de petites scènes, puis grossi chacun de ces petits drames, jusqu'à ce que, ne pouvant plus les maintenir au sein du drame primitif, on se résolut à les en séparer, pour les augmenter encore : c'est pourquoi, une fois isolés, on s'occupa de les réunir. Le cadre ancien, s'étant trouvé trop étroit, avait été brisé ; on chercha à créer un cadre nouveau, plus large, et de nature à comprendre tous ces drames dans la vaste unité d'une action gigantesque. Mais cela ne se fit point tout d'un coup, il y eut des combinaisons diverses, des tâtonnements, si l'on veut, et le texte d'*Adam*, tel que nous le présente le manuscrit de Tours, tel que nous le devons à la courageuse initiative de M. V. Luzarche, qui l'a publié en 1854, est le résultat d'un de ces tâtonnements. L'idée qu'on poursuivait était celle-ci : représenter toutes les scènes ou, du moins, les scènes principales de l'Ancien Testament, comme les péripéties d'un drame immense, dont le point de départ était la chûte de l'homme, et le dénoûment, la naissance du Rédempteur. Mais, si l'on songe qu'on était parti de l'idée, au fond semblable, mais incomparablement plus étroite, qui fait le sujet du sermon *Vos inquam*, c'est-à-dire de l'évocation pure et simple de plusieurs prophètes, venant redire leurs prophéties, et rendre ainsi témoignage au Verbe incarné, on comprendra que la transformation d'une idée en l'autre se soit accomplie par degrés, et ait passé par des phases variées presque à l'infini, suivant les temps et suivant les lieux. Le grand travail qui se fit pour cette partie du cycle dramatique, qui embrassait les temps antérieurs à la naissance du Sauveur, a donc consisté à combiner de diverses façons, les drames issus directement ou indirectement de l'ancienne scène des *Prophètes du Christ*, soit entre eux, soit avec cette scène elle-même, qui, demeurée dans la liturgie tandis que ce travail s'accomplissait, servait de point de repère, en sa qualité de source commune et de premier principe, et permettait toujours de rattacher à une même idée, c'est-à-dire à l'office de Noël, à la

1. Mais on sait aussi que cette théorie a été ici même fortement contestée, voy. 28ᵉ année, pp. 32 et 332-3. — *Réd.*

naissance du Sauveur, les scènes éparses de l'Ancien Testament qui, par un mouvement pour ainsi dire spontané, tendaient à se grouper en un drame unique.

Mais bornons-nous, pour le moment, à notre version de l'*Adam*. On avait donc un drame d'*Adam et Ève*, et un drame d'*Abel et Caïn* : d'autre part, l'antique scène des *Prophètes du Christ* était demeurée dans la liturgie, soumise elle-même, suivant les diocèses, à toutes sortes de variations et de remaniements ; il s'agissait de constituer un drame d'une longueur déterminée, plus étendu que ceux qu'on avait représentés jusqu'alors, sans atteindre cependant à des dimensions telles qu'il fallût, pour le représenter, plus de temps que n'en comportaient ces matines ou ces vêpres extraordinaires, destinées à prendre place parmi les réjouissances qui marquaient la période des fêtes de Noël. Que fit-on? On usa d'un procédé des plus simples et qui ne demandait certainement pas un grand effort d'esprit : on se contenta de rapprocher l'une de l'autre les deux scènes dont on désirait faire un seul drame, et l'on juxtaposa, sans presque les coudre ensemble, la scène d'*Adam et Ève*, la scène d'*Abel et Caïn* ; enfin on y joignit l'antique défilé des *Prophètes du Christ* qui, traversant pour ainsi dire, tout l'Ancien Testament, tint la place des drames subséquents, nés ou à naître, et conduisit, par une série de prophéties, de la chute d'Adam et du meurtre d'Abel à la naissance du Sauveur.

Ainsi donc notre version de l'*Adam* est le résultat de quatre opérations parfaitement distinctes, et qu'il faut classer dans l'ordre suivant :

1° *Adam* et *Abel* sont introduits dans la scène des *Prophètes du Christ*.

2° Leurs rôles s'amplifient et se transforment en deux petites scènes analogues aux scènes de *Nabuchodonosor* et de *Balaam* dans la *Procession de l'âne*, c'est-à-dire comprises dans l'ancien drame des *Prophètes du Christ*.

3° Ces petites scènes, ayant grandi outre mesure, se séparent du tronc commun, et forment deux drames distincts, joués séparément, et analogues aux deux drames de *Daniel*.

4° Enfin ces deux drames, qui se sont développés encore, sont replacés l'un à côté de l'autre, on leur adjoint la scène des *Prophètes du Christ*, et l'on obtient ainsi notre version de l'*Adam*, qui est l'une des ébauches du mystère du *Vieux Testament*.

Voyons maintenant si cette version, telle que nous la possédons, justifiera le système que nous venons de présenter, pour en expliquer l'origine.

Le drame d'*Adam*, comme l'a très-bien expliqué son éditeur, M. Luzarche, se divise en trois parties parfaitement distinctes, qu'on pourrait, au besoin, appeler des *actes*, bien que ce mot n'ait point été admis dans le vocabulaire dramatique du moyen-âge. Le premier acte se compose de l'histoire d'Adam et d'Ève ; le second, de l'histoire d'Abel et de Caïn ; le troisième enfin est tout entier rempli par le défilé des prophètes. Or, en premier lieu, nous pouvons affirmer sans crainte que cette scène des *Prophètes du Christ* existait par elle-même, indépendamment des deux autres actes. Le drame de Saint-Martial de Limoges et celui de Rouen ont rendu, par avance, cette assertion incontestable.

En second lieu, nous disons que l'acte d'*Adam et Ève*, l'acte d'*Abel et Caïn*, ont eu également une existence indépendante, avant que l'on songeât à les placer côte à côte, à les rapprocher pour former un drame unique. Voici sur quelle raison, empruntée à notre texte même, nous prétendons appuyer notre hypothèse.

Personne n'ignore que, dans la Genèse, Adam et Ève continuent à vivre longtemps encore après le meurtre d'Abel et la fuite de Caïn, et que c'est même pour tenir la place de leur fils bien-aimé, immolé par son frère, que Dieu leur accorde un troisième enfant, Seth, aïeul de Noé, et par Noé, du genre humain. C'est là un récit que tout le monde au moyen-âge savait par cœur, et il était bien certainement impossible de donner le change aux spectateurs, en faisant mourir Adam et Ève avant qu'éclatât la jalousie de Caïn. C'est cependant ce qu'a fait l'auteur de notre Adam et, dans son drame, c'est seulement après qu'Adam et Ève ont été entraînés dans l'enfer par les démons, que paraissent sur la scène Abel et Caïn, pour offrir à Dieu ce sacrifice qui, par sa double issue, fut la cause ou le prétexte du premier meurtre commis sur la terre. Quelle peut être, je le demande, la raison de cette anomalie? Dans notre système, l'explication est bien simple : on s'est borné à réunir ou, pour mieux dire, à juxtaposer deux drames distincts, l'un d'*Adam et Ève*, où l'on n'avait nul besoin de faire mention d'Abel et de Caïn ; l'au-

tre d'*Abel et Caïn*, où l'on n'avait nul besoin de faire intervenir
Adam et Ève.

Il est vrai que nous trouvons dans notre drame une anomalie
du même genre, qui ne semble pas pouvoir aussi facilement
s'expliquer. Notre auteur nous présente Adam et Ève avant
l'introduction de l'homme dans le Paradis terrestre. Or, d'après
la Genèse, Ève a été créée par Dieu dans ce jardin même, pendant le sommeil d'Adam. Cette différence entre notre texte et le
récit de la Bible est d'autant plus singulière, au premier abord,
que le drame d'*Adam* est précisément précédé d'une leçon tirée
de la Genèse. Cette leçon s'arrêtait évidemment après le récit de
la création de l'homme, c'est-à-dire au point où commence notre
drame, qui n'est lui-même qu'un récit dialogué des événements
postérieurs. Mais dans le récit de la création de l'homme que
comprenait cette leçon, nous trouvons cette phrase : « Creavit
Deus hominem ad imaginem suam : ad imaginem Dei creavit
illum, *masculum et feminam creavit eos.* » Notre auteur
aura pu croire que cette phrase, qui avait déjà annoncé aux
spectateurs la création de la femme, l'autorisait suffisamment à
faire paraître Ève à côté d'Adam, avant l'introduction de
l'homme dans le Paradis terrestre, c'est-à-dire non point à dé-
mentir le chapitre II de la Genèse, auquel lui-même fait allusion
dès le début de son drame, mais à intervertir un peu l'ordre des
événements, et à se dispenser de revenir une seconde fois sur la
naissance d'Ève, pour la représenter dans tous ses détails. En
outre, cette anomalie n'est peut-être qu'un souvenir, conservé
par inadvertance, des anciennes versions, où Adam et Ève
n'étaient que les premiers des *prophètes du Christ*, ceux qui
ouvraient le défilé, et qui étaient appelés tout d'abord par le
lecteur, le préchantre, ou les clercs qui tenaient sa place. Dans
la plupart de ces versions, ces deux prophètes devaient s'avancer
simultanément, comme nous avons vu apparaître ensemble, dans
la *Procession de l'âne*, Nabuchodonosor, ses deux gardes et
ses trois victimes. Cette seconde explication aurait l'avantage de
rattacher à la même cause les deux anomalies que nous avons
signalées. En effet Caïn et Abel, évoqués à l'origine en qualité
de seconds prophètes du Christ ou, si l'on veut, pour servir de
second argument contre les Juifs, ne devaient paraître qu'après
la disparition d'Adam et Ève, premiers prophètes, c'est-à-dire
après que le premier argument avait été épuisé.

Aussi concevons-nous un moyen de repousser la preuve que nous tirons de la mort d'Adam et d'Ève, antérieure dans notre drame au crime de Caïn. Ce serait de soutenir que les deux scènes d'Adam et Ève, d'Abel et Caïn, se sont développées, même jusqu'à l'excès, au sein de l'antique scène des *Prophètes du Christ*, sans que ce développement ait amené une rupture. En ce cas, les deux premiers actes de notre drame seraient demeurés distincts, comme l'étaient autrefois les prophéties qui leur ont donné naissance. Le premier acte terminé, on serait passé naturellement au second, sans plus s'occuper d'Adam et d'Ève, comme jadis on passait à la prophétie d'Abel, sans plus s'occuper d'Adam, qui avait achevé la sienne. Mais, outre que ce système aurait contre lui le puissant argument d'analogie que nous pouvons tirer de nos deux drames de *Daniel*, lesquels, nous l'avons prouvé, se sont séparés de l'ancien cadre, le jour où leur développement a été excessif, nous pouvons encore lui opposer un argument plus direct, tiré de notre texte même, c'est-à-dire emprunté à la rubrique qui précède le troisième acte, ou le défilé des prophètes. Voici cette rubrique sur laquelle nous aurons à revenir à divers points de vue :

Tunc erunt parati prophete in loco secreto singuli, sicut eis convenit. Legatur in choro : Vos, inquam, convenio, o Judei, *et vocal eum per nomen prophete, et, cum processerit, honeste veniant, et prophecias suas aperte et distincte pronunciant.*

Cette rubrique indique bien que, dans notre version, le drame d'*Adam et Ève*, le drame d'*Abel et Caïn*, ne font point partie intégrante de la *Procession des prophètes*, car, s'il en était ainsi, l'invocation *Vos, inquam, convenio*, aurait été prononcée avant que l'on commençât la représentation de ces deux drames, et non point seulement quand on l'avait terminée.

Notre texte justifie donc bien l'existence indépendante qu'eurent, à un moment donné, le drame d'*Adam et Ève*, le drame d'*Abel et Caïn*. Mais quelle preuve ou, du moins, quelle présomption nous fournit-il, en ce qui concerne l'introduction primitive d'*Adam* et d'*Abel* dans la *procession des prophètes?*

Il nous offre une forte présomption, un frappant argument d'analogie, en nous montrant qu'Abraham a effectivement figuré en tête de la *procession des prophètes,* puisque, dans notre texte, c'est lui qui ouvre le défilé servant d'épilogue aux scènes

d'Adam et Ève, d'Abel et Caïn. Or, Abraham ne figurait ni
dans le sermon *Vos inquam*, ni dans le mystère de St-Martial,
ni dans celui de Rouen. Par conséquent, de deux choses l'une :
ou l'introduction de ce nouveau prophète est un fait particulier
à notre version, ou c'est un fait plus général, résultant d'une
tendance antérieure à remonter la chaîne des temps dans l'ordre
chronologique. Or il est facile de démontrer que cette tendance
est antérieure à notre version. En effet, dans le sermon, le plus
ancien prophète est Moïse, et Jacob est seulement nommé dans
la prophétie d'Isaïe. Le drame de Rouen, en cela seulement plus
voisin du sermon que le texte de Saint-Martial, ne remonte pas
non plus au-delà de Moïse. Le texte de Saint-Martial place au
contraire Israël en tête du défilé. Nous voyons donc apparaître,
dans la plus ancienne version que nous possédions de la scène
des *Prophètes du Christ*, cette tendance à remonter la chaîne
des temps dans l'ordre chronologique. Il nous semble donc tout
à fait conforme aux règles de la logique, d'admettre que cette
tendance, s'étant exercée de très-bonne heure, a amené Israël,
puis Abraham, puis Adam, et par suite Abel, dans la scène des
Prophètes du Christ, avant que l'on songeât à faire d'Adam
et d'Abel le sujet de drames très-développés. La présence
d'Abraham dans notre texte, et cette circonstance, que l'introduction de ce personnage dans la *procession des prophètes*
semble antérieure à notre texte, sont de fortes présomptions
en faveur de notre théorie, qui consiste à soutenir que, par
suite de cette tendance chronologique que nous avons signalée,
Adam et Abel ont été introduits, à une certaine époque, dans la
scène des *Prophètes*, et qu'ils n'y furent d'abord que de simples
prophètes, récitant une prophétie, ou peut-être engageant dès
lors, l'un avec Ève, l'autre avec Caïn, un court dialogue. Joignez
à cela le trope *Prima mundi seducta sobole*, dont Adam fait le
sujet, et surtout le parallèle *primus homo de terra terrenus* qui prouve que la présence d'Adam dans la liturgie
de Noël remonte à une date fort éloignée, et qu'il y figurait
dès lors à titre de précurseur, de prophète du Christ, et
notre système atteindra, je pense, un certain degré de pro-
babilité.

Nous rattachons, en ces termes, la conclusion que nous
tirons de l'examen auquel nous venons de nous livrer, à
celles que nous avons précédemment formulées :

4° *Le drame d'*ADAM, *tel qu'il a été publié par* M. *Luzarche, n'est autre chose que la réunion à l'ancienne scène des* PROPHÈTES DU CHRIST *de deux drames, l'un d'*ADAM ET ÈVE, *l'autre d'*ABEL ET CAÏN, *qui, après s'y être développés, en avaient été séparés comme le drame de* DANIEL. *C'est en combinant ainsi les drames, issus directement ou indirectement de l'ancienne scène des* PROPHÈTES DU CHRIST, *soit entre eux, soit avec cette scène elle-même, qu'on a opéré la transformation progressive, mais variée suivant les temps et les lieux, du mystère des* PROPHÈTES DU CHRIST *en mystère du* VIEUX TESTAMENT.

Maintenant, laissons pour un moment de côté les deux premières parties de notre drame et, puisque la scène des *Prophètes du Christ* fait le sujet principal de ces études, examinons cette scène, telle que nous l'offre la version publiée par M. Luzarche. Cet examen ne peut manquer de nous fournir quelques renseignements utiles.

En premier lieu, la rubrique « *Legatur in choro :* VOS, INQUAM, CONVENIO, O JUDEI, » nous prouve jusqu'à l'évidence que la scène des *Prophètes du Christ* est bien une transformation du sermon, attribué à saint Augustin, que nous avons reproduit au début de ce travail. Nous pouvons, en outre, à l'aide de cette rubrique, nous faire une idée de ce qu'était cette version primitive, antérieure au texte de Saint-Martial, dont, avons-nous dit, nous essaierons peut-être un jour la complète reconstitution. Bornons-nous, pour aujourd'hui, à constater que cette version n'était autre chose que la leçon du jour de Noël, dont on avait simplement éliminé ce qui ne se pouvait réduire en dialogue; que ce dialogue n'était pas en vers, comme dans le texte de Saint-Martial, et qu'il se composait, à peu de chose près, du texte même du sermon, c'est-à-dire de la partie de ce sermon que l'on avait conservée. Cette version en prose a été une transition naturelle entre le sermon lui-même, lu intégralement mais lu à plusieurs voix, et la version en vers du texte de Saint-Martial.

Au surplus, des traces évidentes de cette version primitive en prose latine sont demeurées dans le texte publié par M. Luzarche. Dans ce texte, toutes les prophéties sont para-

phrasées en vers français, mais ces paraphrases se réfèrent
à de courtes prophéties latines, comme des sermons à leurs
textes. Or, excepté la prophétie latine d'Aaron, qui est en
vers, toutes les autres sont en prose. Parmi ces prophéties
en prose latine, les unes appartiennent à des prophètes qui
figuraient déjà dans le sermon *Vos inquam*, tel que nous
l'avons reproduit, les autres à des prophètes qui n'y figuraient point. Après avoir écarté naturellement ces dernières,
si nous rapportons les premières à celles qui y répondent
dans le sermon, nous trouvons que celles de Moïse, de
Daniel, d'Abacuc et de Nabuchodonosor sont absolument les
mêmes dans les deux textes. Au contraire, celles de David
et de Jérémie, quoique également en prose, sont différentes.
Quant à Isaïe, dans notre texte il prononce deux prophéties
dont l'une est absolument la même que celle du sermon,
tandis que l'autre est le type en prose, qui a servi à
composer la prophétie en vers latins, que ce prophète récite
dans le mystère de Saint-Martial, et dans celui de Rouen.

Des observations qui précèdent nous tirons très-naturel-
lement deux conséquences :

1° Il a bien réellement existé une version des *Prophètes
du Christ* en prose latine, où toutes les prophéties étaient
les mêmes que celles du sermon. C'est la version primitive.

2° Dans certains diocèses, cette version en prose a persisté à côté des versions en vers; comme ces dernières,
elle a reçu des additions et subi des changements. Certaines de ces additions, certains de ces changements, sont
peut-être même antérieurs aux versions en vers.

La prophétie latine d'Aaron est, avons-nous dit, en vers
dans notre texte :

> Hic est virga gignens florem
> Qui salutis dat odorem;
> Hujus virge dulcis fructus
> Nostre mortis terget luctus.

L'auteur du drame d'*Adam*, pour composer la scène des
Prophètes du Christ dont il a fait l'épilogue de sa pièce,
a donc puisé à des sources diverses et mélangé des versions différentes.

Les prophètes qui figurent dans notre texte sont Abraham,

Moïse, Aaron, David, Salomon, Balaam, Daniel, Abacuc, Jérémie, Isaïe et Nabuchodonosor. L'absence d'Israël qui figurait dans le drame de Saint-Martial est d'autant plus remarquable que, comme nous l'avons dit, l'introduction d'Israël dans la *Procession des Prophètes* a été probablement un acheminement à l'introduction d'Abraham. Nous ne retrouvons pas non plus dans cette liste Elisabeth, saint Jean-Baptiste, Virgile et la Sibylle, que nous avons vus figurer non-seulement dans le sermon, mais encore dans le texte de Saint-Martial et dans celui de Rouen. Ce sont là encore des indices des nombreux remaniements que la scène des *Prophètes du Christ* a subis, suivant les temps et suivant les lieux.

Toutefois, la Sibylle n'est pas complétement absente. Ce personnage ne paraît pas, il est vrai, dans notre épilogue, mais sa prophétie y figure sous la forme d'un *dit*, ou sermon en vers sur les *Quinze signes du Jugement*. Ce *dit*, qui n'est évidemment que la paraphrase des anciens vers attribués à la Sibylle, formait déjà à cette époque un morceau à part, analogue à tant d'autres *dits*. Mais originairement, comme nous l'avons vu, cette prophétie du jugement dernier faisait partie intégrante du sermon et du drame qui en est sorti, et l'auteur du drame d'*Adam* l'a rattachée, sous sa nouvelle forme, à la scène des *Prophètes du Christ*, dont elle est la conclusion naturelle.

Il ne nous reste plus à signaler qu'une très curieuse particularité qui se réfère au rôle d'Isaïe, tel que nous le trouvons dans notre épilogue.

Ce rôle ne se borne pas en effet à une simple prophétie, il renferme, en outre, un dialogue avec un Juif qui, se levant tout à coup, contredit le prophète, dispute avec lui, et cependant finit par se rendre:

Tunc exurget quidam de SINAGOGA, disputans cum YSAIA et dicet ei :

> (1) Or me respon, sire Ysaïe,
> Est-ço fable, est-ço prophécie
> Que est içø que tu as dit?

1. Le manuscrit publié par M. Luzarche est extrêmement défectueux; j'ai essayé de corriger quelques fautes, de remettre quelques vers sur leurs pieds.

Truvas-le tu? Où est escrit?
Tu as dormi, tu le sonjas.
Est-ço à certes ou à gas?

ISAIAS.

Ço n'est pas fable, ainz est tut voir.

JUDEUS.

Or le nus fais donches veer.

ISAIAS.

Ço que ai dit est prophécie.

JUDEUS.

En livre escrite?

ISAIAS.

Oïl, de vie.
Ço ne sonjai, ainz l'ai véu.

JUDEUS.

E tu coment?

ISAIAS.

Par Deu vertu.

JUDEUS.

Tu me sembles viel redoté,
Tu as le sens trestot trublé :
Tu me sembles viel e méur,
Tu ses bien garder al miror;
Or me gardez en ceste main
Tunc ostendet ei manum suam
Si j'ai le cors malade ou sain.

ISAIAS.

Tu as le mal de félonie
Dont ne garras jà en ta vie.

JUDEUS.

Malades sui-jo?

ISAIAS.

Oïl, d'errur.

JUDEUS.

Quant garrai?

ISAIAS.

Jamès, à nul jor.

JUDEUS.

Or comence ta devinaille.

ISAIAS.

Ço que jo di, n'en iert pas faille.

JUDEUS.

Or nus redi ta vision,
Si ço est ou verge ou baston,
E de sa flor que porra nestre;
Nos te tendrons puis por no maistre,
E ceste generacion
Escuterat puis ta leçon.

ISAIAS.

Or escutez la grant merveille...

Cette dispute assez originale n'est pas, comme on pourrait le croire au premier abord, un caprice poétique de l'auteur du drame d'*Adam*. Les poètes du moyen-âge ont rarement de ces caprices, et leurs inventions, lors même qu'elles paraissent les plus étranges, sont toujours fondées sur quelque texte, qui peut seul en donner la clef. Or ici, le texte n'est pas bien difficile à découvrir, car c'est tout simplement le sermon *Vos inquam*. On sait que l'auteur de ce sermon s'efforce de convaincre les Juifs, et de dissiper leur aveuglement : à mesure qu'il rapporte les prophéties qui doivent les confondre, il s'adresse directement à eux, les interpelle, suppose les objections qu'ils lui peuvent faire, et immédiatement les réfute. C'est ce que j'ai appelé la partie *dialectique* du sermon *Vos inquam*. Quand ce sermon se transforma en drame, ce furent naturellement les interpellations adressées aux divers prophètes, et les réponses de ces prophètes, qui constituèrent ce drame, parce que c'étaient ces interpellations et ces réponses qui, lues par des voix différentes, avaient, dans le sermon même, fourni l'ébauche d'un dialogue.

Dans le texte de Saint-Martial, cette partie dialoguée du sermon a seule subsisté, mais on retrouve une trace de la partie dialectique dans l'interpellation adressée aux Juifs :

> O Judei,
> Verbum Dei...

et dans cette réflexion qui termine le drame et précède le chant du *Benedicamus* :

> O Judea
> Incredula
> Cur adhuc manes inverecunda?

Mais cette interpellation, cette réflexion, n'amènent aucune réponse des Juifs; aucune dispute ne s'engage, la partie dialectique du sermon ne se convertit point en dialogue. Cependant il est certain que cette discussion véhémente, engagée par l'auteur du sermon avec la Synagogue, au sujet de la naissance du Messie dont les Juifs contestent l'avènement, avait dans la liturgie une grande importance, et qu'elle fait même l'objet principal de la leçon du jour de Noël, puisque, en somme, l'évocation des prophètes n'est qu'un argument employé par le pseudo-Augustin dans cette discussion. Il est certain de plus (je crois l'avoir démontré) que le drame, à son origine, n'est autre chose que la liturgie même, sous une forme plus populaire et plus frappante. Il faut donc s'attendre, en général, à retrouver dans le drame les principales idées et les principaux personnages de la liturgie, et souvent même les idées et les personnages accessoires. Il y aurait donc lieu de s'étonner, qu'à un moment quelconque, la dispute avec les Juifs, qui faisait le fonds du sermon *Vos inquam*, n'eût pas été introduite dans le mystère des *Prophètes du Christ*, issu de cette leçon. Mais effectivement on l'y retrouve, et déjà dans la *Procession de l'âne* de Rouen, nous avons vu que les évocateurs engageaient avec les Juifs, sinon une dispute, au moins un court dialogue. Dans l'épilogue de notre drame d'*Adam*, cette dispute est très-ingénieusement reproduite sous la forme d'un débat qui s'engage entre Isaïe et un Juif. Dans le mystère de la *Nativité* de Munich, nous la retrouverons encore, et cette fois sous la forme même qu'elle revêtait dans le sermon, sous la forme d'une discussion entre Augustin, l'auteur supposé du sermon *Vos inquam*, et les Juifs contre qui ce sermon était dirigé.

Après avoir examiné les parties qui le composent, et recherché par quels procédés on a joint ces parties pour former un tout, revenons maintenant à l'ensemble de notre drame et, le prenant tel qu'il est, dans la version publiée par M. Luzarche, demandons-nous quels rapports il conservait avec la liturgie, et de quelle façon il était représenté.

Je crois donner une idée exacte du drame d'*Adam*, considéré dans les rapports qu'il conservait avec la liturgie, en le définissant en ces termes : *Un office extraordinaire, dramatique, extérieur, en langue vulgaire, faisant partie des réjouissances destinées à célébrer pieusement les fêtes de Noël.*

Je dis que le drame d'*Adam* est un office, extraordinaire, extérieur sans doute, mais enfin un office. En effet, à le considérer au seul point de vue liturgique, ce drame n'est autre chose qu'une longue *leçon*, entrecoupée de *répons*, qui comprend l'histoire d'Adam et d'Ève, d'Abel et de Caïn, et qui a reçu pour prologue la leçon *In principio creavit Deus*, racontant la création du monde, et, pour épilogue, la leçon *Vos inquam*, comprenant le défilé des *Prophètes du Christ*. Pour me faire mieux comprendre, il est utile d'expliquer ici, au moins sommairement, ce qu'on entend par une *leçon* et par un *répons* dans la langue liturgique, le rapport où sont entre eux leçons et répons, et enfin l'usage que l'on en fait dans l'office canonial.

Dès les premiers temps de l'Église, les saintes Écritures ont été lues à haute voix dans les assemblées des fidèles, et ces lectures ont été une partie intégrante des divins offices. Aux saintes Écritures on adjoignit, naturellement, dès l'origine, les écrits des apôtres. Puis, plus tard, on admit également à cet honneur les ouvrages des pères, ceux des docteurs les plus recommandables, et enfin, sous certaines réserves, les vies et les passions des saints[1]. Il est même assez probable qu'à une certaine époque dont il est difficile de préciser les limites, un certain nombre de textes

---

1. *Martène*. Ouvrage cité. Chapitre *de lectionibus et responsariis*.

apocryphes s'introduisirent dans certaines liturgies [1]. Je dis *apocryphes*, mais il faut s'entendre sur le sens de ce mot. J'entends simplement par là que ces textes, conformes d'ailleurs à la foi et aux mœurs chrétiennes, pouvaient renfermer des interprétations ou des légendes, pieuses sans doute, mais qui manquaient d'une complète authenticité. J'entends aussi que ces textes, quels qu'ils fussent, étaient souvent mis sous le nom d'auteurs, illustres dans l'Église, à qui on les avait peut-être un peu légèrement attribués. Tel le sermon *de Symbolo*, mis sous le nom de saint Augustin, et d'où l'on avait extrait la leçon *Vos inquam*. Les leçons, en effet, ne sont autre chose que des extraits ou fragments des divers ouvrages que nous venons d'énumérer, qui sont lus à haute voix et sur un ton particulier pendant les offices.

Le *répons*, en latin liturgique *responsorium*, semble n'avoir été primitivement qu'un qualificatif du mot *cantus*: *cantus responsorius*. N'ayant point de valeur par lui-même, ce mot représentait seulement un mode particulier de chant, qui fut de bonne heure en usage dans la liturgie, par exemple, pour le chant des psaumes. Une seule voix chantait d'abord chaque verset, qui était ensuite repris et répété par le chœur tout entier. Mais plus tard le *répons* prit une signification propre, il devint un substantif et désigna un court morceau, une sorte de petit poëme, généralement en prose, qui fut chanté pendant les offices, et dont le mode de chant semble résulter d'une combinaison très-ingénieuse de l'ancien *cantus responsorius* avec un autre mode, le chant réciproque, *cantus antiphonus*, origine de l'*antienne*.

Le *répons* se rattache à la *leçon* par un lien très-étroit. Chaque *leçon* est en effet, dans la liturgie, généralement suivie d'un *répons*, comme chaque *psaume* est suivi d'une *antienne*.

L'office où les leçons et les répons, qui y sont joints, jouent le plus grand rôle, est certainement l'office de *Matines*. Cet office comprend toujours en effet une série, soit de trois, soit de neuf leçons, dont chacune, sauf en certains cas la dernière, est accompagnée de son répons. Ce répons dont le texte, comme

1. Il est remarquable que la liturgie romaine se soit montrée beaucoup plus sévère que les autres à l'endroit des textes douteux. *Martène, ubi supra*.

celui de la leçon, est toujours dans un rapport frappant avec la fête, c'est-à-dire avec l'anniversaire que l'on célèbre, semble destiné à jeter de la variété dans les exercices de la liturgie, en faisant succéder le chant varié du chœur à la mélopée un peu monotone du lecteur, et en même temps à graver dans l'esprit des fidèles un dogme, une moralité, un fait historique, que la liturgie veut plus particulièrement rappeler à leur mémoire, à telle ou telle fête de l'année.

Prenons pour exemple l'office du dimanche de la Septuagésime et des jours suivants, puisque c'est à cet office qu'a été visiblement emprunté le cadre liturgique, où l'on a renfermé les deux premiers actes de notre drame, c'est-à-dire l'histoire d'Adam et d'Ève, d'Abel et de Caïn.

Les matines du dimanche de la Septuagésime comprennent neuf leçons. Les trois premières sont extraites du chapitre premier de la Genèse. La première raconte les deux premiers jours de la Création, et est suivie du répons :

℟. In principio creavit Deus cœlum et terram, et fecit in ea hominem' ad imaginem et similitudinem suam.

℣. Formavit igitur Deus hominem de limo terræ, et inspiravit in faciem ejus spiraculum vitæ. Ad imaginem.

La seconde raconte le troisième et le quatrième jour de la Création et est suivie du répons :

℟. In principio creavit Deus cœlum et terram, et Spiritus Dei ferebatur super aquas; 'et vidit Deus cuncta quæ fecerat, et erant valde bona.

℣. Igitur perfecti sunt cœli et terra et omnis ornatus eorum. Et vidit.

La troisième raconte le cinquième jour de la Création et une partie du sixième. Elle est suivie du répons :

℟. Formavit Dominus hominem de limo terræ' et inspiravit in faciem ejus spiraculum vitæ, et factus est homo in animam viventem.

℣. In principio creavit Deus cœlum et terram, et plasmavit in ea hominem. Et inspiravit. Gloria patri. Et inspiravit.

La quatrième, la cinquième et la sixième leçons sont tirées du livre de l'*Enchiridion* de saint Augustin. La quatrième est suivie du répons :

℟. Tulit Dominus hominem, et posuit eum in paradiso voluptatis' ut operaretur et custodiret illum.

℟. Plantaverat autem Dominus Deus paradisum voluptatis a principio, in quo posuit hominem quem formaverat. Ut operaretur.

La cinquième est suivie du répons :

℟. Dixit Dominus Deus : Non est bonum hominem esse solum. *Faciamus ei adjutorium simile sibi.

℣. Adæ vero non inveniebatur adjutor similis sibi; dixit vero Deus : Faciamus.

La sixième est suivie du répons :

℟. Immisit Dominus soporem in Adam, et tulit unam de costis ejus *et ædificavit costam, quam tulerat Dominus de Adam, in mulierem, et adduxit eam ad Adam, ut videret quid vocaret eam : *et vocavit nomen ejus Virago, quia de viro sumpta est.

℣. Cumque obdormisset, tulit unam de costis ejus, et replevit carnem pro ea. Et ædificavit. Gloria patri. Et vocavit.

La septième, la huitième et la neuvième leçons sont extraites de l'homélie 19 du pape saint Grégoire sur les Evangiles. La septième leçon est suivie du répons :

℟. Plantaverat autem Dominus Deus paradisum voluptatis a principio, *in quo posuit hominem quem formaverat.

℣. Produxitque Dominus Deus de humo omne lignum pulchrum visu et ad vescendum suave; lignum etiam vitæ in medio paradisi. In quo posuit.

La huitième est suivie du répons :

℟. Ecce Adam quasi unus ex nobis factus est, sciens bonum et malum : *Videte ne forte sumat de ligno vitæ et vivat in æternum.

℣. Fecit quoque Dominus Deus Adæ tunicam pelliceam, et induit eum, et dixit : Videte.

La neuvième est suivie du répons :

℟. Ubi est Abel frater tuus ? dixit Dominus ad Caïn. Nescio, Domine numquid custos fratris mei sum ego? Et dixit ad eum : Quid fecisti? Ecce vox sanguinis fratris tui Abel clamat ad me de terra.

℣. Maledictus eris super terram, quæ aperuit os suum, et suscepit sanguinem fratris tui de manu tua. Ecce vox. Gloria patri. Ecce vox.

Les matines du lundi de la Septuagésime comprennent trois leçons, extraites du chapitre premier et du chapitre II de la Genèse. La première leçon raconte la création de l'homme, c'est-à-dire la fin du sixième jour. Elle est suivie du répons :

℟. Dum deambularet Dominus in paradiso ad auram post meridiem, clamavit et dixit: Adam ubi es? Audivi, Domine, vocem tuam, *et abscondi me.
℣. Vocem tuam audivi in paradiso et timui eo quod nudus essem. Et abscondi me.

La seconde leçon rapporte le repos du septième jour et présente le résumé de la Création tout entière. Elle est suivie du répons :

℟. In sudore vultus tui vesceris pane tuo, dixit Dominus ad Adam : cum operatus fueris terram, non dabit fructus suos, *sed spinas et tribulos germinabit tibi.
℣. Quia audisti vocem uxoris tuæ, et comedisti de ligno, ex quo præceperam tibi ne comederes, maledicta terra in opere tuo. Sed spinas.

La troisième leçon décrit le paradis terrestre. Elle est suivie du même répons que la troisième leçon du dimanche :

℟. Formavit Dominus hominem etc.

Les matines du mardi de la Septuagésime comprennent trois leçons, extraites du chapitre II de la Genèse. La première rapporte l'introduction de l'homme dans le Paradis terrestre et la défense qui lui fut faite par Dieu. Elle est suivie du même répons que la quatrième du dimanche :

℟. Tulit Dominus hominem etc.

La seconde nous représente Adam imposant un nom à chacun des animaux. Elle est suivie du même répons que la cinquième du dimanche :

℟. Dixit Dominus Deus etc.

La troisième rapporte le sommeil d'Adam et la création de la femme. Elle est suivie du même répons que la sixième du dimanche.

℟. Immisit Dominus soporem etc.

Les matines du mercredi de la Septuagésime comprennent trois leçons, extraites du chapitre III de la Genèse. La première rapporte la tentation de nos premiers parents et leur chute. Elle est suivie du même répons que la septième du dimanche :

℟. Plantaverat autem Dominus Deus. etc.

La seconde rapporte la honte d'Adam et d'Ève et les met en présence de Dieu. Elle est suivie du même répons que la huitième du dimanche :

℟. Ecce Adam quasi unus etc.

La troisième rapporte la malédiction du serpent, de la femme et de l'homme. Elle est suivie du même répons que la neuvième du dimanche :

℟. Ubi est Abel etc.

Enfin les matines du jeudi de la Septuagésime comprennent trois leçons, extraites du chapitre IV de la Genèse. La première rapporte la naissance de Caïn et d'Abel et le double sacrifice que les deux frères, devenus l'un pasteur, l'autre laboureur, offrirent à Dieu. Elle est suivie du même répons que la première du dimanche :

℟. In principio creavit Deus etc.

La seconde raconte le crime de Caïn et la malédiction que le Seigneur lança sur sa tête. Elle est suivie du même répons que la seconde du dimanche :

℟. In principio creavit Deus etc.

La troisième rapporte la défense que fit Dieu de tuer Caïn et la fuite du meurtrier. Elle est suivie du même répons que la troisième du dimanche et la troisième du lundi :

℟. Formavit Dominus hominem, etc.

Nous avons emprunté la disposition de ces leçons et de ces répons au bréviaire romain, c'est-à-dire à la liturgie officielle de l'Église, telle qu'elle est pratiquée aujourd'hui dans l'immense majorité des diocèses du monde catholique. Au moyen-âge, bien qu'au fond l'unité existât, puisque partout, ce semble, l'office de la Septuagésime et des jours suivants admettait des leçons tirées de la Genèse et aussi des leçons extraites de commentaires sur les faits rapportés dans la Genèse, cependant la disposition de ces leçons et des répons qui les accompagnent, variait suivant les diocèses. Nous trouvons même dans un bréviaire du XIIe siècle [1], après la huitième leçon du dimanche de la Septuagésime, un répons qui a disparu du bréviaire romain et que nous rapportons ici parce qu'il figure dans notre drame.

℟. Dixit Dominus ad Adam : De ligno quod est in medio paradisi ne comedas; *in quacunque die comederis ex eo, morte morieris.

℣. Praecepitque ei Dominus dicens : Ex omni ligno paradisi comede, de ligno autem scientie boni et mali ne comedas. In quacunque.

Il nous est maintenant facile de démontrer que cette série de leçons, accompagnées de répons, qui compose en grande partie l'office de matines, a bien réellement fourni le cadre liturgique de notre drame, ce que la rubrique appelle, avec une parfaite justesse, l'*Ordo representationis Ade* : en d'autres termes, que le drame étant encore aux yeux de tous un office, notre auteur a dû emprunter la forme de son drame aux *Ordinaires* de son temps et de sa province.

Il suffit, pour que cette démonstration soit complète, de citer les rubriques suivantes, qui accompagnent le texte de l'*Adam*.

Au début du drame : *Incipiat lectio* : IN PRINCIPIO CREAVIT DEUS CŒLUM ET TERRAM... *Qua finita chorus cantet* : ℟. FORMAVIT IGITUR DOMINUS...

Après que Dieu a introduit Adam et Ève dans le Paradis : *Chorus cantet* : ℟. TULIT ERGO DOMINUS HOMINEM...

Au moment où Dieu va défendre à Adam de goûter le fruit de l'arbre de la science : *Chorus cantet* : ℟. DIXIT DOMINUS AD ADAM...

Après le péché : *Tunc incipiat chorus* : ℟. DUM AMBULARET...

Au moment de l'expulsion : *Chorus cantet* : ℟. IN SUDORE VULTUS TUI.

1. A l'usage de Saint-Martial de Limoges. Ms latin 743, fol. 110 vers.

Après l'expulsion : *Chorus incipiet :* R. ECCE ADAM QUASI
UNUS...

Après le crime de Caïn : *Chorus cantabit :* R. UBI EST ABEL
FRATER TUUS...

Avant le défilé des prophètes : *Legatur in choro :* VOS,
INQUAM, CONVENIO, Ô JUDEI.

Ainsi notre drame commence par une leçon suivie d'un répons,
l'une et l'autre certainement empruntés aux matines de la Septuagésime, et se termine par une leçon, certainement empruntée
aux matines de Noël. Le texte de ce drame est accompagné de
six répons, certainement empruntés aux matines de la Septuagésime, et il est certain aussi que les événements, qui sont
retracés dans cette pièce, font l'objet des leçons de ces mêmes
matines. Or le répons se rattache à la leçon par un lien si étroit,
que dès que nous trouvons des répons accompagnant un récit,
nous devons en conclure que l'auteur a voulu donner à ce récit
la forme de la leçon liturgique. Le récit dialogué de l'histoire
d'Adam et d'Ève, d'Abel et de Caïn, étant accompagné de six
répons, est donc bien une leçon dramatique imitée de la leçon
liturgique, et en ayant, autant que possible, conservé la forme.
Le drame d'*Adam*, commencé et terminé par une leçon, et affec-
tant lui-même la forme d'une leçon, est donc bien encore un
office. Seulement, c'est un office dramatique et extraordinaire.
L'auteur de cet office a donc eu le droit d'interpréter, d'étendre
les règles liturgiques dans une très-large mesure, et en effet il a
usé très-largement de cette liberté.

Ainsi l'office ordinaire de matines ne se compose pas seulement
de leçons et de répons, il comprend encore, par exemple, des psaumes, des antiennes, des oraisons. Dans son office extraordinaire,
imité de l'office ordinaire de matines, l'auteur du drame d'*Adam*
s'est borné à une série de leçons et de répons. Il a laissé les psaumes, les antiennes, les oraisons, à la liturgie ordinaire. Ces leçons
mêmes et ces répons, il leur a donné, soit une disposition, soit une
forme, soit une dimension toutes particulières, qui séparent très-
nettement encore cet office extraordinaire de l'office ordinaire.
Par exemple, il a rapproché dans un office extraordinaire, qui se
célébrait aux fêtes de Noël, des leçons qui, dans la liturgie ordinaire, appartiennent à deux offices très-distincts, celui de
Noël et celui de la Septuagésime.

Il a très-probablement composé la leçon *In principio creavit*

de plusieurs des leçons de la Septuagésime, qu'il a réunies
ensemble. Cette leçon, en effet, avait évidemment pour objet
de mettre les spectateurs au courant des événements antérieurs
au début du drame, c'est-à-dire de leur retracer les six jours de
la Création, y compris la création de l'homme. Or ce récit fait
la matière de douze leçons dans le bréviaire romain, tel qu'on
le dit de nos jours, et il n'en fournit guères un moins grand
nombre dans plusieurs bréviaires du moyen-âge que j'ai
consultés.

Je n'ai pas besoin d'insister sur la forme toute particulière que
prend ici la leçon *Vos inquam*, puisque j'ai déjà expliqué comment
cette leçon s'était transformée en drame : seulement on peut supposer que l'auteur de notre drame a voulu donner à la scène des
Prophètes du Christ, telle qu'il l'a composée en mélangeant
des versions différentes, cette forme antique et précise d'une
leçon, afin que le cadre, où il voulait enfermer son œuvre entière,
fût plus nettement tracé, et que la représentation apparût bien
comme un office extraordinaire, imité de l'office ordinaire de
matines.

L'histoire d'*Adam et Ève*, l'histoire d'*Abel et Caïn*, ces
deux drames naguère encore indépendants, maintenant replacés
côte à côte, et qui, accompagnés de six répons, forment la
partie principale de notre représentation, nous offrent une
extension très-remarquable des règles de la liturgie ordinaire. Dans la liturgie ordinaire en effet, six répons suppo-
seraient nécessairement six leçons distinctes, et cinq de ces
répons seraient placés dans les intervalles qui sépareraient
ces leçons. Il est certain qu'ici il n'y a point de tels intervalles, et qu'un autre principe a présidé à la distribution
des répons dont le rôle, dans la liturgie dramatique et
extraordinaire, n'est plus tout à fait le même que dans la
liturgie ordinaire. Les répons qu'à tel ou tel moment du
drame entonne le chœur ecclésiastique, sont destinés à rappeler aux spectateurs qu'ils assistent à un office, ce qu'une
tendance naturelle devait les porter à oublier; ils conservent
au drame l'aspect général d'une leçon liturgique (car, je le
répète, *leçon* et *répons* sont, dans la liturgie, deux termes
étroitement liés); mais ces répons prennent en même temps
un caractère analogue au rôle antique du chœur dans la
tragédie grecque : le chœur ecclésiastique suit, pour ainsi

dire, le drame pas à pas, et à chacune de ses péripéties, il fait entendre, dans les *répons*, la voix de l'Église qui, citant les textes sacrés dans la langue liturgique, fait plus vivement sentir aux spectateurs l'action de la Providence, marque plus fortement les grandes lignes du plan divin : *Adtendite, fratres, medicinalis gratiæ lineas, divina nobis benignitate monstratas.* Ce caractère nouveau, que prennent les chants du chœur ecclésiastique, exigeait que le sens de chacun de ces répons fût dans un rapport étroit avec le point où en était arrivée l'action, au moment où la voix de l'Église devait se faire entendre. C'est en effet ce qui a lieu dans notre drame. Dans la liturgie ordinaire, il n'est nullement besoin que ce rapport entre le sens de la leçon et celui du répons, qui y est lié, soit aussi étroit ; il suffit que tous les deux soient en rapport avec l'esprit général de l'office du jour. C'est ainsi, par exemple, que nous voyons, dans le bréviaire romain, le répons *Ubi est Abel* suivre le récit de la malédiction de l'homme après sa chute, tandis que le récit du crime de Caïn est suivi du répons *In principio creavit Deus.* Dans notre drame, au contraire, la représentation de la chute de l'homme et de son expulsion du paradis amène nécessairement le répons *In sudore vultus tui* et le répons *Ubi est Abel* est nécessairement réservé pour le moment où Dieu va interpeller Caïn. C'est là, je pense, une différence très-sensible entre la liturgie ordinaire et la liturgie dramatique et extraordinaire.

Mais notre drame n'est pas seulement un office extraordinaire, c'est un office extérieur. Né dans le chœur, au milieu des cérémonies de la liturgie, le théâtre n'a pas tardé à envahir la nef ; maintenant la nef ne lui suffit plus, et le voilà qui construit ses échafauds et étale ses décors hors de l'église, sur le parvis. C'est en effet sur le parvis, ou tout au moins sur une place attenante à l'un des côtés de l'église, qu'a été représenté le drame d'*Adam*. En sa qualité d'office, notre drame n'ose pas encore s'éloigner bien loin du sanctuaire ; on peut même dire qu'il n'en est pas encore entièrement sorti. A chaque fois que Dieu, ayant achevé une partie de son rôle, doit quitter la scène, il rentre dans cette église qui, étant la maison du Seigneur, *domus Dei*, figure naturellement le ciel, et où est très-probablement groupé le chœur ecclésiastique, chargé de réciter les leçons et de chanter les répons. Ce chœur a suivi le drame qui, s'éloignant du *chancel*, se dirigeait vers le parvis; il l'a accompagné jusqu'à la porte, mais là, il s'est arrêté et s'est fait, pour ainsi dire, de l'espace vide, compris entre l'extrémité de la nef et la grande porte occidentale, un *chancel* extraordinaire, où il s'est établi, pour prendre part à la célébration de l'office extraordinaire, de la liturgie extérieure [1].

Office extraordinaire, office extérieur, notre drame est, de plus, ce qui achève de bien marquer sa nature, et son caractère spécial, un office en langue vulgaire. On sait quelle est, à l'égard de la langue employée dans les offices, l'inflexible règle posée par l'Eglise qui, fixant à jamais sa liturgie dans le cercle restreint d'un petit nombre d'idiomes, antiques et consacrés, a interdit, par des raisons qu'une longue expérience a suffisamment justifiées, de laisser flotter les textes, dont elle fait usage dans le service divin, au gré des révolutions incessantes auxquelles, dans le cours du temps et par des causes diverses, les langues humaines sont nécessairement assujetties. Mais, si inflexible qu'elle fût dans la liturgie ordinaire, cette règle, comme toutes celles qui présidaient aux cérémonies religieuses, cessa peu à peu, par suite de modifications successives, d'avoir son effet dans la liturgie dramatique et extraordinaire. Il est certain que dans ces rites d'un nouveau genre, qui s'étaient insensiblement développés au sein des rites anciens, et strictement obligatoires, cette règle n'avait plus la même raison d'être, et que les dérogations qu'on se permît d'assez bonne heure, se peuvent très-facilement justifier, dès lors qu'il ne s'agit plus que d'offices supplémentaires. Cette liturgie nouvelle, qui se constitua à côté de la liturgie canonique, avait, en effet, pour principal objet, de lui servir de commentaire, c'est-à-dire d'exprimer, sous une forme plus frappante, et par là-même plus accessible aux populations illettrées, les vérités de la foi, ainsi que les grands évènements de l'histoire religieuse, sur lesquels s'appuient le dogme et la morale du Christianisme. Ces rites

---

1. Cela ne s'applique qu'au drame d'*Adam*, car rien ne prouve que, dans d'autres drames, le chœur ecclésiastique n'ait pas quitté l'église à son tour.

extraordinaires, bien qu'ils aient certainement été à l'origine une œuvre cléricale, n'en eurent cependant pas moins, dès le principe, par leur destination et la forme dramatique qu'ils revêtirent, un caractère tout populaire. L'introduction graduée de la langue vulgaire dans des rites de cette espèce, s'explique et se justifie tout naturellement par cette destination, et par ce caractère même. Un commentaire ne servirait de rien, si l'on ne s'efforçait de le rendre plus complètement intelligible au grand nombre, que le texte dont il est l'interprétation, et l'une des conditions requises, pour obtenir ou conserver la faveur du peuple, est certainement de parler sa langue. Il y aurait même lieu de s'étonner que le drame en langue latine eût joui de la popularité dont nous l'avons vu en possession, et qu'il eût persisté, à côté du drame en langue vulgaire, pendant plusieurs siècles, si, d'une part, on ne se rappelait, qu'au moyen-âge, le latin n'était pas encore une langue absolument morte, et si l'on ne savait, d'autre part, de quelle popularité jouissait, à cette époque, la liturgie ordinaire elle-même.

La langue vulgaire s'introduisit dans le drame, comme le drame s'était lui-même introduit dans la liturgie, par interpolation. Elle ne fut d'abord qu'une *farciture*. C'est ce que nous avons remarqué dans le drame de *Daniel* qui, peut-être contemporain du drame d'*Adam*, représente cependant, à coup sûr, une forme dramatique plus ancienne. Dans notre drame, la *farciture* est devenue le texte même, et si la langue liturgique n'a pas encore complètement disparu, c'est elle qui, à son tour, n'est plus, pour ainsi dire, qu'une *farciture*. La leçon *In principio creavit*, la leçon *Vos inquam*, les répons qui accompagnent la représentation de l'histoire d'Adam et d'Ève, d'Abel et de Caïn, enfin les courtes prophéties latines qui précèdent les prophéties en français, sont des vestiges de l'ancienne langue du drame, demeurés dans la nouvelle : derniers débris et frappants souvenirs d'une période primitive où, comme la liturgie ordinaire, la liturgie extraordinaire ne s'exprimait qu'en latin. Ici donc, comme partout, nous retrouvons cette marche progressive et logique qui, par une série de transitions admirablement nuancées, a conduit l'esprit humain de l'office au drame, du culte au théâtre.

Le drame d'*Adam*, office extraordinaire, extérieur, en langue vulgaire, était destiné à célébrer pieusement les fêtes de Noël.

Ce point est suffisamment établi par ce que nous avons dit ci-dessus, en expliquant les origines de cette fable scénique, et en étudiant les diverses parties dont elle a été formée. La représentation n'avait pas nécessairement lieu le jour même de Noël. On donnait au peuple le spectacle de la chute d'Adam et d'Ève, du crime de Caïn, et du défilé des prophètes, comme une de ces réjouissances, que ramenait tous les ans l'anniversaire de la naissance du Sauveur, et qui se prolongeaient, nous l'avons dit, pendant plusieurs semaines. L'Angleterre qui, malgré la Réforme, est demeurée, entre toutes les nations, fidèle aux antiques coutumes de ce culte populaire qui, au moyen-âge, accompagnait le culte officiel, nous offre, dans ce qu'elle nomme le *Christmas*, un faible débris de ces pieuses joies de nos aïeux. Chez nos voisins, c'est à Noël que se termine l'année scolaire : Eton ouvre alors ses portes au flot turbulent de ses écoliers, qui vont goûter dans leurs familles le repos, les plaisirs variés des *grandes vacances*, et sont ainsi demeurés en un point, probablement sans en avoir conscience, ni s'en soucier beaucoup, les derniers représentants de la liturgie extraordinaire du moyen-âge.

La forme que notre drame a revêtue est empruntée à l'office de matines. Nous avons conclu de ce fait qu'il conservait un rapport très-frappant avec la liturgie; mais il n'en faudrait point conclure qu'il devait être nécessairement représenté dans la matinée, encore moins qu'il était lié à la célébration des matines canoniques. Je crois bien qu'on le représentait tout à fait en dehors des offices ordinaires, et qu'on pouvait lui attribuer, à volonté, la qualité, soit de *matines*, soit de *vêpres extraordinaires*, c'est-à-dire le placer, soit dans la matinée, soit dans l'après-midi. Si la forme qu'il a revêtue est plus particulièrement empruntée à l'office de matines, c'est que cet office comprend une série de leçons et de répons qui fournissait un cadre excellent, auquel on pouvait très-facilement adapter une action dramatique. L'office de vêpres, au contraire, ne comprend guères que des psaumes et des cantiques, et si l'on pouvait facilement y ajouter (comme on le fit au sein même de la liturgie ordinaire) des représentations dramatiques, sous forme de chants dialogués, il n'aurait pas été aussi facile de trouver, dans cet office, le cadre d'une représentation extérieure, qui satisfît tout ensemble à ces deux conditions : en premier lieu, garder l'aspect d'un office, et en second lieu, offrir aux spectateurs le développement d'une action. La forme que l'auteur du drame d'*Adam* a adoptée, indique seulement combien le théâtre était encore fortement soumis, en général, à l'influence de cette liturgie qui lui avait donné naissance, puisque le poëte n'a pas cru pouvoir construire son drame sur un plan meilleur que celui que la liturgie ordinaire lui offrait dans un office déterminé. Mais d'ailleurs, je le répète, cet office extérieur, visiblement imité de l'office ordinaire de matines, pouvait aussi bien servir de *vêpres extraordinaires*, car au point où nous en sommes arrivés, le cercle étroit où le théâtre était d'abord enfermé par les règles liturgiques, s'était déjà singulièrement élargi.

L'auteur du drame d'*Adam* ne nous est pas connu. Plus modeste qu'Hilaire, il paraît, comme l'auteur de la *Chanson de Roland*, s'être peu soucié de laisser son nom à une œuvre qui, en fin de compte, n'était, probablement dans les deux cas et sûrement dans le nôtre, qu'un remaniement d'œuvres antérieures. Mais il ne semble pas impossible de se représenter quelle place devait tenir, dans la société de son temps, ce poëte qui, cinq siècles avant Racine, écrivait un drame sacré, tout entier en vers français. *A priori* nous pouvons affirmer qu'il était clerc, et nous ne hasarderions pas trop, en lui reconnaissant la dignité de chanoine prébendé. La science liturgique lui était familière; la façon ingénieuse dont il a fait usage des leçons et des répons, permettrait presque de lui attribuer ce titre curieux et significatif, dont se parait encore, au temps du roi Henri VI, ce moine anglais, William Melton, qui, réformant et réorganisant la fête du *Corpus Christi*, à York, ainsi que les jeux dramatiques qui en étaient l'accompagnement nécessaire, s'intitule fièrement *docteur ès mystères liturgiques, « professor of holy pageantry.* [2] » Mais ce clerc, mais ce chanoine, ce docteur ès sciences liturgiques, l'auteur de notre *Adam*, était en même temps un trouvère. Il rimait à ravir, en vers de huit pieds et de dix. Je ne jurerais pas qu'il n'eût commis, avant et après son drame, quelque chanson de geste, quelque poëme

2. *A collection of english miracle-plays or mysteries* etc. by William Marriott, Basel. Paris. 1838. in 8°. *Historical view* etc. (introduction) p. XIV-XVII.

d'aventures, et peut-être, qui sait? dans sa jeunesse, avant d'avoir
pris les ordres, alors qu'il fréquentait avec ses bruyants compagnons les cours de tel ou tel Abélard, quelque chanson leste et
railleuse, quelque malin et mordant fabliau. Les paroles qu'il
met dans la bouche du démon, quand le tentateur aborde la première femme, prouvent qu'il avait gardé un bon fonds de malice,
et de gaieté sournoise. Toutefois, tel que je me le figure, il s'ap-
pliquait surtout maintenant à édifier le peuple, en rimant des
vies de saints et des légendes pieuses, dans ce style facile et clair,
qui est le plus ancien et le plus précieux caractère de notre
langue, et surtout, par une alliance heureuse de sa vocation
poétique avec ses devoirs sacerdotaux, en mettant sa verve de
trouvère au service de sa science liturgique, en composant, pour
instruire et amuser les fidèles, des offices extraordinaires et
dramatiques, en vers français.

Ce mélange de l'élément séculier avec l'élément ecclésiastique, que décèle une fois de plus cette alliance, en un
même personnage, de la science liturgique et de l'esprit
des trouvères, il est, je crois, facile de le reconnaître
encore dans la composition de la troupe qui a représenté
pour la première fois le drame d'*Adam* ou, du moins, de
celle pour qui ont été écrites les rubriques de la version
publiée par M. Luzarche. Il semble en effet que cette troupe
où figurait un chœur ecclésiastique, et où le rôle de Dieu,
Figura, *Salvator* [1], était très probablement *officié* par
un prêtre, se composait en majeure partie de laïques; il
semble aussi que ces acteurs (sauf le *Chœur* et *Dieu* bien
entendu), n'avaient plus qu'à un moindre degré ce caractère
de *célébrants*, qui était encore si marqué chez les acteurs
de la *Procession de l'âne* et du drame de *Daniel*. Si le
cadre du drame, comme je pense l'avoir démontré, était
encore tout liturgique, on pouvait se mouvoir assez librement dans ce cadre et s'y produire, non pas seulement
comme des *officiants* tenus, même dans les cérémonies les
plus joyeuses, à conserver les formes hiératiques et l'allure

---

1. M. Luzarche a vu, à tort, un anachronisme dans ce mot *Salvator*. C'est le
Verbe, qui a créé le monde. Une miniature du bréviaire déjà plusieurs fois cité
(ms lat. 743, fol. 112 vers.), laquelle a trait à l'office de la Septuagésime, représente la création de l'homme, et *Dieu* y figure en effet sous les traits consacrés
du *Sauveur* ou de *Jésus-Christ*.

propre aux ministres du culte, mais aussi comme de véritables artistes dramatiques, ainsi qu'on dirait de nos jours.
Ecoutez comme le directeur du jeu instruit ses acteurs,
voyez comme il est fortement préoccupé d'obtenir un bon
jeu et de produire un bon effet.

...Sit ipse ADAM *bene instructus quando respondere
debeat, ne ad respondendum nimis sit velox aut nimis
tardus. Nec solum ipse sed omnes personæ sint. Ins-
truantur ut composite loquantur; et gestum faciant
convenientem rei de qua loquuntur, et, in rithmis, nec
sillabam addant nec demant, sed omnes firmiter pronuncient, et dicantur seriatim que dicenda sunt...*

Ne manquer pas sa réplique, et la faire à propos; éviter
avec un soin égal de bégayer et de bredouiller; parler
posément et bien prononcer; mettre son geste d'accord avec
le sens de ses paroles; se bien garder surtout d'estropier
les vers en leur donnant, par une fâcheuse méprise, une
syllabe de trop ou une syllabe de moins : voilà certes d'excel-
lents conseils et qui, depuis sept siècles, n'ont rien perdu
de leur à-propos. Mais, précisément parce que, aujourd'hui
encore, il y aurait avantage à les faire imprimer en tête
d'un manuel à l'usage des acteurs, on sent bien le progrès
qu'avait fait l'art dramatique, et, comme déjà, au point où
nous en sommes parvenus, il tendait à se créer des règles
distinctes, indépendantes de celles qui régissent les cérémonies de la liturgie. En outre, ces conseils paraissent bien
ne s'adresser pas à des clercs, mais à des laïques, c'est-à-
dire à des hommes plus ou moins ignorants, plus ou moins
inhabiles, sujets aux fautes de quantité, même en langue
vulgaire; en un mot, aussi peu experts à leurs débuts en
bonne prononciation et en bon langage, que peut l'être de
nos jours, après dix ans d'exercice, tel ou tel artiste cher
au public qui fréquente nos théâtres d'un ordre inférieur.

Cependant, tout est relatif. Si, comparés aux acteurs de
la *Procession de l'âne* et du drame de *Daniel*, les acteurs
du drame d'*Adam* paraissent jouir d'une assez grande liberté
d'allure, cette allure, au contraire, paraît encore singulièrement raide, singulièrement dominée par les exigences de
la liturgie, si on la compare à celle des acteurs du théâtre
de Shakspeare, ou même des grands mystères du xve et

du xvie siècle. *Adam*, *Ève*, *Caïn*, *Abel*, n'ont plus qu'à
un certain degré le caractère de célébrants, mais enfin ils
l'ont encore; Dieu et le Chœur l'ont entièrement conservé.
Sous ce rapport comme sous tous les autres, le drame
d'*Adam* nous apparaît comme une œuvre de transition.

En résumé, le drame d'*Adam* était très-probablement joué
aux fêtes de Noël par des acteurs de bonne volonté qui, voulant
se donner à eux-mêmes, et donner à leurs concitoyens, habitants
de la même ville, du même bourg ou du même village, le plaisir
du théâtre, le spectacle d'un office dramatique et extraordinaire,
se constituaient en troupe, sous la direction d'un clerc ou de
quelque chanoine qui, sans doute, à l'origine, ne fut autre que le
poëte lui-même, et se distribuaient les rôles. Le rôle de Dieu
était réservé à un prêtre, et quant au chœur ecclésiastique, il
était tout simplement formé par les ministres : chanoines, prêtres,
chapelains, chantres, assistants, enfants de chœur, qui d'ordinaire formaient le chœur liturgique dans l'église dont on avait fait
choix pour y appuyer la représentation.

Toutefois, il ne faut pas poser de règle absolue. La
troupe du drame d'*Adam*, ai-je dit, se composait en majeure
partie de laïques. Il convient d'entendre par là qu'elle
n'était pas nécessairement composée de clercs, car il a pu
et même il a dû arriver, à certaines fois, que tel et tel
rôle, et même tous les rôles, fussent tenus par des clercs.
Dans cette liturgie dramatique et extraordinaire il faut bien
distinguer le clerc de l'officiant. Cette dernière qualification
était naturellement toute de circonstance. Un laïque pouvait,
à la rigueur, être officiant dans cette liturgie, de même
qu'au xve siècle les ecclésiastiques, qui prirent constamment une part active aux représentations dramatiques, n'y
figuraient le plus souvent qu'à titre d'acteurs ordinaires.

Une conjecture qui ne serait pas, je crois, dénuée de
toute vraisemblance, consisterait à supposer que le drame
d'*Adam* a été plusieurs fois représenté par les membres
d'une de ces confréries pieuses qui, composées de clercs et
de laïques, ont pris presque partout le nom de *puys*. Ces
puys, dont l'origine n'a pas encore été éclaircie d'une façon
très-satisfaisante, existaient déjà, à mon avis, au xiie siècle
ou, tout au moins, l'on peut dire qu'il s'était déjà fondé en
quelques provinces des confréries analogues. La Normandie

est certainement l'une des provinces où ces associations,
religieuses et littéraires, ont rencontré le plus de faveur et
subsisté le plus longtemps. Cela amène assez naturellement
à supposer que c'est aussi en Normandie qu'elles se sont
fondées de plus bonne heure, et comme, sans aucun doute,
le drame d'*Adam* ou, du moins, la version que nous en
possédons, est en dialecte normand, et que d'ailleurs il est
certain que les *puys* ont pris, au moyen-âge, une très-
grande part aux représentations dramatiques; notre conjecture n'a décidément rien de téméraire.

Une question assez intéressante, assez propre à piquer
la curiosité des érudits, a été soulevée par M. Victor
Luzarche, éditeur du drame d'*Adam*. Le rôle d'Ève était-il
joué par une femme? M. Luzarche s'est prononcé pour
l'affirmative [1] et il a donné ses raisons. Pour moi, je pense
le contraire et je vais donner les miennes.

Pour qu'on pût admettre que, dans le drame d'*Adam*,
le rôle d'Ève ait été joué par une femme, il faudrait que
des raisons décisives eussent été apportées à l'appui de
cette opinion. De simples présomptions ne sauraient suffire,
et voici pourquoi : la règle générale, au moyen-âge, est que
les rôles de femmes étaient joués par des hommes. L'origine
de cette règle remonte à l'origine même du théâtre, c'est-
à-dire aux convenances imposées par la liturgie. Je l'ai
déjà dit, le drame étant à son origine un office, les acteurs
étant des célébrants, les femmes ne purent absolument pas
prendre part aux représentations, si ce n'est dans les
abbayes où les religieuses officiaient en quelque sorte, même
dans la liturgie ordinaire. Aussi voyons-nous constamment
dans les drames liturgiques les rôles de femmes joués par
des hommes. Dans le drame des *Pasteurs*, de Rouen, ce
sont deux prêtres en dalmatique, *duo presbyteri dalma-
ticati*, qui représentent les femmes assistant aux couches
de Marie, *obstetrices*; dans le drame du *Sépulcre*, représenté dans le même diocèse, le rôle des saintes femmes est joué
par trois diacres-chanoines, vêtus de dalmatiques et d'amicts,
*tres diaconi-canonici induti dalmaticis et amictis... ad
similitudinem mulierum*. Dans les mystères semi-liturgiques,

1. *Adam* etc. préface. p. LXX-LXXII.

il semble bien qu'il n'en a pas été autrement. C'est ainsi que dans un mystère de la *Résurrection* [1], de Tours, assez développé déjà pour qu'on puisse le qualifier de *semi-liturgique*, ce sont trois jeunes gens, ou trois jeunes clercs, qui représentent les *trois Maries, tres parvi vel clerici qui debent esse Marie*. Enfin dans les mystères laïques, j'entends par là les grands mystères du XVe et du XVIe siècle, la même règle souffre, il est vrai, des exceptions, surtout au XVIe siècle, mais elle n'est pas encore tombée entièrement en désuétude. Les rôles de femmes sont très-souvent, je dirai même le plus souvent, représentés par des hommes. Ainsi dans le *Mystère de Saint-Martin*, représenté à Seurre [2] en 1496, c'est « messire Ponsot » qui fait *Proserpine*; « Estienne Bossuet » représente *la mère Sainct Martin*; la « première demoiselle » est jouée par *Jehan Morandet*; la « seconde » et la « tierce demoiselle » par un seul acteur, *le filz Maulprest*, etc. Si donc, dans un mystère aussi ancien que le drame d'*Adam*, dans un mystère si proche encore des origines du théâtre, et qui commence à peine à s'émanciper des règles de la liturgie, on trouvait un rôle de femme représenté par une femme, ce serait une très-éclatante exception à un principe, qui résulte de tous les faits étudiés jusqu'à présent. Aussi faut-il y regarder à deux fois avant d'admettre une telle exception, et elle devrait être rejetée par ce seul fait, qu'elle n'apporterait point en sa faveur de preuves décisives. En érudition, comme en droit, c'est à celui qui invoque une exception d'assumer la charge des preuves. Or, quels sont les arguments de M. Luzarche?

Il en a présenté deux seulement. Le premier est suffisamment réfuté par les observations qui précèdent. « Aucun mot de la mise en scène, dit M. Luzarche, n'indique comme cela a lieu dans quelques autres textes de la même époque, que ce rôle fémi-

1. C'est encore à M. Luzarche que l'on doit la publication de ce mystère, reproduit depuis par M. de Coussemaker dans ses *Drames liturgiques du moyen âge*. M. Luzarche a joint au texte imprimé un *fac simile* complet. Ce sont là de véritables services rendus à la science, et, pour ma part, tout en relevant, comme c'est mon droit, les erreurs de détail qui ont pu échapper à l'honorable éditeur, je ne puis trop le remercier du dévouement, à coup sûr bien désintéressé, dont il a fait preuve, en mettant à la portée des travailleurs deux des plus anciens et des plus précieux monuments de notre vieux théâtre.

2. Manuscrit La Vallière, 51.

nin dût être confié à un jeune clerc. » Cette indication n'était
pas nécessaire, et on ne la trouve pas non plus dans certaines
versions de la *Visite au Sépulcre*, où très-certainement le rôle
des saintes femmes était rempli par des clercs. En tous cas, l'argument tiré du silence de l'auteur des rubriques est trop faible
pour établir l'exception dont il s'agit, et la faire prévaloir contre
une règle générale.

Le second argument est ingénieux, subtil même. « Lorsque,
dans la quatrième scène du premier acte, Adam repentant quitte
ses vêtements de fête pour se couvrir de feuilles, on ne voit pas
que sa compagne soit tenue de subir la même métamorphose.
Nous ne pouvons attribuer cette circonstance qu'à la réserve
que devait naturellement inspirer au metteur en scène le sexe
du personnage qui remplissait le rôle d'Ève. »

L'observation de M. Luzarche ne saurait se rapporter à ce
fait, que le changement de vêtements se devait accomplir sur la
scène, car la rubrique nous avertit que, pour opérer ce changement, Adam se baissait, de façon à être caché par les courtines
qui environnaient le paradis : *Inclinabit se... non possit a
populo videri.* A supposer donc qu'Ève eût dû subir la même
transformation, le même jeu de scène l'eût mise à l'abri des regards
indiscrets, en admettant même que les courtines n'eussent pas
suffi à elles seules, pour arrêter ces regards, puisqu'elles ne laissaient apercevoir les personnages, quand ils étaient debout, qu'à
partir des épaules : *possint videri sursum ab humeris.*

L'argument de M. Luzarche ne peut donc se fonder que sur
l'insuffisance du nouveau costume. Notre texte désigne ce costume par les mots : *vestes pauperes consutas foliis*, et l'op-
pose aux vêtements de fête, *vestes sollempnes*, qu'Adam portait en premier lieu. L'éditeur d'*Adam* paraît bien croire que
ces « vêtements pauvres cousus de feuilles » étaient ici quelque
chose de plus qu'une ceinture ; mais il ne leur accorde pas toutefois une grande efficacité, puisqu'il suppose qu'Ève a dû être dis-
pensée de les porter par la sage réserve du metteur en scène.
Pour moi, je pense que ces vêtements étaient des habits ordinaires, mais du dernier ordre, tels qu'en portaient les serfs au
XIIe siècle, sur lesquels on avait cousu des feuilles, de façon à se
mettre tout à la fois d'accord avec le récit biblique et avec les convenances. Ce symbolisme dans les costumes dramatiques est fort
ordinaire au moyen-âge. Le metteur en scène, dont la pudeur a

exigé qu'Adam changeât de vêtements à l'abri des regards du peuple, n'a pas dû lui donner un costume assez peu efficace, pour que la décence ne permît pas d'en donner un semblable à *Ève*, en supposant ce personnage rempli par une femme.

Si donc, comme je le pense, le nouveau costume revêtu par Adam après son péché n'avait pas les inconvénients que lui prête M. Luzarche, il est évident que l'argument de l'honorable éditeur n'a plus de lieu.

Mais je vais plus loin, et adoptant, pour un instant, l'interprétation même que je viens de combattre, je dis qu'il ne résulterait nullement du silence de la rubrique à l'endroit d'*Ève*, alors qu'*Adam* change de vêtements, que le rôle d'*Ève* fût joué par une femme. Si, en effet, l'insuffisance du « vêtement cousu de feuilles » était réellement telle, qu'il y aurait eu inconvenance à le faire porter par une femme, c'eût été, on le comprend, détruire toute illusion, commettre la plus choquante invraisemblance, et s'exposer aux justes huées des spectateurs, que d'en affubler un homme dans le rôle d'Ève. Par conséquent, le silence de la rubrique s'explique parfaitement, même si l'on entendait les mots *restes pauperes consutas foliis* de la même façon que M. Luzarche, le rôle d'Ève étant joué, comme l'exigeait la règle, non point par une femme, mais bien par un homme.

Resterait à mettre d'accord le silence de la rubrique avec l'interprétation que je donne aux mots *restes pauperes consutas foliis*. Si la nature de ces vêtements n'est point la cause de ce silence, quelle est donc cette cause? J'avoue de très-bonne foi que je n'en sais rien. Mais je suis assez disposé à croire que c'est tout simplement une omission de l'auteur des rubriques, et qu'*Ève* aussi bien qu'*Adam* devait revêtir le nouveau costume. Il eût été singulier, il faut l'avouer, de voir *Ève* garder ses habits de fête, *restes sollempnes*, à côté d'Adam vêtu de feuilles. Au reste, peu importe, puisque j'ai montré que, même si on abondait dans le sens de M. Luzarche, il n'en resterait pas moins vrai que le rôle d'*Ève*, dans le drame d'*Adam*, a dû être joué par un homme.

J'ajoute que les mots *muliebri vestimento*, appliqués par la rubrique aux habits d'*Ève*, ne sont pas, comme on pourrait le croire au premier abord, favorables au système de M. Luzarche. Si en effet le rôle avait été joué par une femme, à quoi bon dire qu'il fallait à l'actrice un vêtement de femme? Ces mots *muliebri vestimento* équivalent pour moi aux mots *ad similitudinem mulierum* du drame de Pâques cité plus haut.

M. Luzarche n'ayant pas apporté de preuves décisives à l'appui de son système, je conclus que, conformément à la règle générale, le rôle d'Ève, dans le drame d'*Adam*, était joué par un homme.

Les costumes portés par les acteurs chargés de remplir les différents rôles dans le drame d'*Adam*, ont ce caractère mixte que nous avons déjà signalé, à propos des drames de *Daniel*, et qui est encore un signe distinctif de cette période de transition, qu'a dû traverser le drame, issu de la liturgie et tendant à se séculariser. Les vêtements sacerdotaux qui ont été, à l'origine, les seuls costumes dramatiques, prennent de plus en plus des formes ou un aspect spécial, suivant le personnage qu'ils doivent caractériser. En outre, on y adjoint des vêtements d'un autre ordre, des costumes purement laïques, modifiés eux-mêmes suivant les exigences d'un symbolisme particulier qui, au moyen-âge, a en grande partie tenu la place de l'exactitude, dans la reproduction des costumes du temps passé, tels même que les indiquaient les récits des livres saints, que l'on mettait en scène. Un exemple de ces vêtements laïques ainsi modifiés nous est fourni par le second costume d'Adam, par ces *vestes pauperes consutæ foliis*, si du moins on adopte le sens que nous donnons à ces mots.

Dieu ou le Sauveur est vêtu d'une dalmatique, *Salvator indutus dalmatica*, et, après le péché d'Adam, quand il sort de l'église pour venir le juger et le condamner, il a de plus une étole, *stolam habens*. Cette étole paraît être un signe de juridiction. *Dieu* la revêt en qualité de juge, au moment précis où il va informer contre Adam et prononcer sa sentence. Quant à la dalmatique, c'est le vêtement de chœur des évêques. Le vêtement sacerdotal a donc été ici entièrement conservé, et cela est d'autant plus naturel que le personnage de Dieu a tout à fait gardé, dans notre drame, le caractère d'un officiant. Mais l'adjonction de l'étole à la dalmatique, dans le moment précis où Dieu, de créateur et de père, va devenir inquisiteur et juge, est une véritable appropriation dramatique du vêtement sacerdotal, appropriation qui, au reste, à ce premier degré, c'est-à-dire renfermée dans les limites d'un symbolisme purement moral, avait déjà lieu parfois dans les cérémonies de la liturgie ordinaire, notamment dans le rite de l'*Expulsion des pénitents*, où l'évêque, représentant Dieu en qualité de juge, porte également une étole.

Adam doit porter une tunique rouge, *Adam indutus sit tunica rubea*; Ève un blanc vêtement de femme et un *peplum* de soie blanche, *Eva vero muliebri vestimento albo, peplo serico albo*. Cette tunique, ce vêtement, ce *peplum*, avaient été, je pense, empruntés au trésor de l'église près de laquelle eut lieu la représentation. La tunique est, d'après Du Cange, un vêtement que les évêques mettent par dessus la chasuble. Peut-être désigne-t-il ici une aube de couleur. Le vêtement d'Ève est peut-être aussi une aube, disposée, modifiée de façon à prendre plus particulièrement l'aspect d'un vêtement de femme. Le *peplum*, espèce de manteau, pouvait être facilement constitué par tel ou tel vêtement ecclésiastique, au besoin par l'ancienne chape, qui n'était point raide comme celle de nos jours[1]. La différence entre la couleur du vêtement d'Adam et la couleur du vêtement d'Ève a été, à mon avis, préméditée, et peut passer pour une véritable appropriation au caractère différent de ces deux personnages des costumes ecclésiastiques dont on les a revêtus. Le rouge est ici un signe de force, de supériorité, de royauté; le blanc, un signe d'innocence, de réserve, de chasteté. La fonction d'Adam, c'est de commander, et la gloire d'Ève est dans l'obéissance. Voilà, je crois, ce que signifient ces deux couleurs différentes. Dans la liturgie ordinaire, la couleur des vêtements ecclésiastiques varie aussi, mais ces variations sont surtout déterminées par le caractère particulier des différentes cérémonies de l'année liturgique.

1. Forcellini, au mot *peplum*. M. J. Quicherat, à son cours. Toutefois, il se peut bien que je me trompe. Peut-être, quoi que j'en dise ici et plus haut, le *peplum* d'Ève est-il ce *pannus linneus quem moniales gerunt sub mento*, dont parle Du Cange, ou mieux encore le *femineis capitis involucrum, quo fauces etiam tegebantur usque ad nasum*. Ce qui milite en faveur de ce dernier sens, c'est que le rôle d'Ève étant joué par un homme, cet *involucrum femineis capitis* accentuait mieux le sexe qui lui était attribué pendant la représentation. Dans les offices de la *Résurrection*, les chanoines qui représentent les saintes femmes usent d'un artifice analogue, et s'enveloppent la tête dans leurs *amicts*. Il est donc possible qu'Ève ait emprunté au trésor de l'église, non pas une *chape*, mais un *amict*. Cela ne prouverait pas d'ailleurs que, dans le drame de *Daniel*, la reine, femme de *Balthasar*, n'eût pas un manteau, un *peplum*, dans le sens que Forcellini donne à ce mot : *vestis lanea, ampla et magnifica, pallæ aut chlamidi similis*, lequel pouvait fort bien être figuré par une chape.

L'ange que Dieu place à la porte du paradis terrestre, après l'expulsion d'Adam et d'Ève, est en vêtements blancs, *albis indutus*, c'est-à-dire qu'il porte une *aube* : mais le glaive flamboyant qu'il tient en main, *ferens radiantem gladium in manu*, détermine assez son caractère.

Caïn est en vêtements rouges, Abel en vêtements blancs. *Chaym sit indutus rubeis vestibus, Abel vero albis*. Nous retrouvons ici l'opposition signalée tout à l'heure entre la couleur des vêtements d'Adam et la couleur des vêtements d'Ève. Seulement, si le blanc chez Abel comme chez Ève signifie l'innocence et la douceur, le rouge chez Caïn a une autre signification que chez Adam et marque les instincts cruels, la férocité, la tendance à verser le sang. Ces vêtements rouges et ces vêtements blancs ont été également empruntés, sans doute, au trésor de l'église que l'on avait choisie pour y appuyer la représentation.

Les costumes des prophètes sont à peu près les mêmes que dans la *Procession de l'âne*. Ce sont bien encore les vêtements ecclésiastiques qui faisaient le fond de ces costumes, diversifiés suivant le caractère de chaque prophète par des attributs particuliers. *Abraham*, par exemple, a une longue barbe : *senex cum barba prolixa*; *Aaron* tient en main une verge qui a des fleurs et des fruits : *ferens in manibus suis virgam cum floribus et fructu*; *Jérémie*, un rouleau de parchemin : *rotulum carte*; et *Isaïe*, un livre : *ferens librum in manu*.

Le costume des démons ne nous est pas indiqué, mais l'imaginer ne semble pas bien difficile. Ils étaient vêtus de peaux de bêtes, masqués de masques hideux, avec des cornes et une queue. L'imagerie du moyen âge nous a familiarisés avec un tel aspect. Or cette imagerie suivait, dans sa façon de costumer, les mêmes principes que le théâtre.

La disposition des décors du drame d'*Adam* est conforme aux principes généraux que nous avons exposés au sujet des drames de *Daniel*; mais les rubriques nous offrent ici des renseignements bien plus complets, et tout en laissant une part trop large encore à l'interprétation et à l'hypothèse, elles nous permettent d'apercevoir, avec une certaine netteté, la rigoureuse application, dès le xii⁰ siècle, du système qui, jusqu'à la fin du moyen âge, a présidé à l'organisation de l'appareil scénique, et à l'agencement de ses diverses parties. Le développement de plus en plus grand de cet appareil, ai-je besoin de le répéter? est un des signes les

plus frappants des progrès qu'accomplit le théâtre, en se dégageant peu à peu des entraves que lui avaient imposées, à ses
premiers pas, les règles et les convenances de la liturgie.

Toutefois, même à ce point de vue, l'esprit liturgique est loin
d'avoir disparu ; il est encore mêlé dans une certaine proportion
à l'esprit scénique, c'est-à-dire à cette recherche d'un effet théâtral, destiné à procurer aux spectateurs un plaisir *sui generis*,
indépendant de tout sentiment religieux.

Où l'esprit liturgique nous apparaît surtout, c'est dans ce symbolisme ingénieux qui, considérant l'édifice consacré au culte
comme une image terrestre des célestes régions, en fait la demeure,
le *lieu* du personnage de Dieu qui, lorsqu'il revient d'une visite
faite sur la terre, c'est-à-dire sur la scène, rentre, nous l'avons
dit, au sein du chœur ecclésiastique, groupé dans l'espace libre
qui s'étend de l'extrémité de la nef à la grande porte occidentale.
Ce chœur figure évidemment les esprits bienheureux, l'Église
céleste.

Le paradis terrestre va nous donner immédiatement une idée
de cette recherche de l'effet théâtral qui, du XIIᵉ au XVIᵉ siècle, fut
le mobile de tous les progrès accomplis dans l'organisation de
l'appareil scénique. Ce paradis doit être disposé sur un lieu élevé,
loco eminenciori, c'est-à-dire sur un échafaud qui très-probablement avait été construit à la droite de l'église, à la gauche
des spectateurs, et auquel on devait avoir accès par plusieurs
escaliers en bois, assez semblables à des échelles fixes. L'un de
ces escaliers devait aboutir sous le porche de l'église, les autres
sur la place du parvis, *platea*, où avait lieu la représentation, et
où était groupé le peuple. La plate-forme de l'échafaud, qui offrait
un espace assez vaste, était environnée de courtines et de tentures
de soie, *circumponantur cortine et panni serici*, de façon que
les personnages, quand ils se trouvaient dans le paradis, ne
fussent vus qu'à partir des épaules, *ea altitudine ut persone
que in paradiso fuerint possint videri sursum ab humeris*.
Ces tentures laissaient apercevoir aux spectateurs divers arbres
chargés de feuillages, de fleurs et de fruits : en un mot, le paradis
présentait, tant bien que mal, l'aspect d'un délicieux jardin :
*Cernantur odoriferi flores et frondes; sint in eo diverse
arbores et fructus in eis dependentes, ut amenissemus
locus videatur*. Au milieu du jardin s'élevait l'arbre de la
science, qui dominait tous les autres, et où quelque truc ingénieux

avait été adapté, pour qu'on pût, au bon moment, enrouler autour du tronc un serpent mécanique, *serpens artificiose compositus*. Ce truc, par où nous pouvons juger, qu'en fait de mise en scène, nos pères n'étaient point des barbares, était mû, je pense, par quelque comparse, que dissimulaient les courtines dont la plate-forme était environnée. Tel était le *paradis terrestre* au XII⁰ siècle. Au XV⁰, nous le trouvons figuré tout à fait de même : *Paradis terrestre doit estre faict de papier, au dedans duquel doit avoir branches d'arbres, les uns fleuris, les autres chargés de fruictz de plusieurs espèces, comme cerises, poires, pommes, figues, raisins et telles choses artificiellement faites, et d'autres branches vertes de beau may, et des rosiers, dont les roses et les fleurs doivent excéder la hauteur des carnaux*[1] *et doivent estre de fraiz coupés et mis en vaisseaux plains d'eau pour les tenir plus fraischement*[2]. Il n'y a pas de doute, on le voit, que le même système de décoration scénique n'ait, jusque dans les plus petits détails, persisté du XII⁰ au XVI⁰ siècle. Seulement, ce système a été plus ou moins développé, suivant les temps et suivant les lieux.

De l'autre côté, c'est-à-dire à gauche de l'église, à droite des spectateurs, était figuré l'enfer qui, occupant sur la place une position très-avancée, formait avec le porche une espèce d'angle plus ou moins droit. C'est du moins ce qui est très-vraisemblable, car la rubrique ne nous indique ni cette disposition, ni la façon dont cet enfer était figuré. Mais il est à peu près certain que, comme pour le paradis, la forme en était analogue à celle qu'a généralement affectée l'*enfer* dans les mystères du XV⁰ siècle. C'était une tour carrée, à plate-forme et à créneaux, ayant une fenêtre grillée et, en guise de porte, une énorme gueule de dragon que l'on ouvrait et que l'on fermait à volonté. Cet enfer était bien muni de chaudières et de marmites, *caldaria et lebetes*, et, à défaut des pièces d'artillerie, des arquebuses, et autres admirables engins, dont les démons seront si largement pourvus au XV⁰ siècle, ils avaient du moins au XII⁰ siècle de quoi faire vomir à leur gueule de dragon des torrents de fumée, *faciunt fumum magnum exsurgere*.

1. Le *paradis* était fermé par une sorte de muraille à créneaux.
2. *Mystère de la Résurrection* de Jean Michel. Voy. Émile Morice. *Histoire de la mise en scène jusqu'au Cid*. Paris, 1836, chap. 3.

Toute la partie de la place embrassée dans l'angle que faisaient la ligne plus ou moins horizontale, comprenant le paradis terrestre et l'église, et la ligne verticale créée par la saillie de l'enfer, formait ce que plus tard on appellera le *parloir*, ce que nous appellerions le plancher de la scène. Ce plancher semble avoir été ici tout simplement le sol même de la place. Peut-être seulement ce sol avait-il été, pour la circonstance, surhaussé, relevé en terrasse, de façon que les acteurs fussent plus en vue. Mais il est très-possible aussi que spectateurs et acteurs fussent de plain-pied. Quoi qu'il en soit, sur ce sol on avait disposé, à quelque distance l'une de l'autre, deux grandes pierres figurant deux autels, et devant servir au double sacrifice d'Abel et de Caïn. On y avait disposé deux ou trois sièges, ou bas échafauds. On y avait enfin jeté, à un endroit quelconque, plusieurs pelle-tées de terre labourable, afin de figurer le champ que devaient cultiver Adam et Ève, puis leurs enfants.

Il ne serait pas, ce semble, déraisonnable de supposer que ce banc ou cette basse estrade, *scamnum*, dont parle la rubrique, et où tous les prophètes, sauf Balaam, devaient prendre place pour réciter leurs prophéties, avait été établi sous le porche même de l'église, et que derrière ce banc et le dominant, contre la grande porte occidentale demeurée ouverte, avait été dressée une petite chaire, un ambon extraordinaire, où devait monter le *lecteur* chargé de réciter les deux leçons liturgiques qui accom-pagnent notre drame, chargé peut-être aussi de déclamer le dit des *quinze signes*, qui le termine. Ce lecteur, outre son rôle liturgique, semble remplir ici les fonctions de directeur, de meneur du jeu.

A gauche de ce banc et de cette chaire, étaient assis sur un banc, disposé en travers du porche, un certain nombre de personnages figurant la Synagogue.

Maintenant, comme nous l'avons fait pour tous les drames pas-sés en revue dans cette étude, nous allons présenter, à l'aide des rubriques librement interprétées, un tableau sommaire de la repré-sentation du drame d'*Adam*, mettre en mouvement les acteurs et les trucs, et reproduire, autant que nous le pourrons, l'effet produit par les jeux de scène. Les évolutions des personnages, accom-plies avec une liberté jusqu'ici inconnue, ne laisseront pas cepen-dant de nous rappeler, par la gravité et la majesté qui les distinguent encore, que l'action scénique, à l'origine, s'accomplissait avec cette pompe et cette solennité qui ont toujours caractérisé, dans nos églises, les mouvements variés du clergé pendant les offices.

Le Sauveur sort de l'église et s'avance jusqu'à l'escalier du porche. Sur les degrés se tiennent Adam et Ève : Adam plus près de Dieu, montrant sur son visage un respect mêlé de crainte; Ève quelques degrés plus bas. Ces trois personnages, offrant aux spectateurs une sorte de tableau vivant, demeurent immobiles. Cependant le lecteur monte à l'*ambon* dressé à la porte du temple, et commence la leçon tirée de la Genèse : « Au commencement Dieu créa le ciel et la terre... » La leçon terminée, le chœur groupé dans l'église entonne le *répons* : « Dieu forma donc l'homme à sa ressemblance... » Quand les chants ont cessé, la divine Figure s'adresse à l'homme et le dialogue commence[1] :

FIGURA.

Adam.

ADAM.

Sire.

FIGURA.

Fourmé te ai

De limo terre.

ADAM.

Ben le sai.

FIGURA.

Je t'ai fourmé à mon semblant,
A m'imagéne t'ai fait de terre :
Ne moi dévéz jà mais mover guere.

ADAM.

Nen ferai-ge, mais te crerrai,
Mun créatur obéirai.

Dieu explique à Adam et à Ève les devoirs du mariage. Il leur annonce quel bonheur les attend, s'ils savent en jouir, et garder les commandements de leur créateur. Car ils ont le droit de choisir entre le bien et le mal, et le vieux poète a exprimé ce libre-arbitre en des vers vraiment cornéliens :

1. Tunc veniat Salvator indutus dalmatica, et statuantur coram eo Adam, Eva... Adam tamen propius, vultu composito, Eva vero parum demissiori... Tunc incipiat lectio : *In principio creavit Deus celum et terram...* qua finita, chorus caniet : « *Formavit igitur Dominus...* quo finito, dicat Figura : « Adam; » qui respondeat : « Sire. »

En vostre cors vus met et bien et mal ;
Ki ad tel dun n'est pas liëz à pal ;
Tut en balance or pendiez par egal.
Laisse le mal, e si te pren al bien,
Tun seignor aime e ovec lui te tien,
Por nul conseil ne gerpisez le mien ;
Si tu le fais, ne peccheras de rien.

Aprés qu'Adam a promis de servir Dieu de tout son pouvoir,
la Figure, étendant la main vers le paradis terrestre, montre ce
ravissant séjour à notre premier père [1] :

FIGURA.

Adam.

ADAM.

Sire.

FIGURA.

Dirrai toi mon avis ;
Vez cest jardin.

ADAM.

Cum ad nun?

FIGURA.

Paradis.

ADAM.

Mult par est bel.

FIGURA.

Je l'plantai et asis ;
Qui i maindra, il serra mes amis.
Jo t'toi comand par maindre et por garder.

Dieu descendant alors avec *Adam* et *Ève* l'escalier du porche, les conduit à travers la place au paradis terrestre, où il les
fait monter. Lui-même reste en dehors [2] :

Dedenz vus met.

ADAM.

Purrum-i-nus durer?

FIGURA.

A toz jorz vivre, rien n'i poëz duter ;
Jà n'i porrez murir ne engruter.

Le chœur chante dans l'église le *répons :* « Le Seigneur con-

1. Tunc Figura manu demonstret paradisum Ade, dicens..
2. Tunc mittet eos in paradisum, dicens..

duisit donc l'homme... » Dieu étendant la main vers le paradis, énumère tous les avantages dont y jouiront l'homme et la femme, destinés à vivre dans l'innocence et préservés de la mort [1]. Le chœur chante : « Dieu dit à Adam... », et Dieu désignant les arbres du jardin [2] :

> De tot cest fruit poez manger par deport.

Mais, ajoute-t-il aussitôt, en montrant l'arbre de la Science et le fruit défendu [3] :

> Cest toi défent n'en faire altre comfort.
> Se t'en manjués, sempres sentiras mort;
> M'amor perdras, mal changeras ta sort.

Adam renouvelle toutes ses promesses, qu'il conclut par ces deux vers, animés du véritable esprit féodal, et qui nous reportent bien au XIIᵉ siècle, au temps où les auditeurs de la *Chanson de Roland* applaudissaient à l'affreux supplice du traître Ganelon :

> Jugiez doit estre à loi de traïtor
> Qui se parjure et traist son seignor.

Dieu remonte alors lentement vers l'église où il disparaît. Adam et Ève se promènent dans le paradis, et paraissent goûter une joie innocente. Cependant la gueule de l'enfer s'ouvre soudain : une bande de démons s'en échappe; ils courent çà et là à travers la place, et gesticulent comme des fous. Tour à tour ils gravissent l'escalier du paradis, et chacun d'eux, regardant Ève, lui montre le fruit défendu, comme pour lui dire : « Manges-en donc. » Enfin arrive le tentateur par excellence, le grand diable Satan, qui s'arrête à la porte du jardin, et adresse la parole à l'homme [4] :

1. *Chorus cantet* : ¶ *Tulit ergo Dominus hominem*. Tunc Figura manum extendet versus paradisum, dicens...
2. *Chorus cantet* : ¶ *Dixit Dominus ad Adam*. Tunc monstret Figura Ade arbores paradisi, dicens...
3. Et ostendat ei vetitam arborem et fructus ejus, dicens...
4. Tunc vadat Figura ad ecclesiam, et Adam et Eva spacientur, honeste delectantes in paradiso. Interea demones discurrant per plateas, gestum facientes competentem; et veniant vicissim juxta paradisum, ostendentes Eve fructum vetitum, quasi suadentes ei ut cum comedat. Tunc veniet Diabolus ad Adam et dicet ei...

DIABOLUS.

Que fais, Adam ?

ADAM.

Ci vif en grant déduit.

DIABOLUS.

Estas-tu bien?

ADAM.

Ne sen rien que m'enoit.

DIABOLUS.

Pœt estre mielz.

ADAM.

Ne puis saver coment.

DIABOLUS.

Vols l'tu saver?

ADAM.

Bien en iert mon talent.

Adam et le Diable jouent au plus fin, et, quoique également désireux, l'un de révéler, l'autre d'apprendre ce plus grand bien auquel l'homme pourrait atteindre, ils ne se font pas moins prier, l'un pour parler, l'autre pour prêter l'oreille. Mais enfin, c'est le Démon qui est vaincu : Adam refuse absolument de désobéir à Dieu. — « Tu n'es qu'un sot, » lui dit Satan, furieux de sa déconvenue :

... Creras me tu? Guste del fruit.

ADAM.

Ne l'ferai pas.

DIABOLUS.

Aurais déduit.

Ne l'feras?

ADAM.

Non.

DIABOLUS.

Kar, tu es soz;
Encor te membrera des moz.

Le Diable s'éloigne et va retrouver les autres démons. Ils font ensemble une course à travers la place. Après quelques instants, le tentateur, qui ne se tient pas pour définitivement battu, revient, montrant la mine franche et gaie d'un bon compagnon,

à la porte du paradis[1]. Il dresse à l'orgueil de l'homme la grande
embûche, il lui tend le piège éternel : « Tu seras Dieu, » lui
dit-il.

> Je te dirai tute la summe,
> Si tu manjuès de la pome,
> Tu régneras en majesté,
> Od Deu pœz partir poësté.

Mais Adam le repousse de nouveau avec une grande énergie :

> ADAM.
> Tu me vœls livrer à torment,
> Mesler me vols o mun seignor,
> Tolir de joië, mettre en dolor.
> Ne te crerrai, fui-tei de ci!
> Ne soies jà mais tant hardi
> Que tu jà viengez devant moi;
> Tu es traïstres et sanz foi.

Triste et l'oreille basse, Satan retourne en enfer, renonçant
pour de bon à tenter l'homme. La gueule de dragon s'ouvre, et
le prince des démons engage avec ses sujets un colloque animé.
Puis, se ruant à travers la foule des spectateurs, il parcourt la
place en tous sens. Enfin il s'approche une troisième fois du paradis. Son visage a une expression de flatterie caressante et basse,
son ton est mielleux. C'est à Ève qu'il s'adressera cette fois,
tandis qu'Adam se promène dans le jardin[2] :

> Eva, çà sui venuz à toi.
> EVA.
> Di moi, Sathan, e tu purquoi?
> DIABOLUS.
> Je veis quérant tun pru, t'honor...

Pour capter la confiance d'Ève, le Démon use ici d'artifices
fort habiles, et qui font le plus grand honneur à l'auteur de cette

1. Tunc recedat Diabolus, et ibit ad alios demones, et faciet discursum per
plateam, et, facta aliquantula mora, hylaris et gaudens redibit ad temptandum
Adam, et dicet ei...
2. Tunc tristis et vultu demisso, recedet ab Adam et ibit usque ad portas
inferni, et colloquia habebit cum aliis demoniis (sic). Postea vero discursum
faciet per populum; dehinc ex parte Eve accedat ad paradisum, et Evam, leto
vultu blandiens, sic alloquitur...

scène. Le vieux poète s'est montré un observateur très-fin et
très-sagace, et la malicieuse bonhomie de son style est vérita-
blement digne de Molière et de La Fontaine. Tout d'abord, parlant
à la première femme, le malin esprit ne néglige pas de lui dire du
mal du premier homme :

DIABOLUS.

Or me mettrai en ta créance,
Ne voil de toi altre fiance.

EVA.

Bien te pois creire à ma parole.

DIABOLUS.

Tu as esté en bone escole ;
Jo vi Adam, mais trop est fols.

EVA.

Un poi est durs.

DIABOLUS.

Il serra mols.
Il est plus durs que n'est emfers.

EVA.

Il est mult franes.

DIABOLUS.

Ainz est mult sers.
Cure ne volt prendre de soi,
Car la prenge, se vals, de toi.

Il la prend ensuite par la coquetterie. Il vante sa beauté, sa
sagesse, son grand sens. Il ne manque pas de lui rappeler combien son cœur est tendre, et son âme sensible :

Tu es fieblette e tendre chose,
E es plus fresche que n'est rose ;
Tu es plus blanche que cristal,
Que neis qui chiet sor glace en val ;
Mal cuple em fist li Criator :
Tu es trop tendre, e il trop dur.
Mais neporquant tu es plus sage,
En grant sens as mis tun corrage,
Por ço fait bon se traire à toi...

La gourmandise et la vanité achèveront l'affaire :

Le fruit que Deus vus ad doné
Nen a en soi gaires bonté ;
Cil qu'il vus ad tant defendu,

Il ad en soi muit graut vertu.
En celui est grace de vie,
De poësté, de seignorie,
De tut saver, e bien e mal.

EVA.

Quel savor a?

DIABOLUS.

Celestial.

A ton bel cors, à ta figure,
Bien covendreit tel aventure,
Que tu fusses dame del mond,
Del soverain et del parfont,
E seüsez quanque a estre,
Que de tuit fuissez bone maistre.

Ève commence à mourir d'envie de manger du fruit :

Est tel li fruiz?

DIABOLUS.

Oïl, par voir.

Ah! dit-elle, en jetant un long regard sur l'objet défendu, et en soupirant de convoitise [1] :

Jà me fait bien sol le veer!

Ève est plus qu'à demi-vaincue. Toutefois, elle hésite encore, elle a peur d'Adam. Attends, dit-elle au Diable, que mon mari soit endormi :

.... Jo le ferai

DIABOLUS.

Quant?

EVA.

Suffrez-moi
Tant que Adam soit en recoi...

Le Diable préférerait qu'elle péchât tout de suite :

Manjuë le, n'aiez dutance,
Le demorer serrat emfance.

Toutefois, il s'en va assez satisfait de l'entretien qu'il vient d'avoir avec Ève. Adam, qui s'est aperçu que sa femme conversait avec le Démon, en est au contraire fort mécontent [2]. Juste

1. Tunc diligenter intuebitur Eva fructum vetitum, dicens...
2. Tunc recedet Diabolus ab Eva, et ibit ad infernum. Adam vero veniet ad Evam, moleste ferens quod cum ea locutus sit Diabolus, et dicet ei...

au moment où il vient de lui défendre formellement de renouveler une telle imprudence, voici qu'un serpent artificieusement fait s'élève sur l'arbre de la science, en s'enroulant autour du tronc. Ève approche son oreille, comme pour écouter un conseil que lui donne ce reptile. Puis elle cueille le fruit et le présente à Adam, qui le refuse une fois encore [1]. Pour décider son mari, Ève en mange la première [2]. La volupté du péché est fortement peinte en ces vers :

> Gusté en ai; Deus! quel savor!
> Une ne tastai d'itel sador!
> D'itel savor est ceste pome...
>
> ADAM.
>
> De quel?
>
> EVA.
>
> D'itel n'en gusta home.
> Or sunt mes oil tant cler véant,
> Jo semble Deu le tuit-puissant;
> Quanque fust et quanque doit estre
> Sai-jo trestut bien, en sui maistre.
> Manjüe, Adam, ne faz demore,
> Tu le prendras en mult bone ore.

Adam succombe enfin, reçoit le fruit des mains de sa compagne, et le mange. Mais à peine l'a-t-il mangé, qu'aussitôt il connaît son péché, et courbe honteusement la tête. C'est à ce moment qu'il dépouille ses vêtements de fête, et revêt de pauvres vêtements cousus de feuilles. Puis, simulant la plus vive douleur, l'acteur qui remplit le rôle du premier homme commence à se lamenter [3]:

> Allas! pecchor, que ai-jo fait?...
> Mal m'est changée m'aventure;
> Mult fu jà bone, or est mult dure.
> Jo ai guerpi mon Criator

1. Tunc serpens artificiose compositus ascendit juxta stipitem arboris vetite. Cui Eva propius adhibebit aurem, quasi ipsius auscultans consilium; dehinc accipiet Eva pomum, porriget Ade. Ipse vero nondum eam (sic) accipiet, et Eva dicet ei...

2. Tunc comedat Eva partem pomi, et dicet Ade...

3. Tunc accipiet Adam pomum de manu Eve, dicens... Tunc comedat Adam partem pomi, quo comesto, cognoscet statim peccatum suum, et inclinabit se. Non possit a populo videri, et exuet sollempnes vestes, et induet vestes pauperes, consutas foliis, maximum simulans dolorem, incipiens lamentationem suam...

> Par le conseil de mal uxor.
> Allas! pecchable, que ferai?
> Mon Criator cum atendrai?...
> Qui preirai-jo jà qui m'ait,
> Quant ceste femme m'a trait,
> Que Dex me dona por pareil?
> Elle me dona mal conseil;
> Aï! Eve,

Et, se tournant vers elle, il l'apostrophe durement [1] :

> Aï! femme deavée,
> Com mal fussez-vous de moi née!
> Car, arse fust icelle coste
> Qui m'ad mis en si mal poeste;
> Car, fust la coste en fu brudlée
> Qui m'ad basti si grand mesléel.

Une lueur d'espérance traverse pourtant son esprit, et lui fait voir dans l'avenir la délivrance :

> Ne me ferat jà nul ale
> Fors le filz qu'istra de Marie.

Mais il retombe aussitôt dans le désespoir, et achève tristement sa plainte :

> Ne sai de nul prendre conroi,
> Quant à Deu ne portames foi;
> Or en soit tot à Deu plaisir,
> N'i ad conseil que del morir.

Le chœur chante le *répons* : « Tandis qu'il se promenait... » La divine Figure sort de l'église. Le Sauveur porte une étole pardessus sa dalmatique. Prenant majestueusement sa route à droite, par les arcades du porche, il monte dans le paradis par un escalier latéral. Son regard se promène de tous les côtés, comme pour chercher l'homme. Cependant Adam et Ève, confus de leur péché, se sont groupés dans un coin de l'Éden, où ils se cachent.

---

1. Tunc aspiciet Evam, uxorem suam, et dicet...
2. Dans la Bible, Dieu laisse entrevoir à l'homme déchu un Rédempteur futur, mais c'est seulement après avoir prononcé la condamnation, et comme pour adoucir la rigueur de sa sentence. Ici Adam prévoit de lui-même cette rédemption. Le caractère de *prophète du Christ*, attribué à Adam dans notre drame, en ressort d'autant plus. Cette erreur ou, si l'on veut, cette interprétation du poète est, sans doute, un souvenir des anciennes versions, où Adam, appelé par l'évocateur, *prophétisait* de lui-même.

La voix de Dieu se fait entendre : — « Adam, où es-tu? » — L'homme et la femme paraissent alors au-dessus des courtines, et s'offrent aux yeux du Créateur, mais sans oser lever bien haut la tête, un peu courbés, pleins de honte et de tristesse [1].

Dieu engage avec ses créatures le terrible dialogue rapporté par l'Écriture Sainte. Dieu maudit le serpent, la femme et l'homme. Puis, chassant devant lui Adam et Ève hors du paradis par l'escalier de face, tous trois descendent sur la terre. Le chœur chante : « A la sueur de ton visage [2]. »

Alors sort de l'église un ange vêtu d'une aube, tenant en main une épée dont la lame tordue figure une flamme. Dieu le place en sentinelle à la porte du jardin [3].

> Gardez-moi bien le paradis,
> Que mais n'i entre icist faudis;
> Qu'il n'ait mais poeir ne baillie,
> Jà de tocher le fruit de vie;
> O cele spée qui flamboie,
> Si li défende très-bien la voie.

Adam et Ève cependant, le corps ployé en avant, le front touchant le sol, se taisent, abîmés dans leur désespoir. Derrière eux, silencieux, terrible, le Juge est debout. D'une main il montre aux spectateurs les deux coupables; de l'autre il désigne le paradis perdu. Le chœur chante : « Voici Adam comme l'un de nous... » Après que le peuple a contemplé un peu de temps ce sombre tableau, la divine Figure rentre dans l'église par l'escalier du porche.

Adam prend alors une pioche, Ève un hoyau : ils se mettent à cultiver la terre, et à y semer du blé. Puis, comme fatigués par ce labeur, ils vont se reposer sur un siège, ou bas échafaud, disposé d'avance sur la place. De temps à autre, tournant vers le

1. Tunc incipiat chorus : « *Dum ambularet*... Quo dicto, veniet Figura stolam habens, et ingredietur paradisum circumspiciens, quasi quæreret ubi esset Adam. Adam vero et Eva latebunt in angulo paradisi, quasi suam cognoscentes miseriam, et dicet Figura : *Adam, ubi es?*

Tunc ambo surgent, stantes contra Figuram, non tamen omnino erecti, sed ob verecundiam sui peccati, aliquantulum curvati, et multum tristes, et respondeat Adam...

2. Tunc Figura expellet eos de paradiso dicens... Chorus cantet : « *In sudore vultus tui*...

3. Interim veniet Angelus, albis indutus, ferens radiantem gladium in manu, quem statuet Figura ad portam paradisi, et dicet ei...

paradis des yeux pleins de larmes, ils se frappent la poitrine. Tout à coup, bondit hors de l'enfer le Diable, qui se dirige vers leur champ, y plante des épines et des chardons, puis s'en retourne. Quand Adam et Ève reviennent pour voir les résultats de leur semaille, ils aperçoivent ces épines et ces chardons. Consternés, ils se jettent contre terre, se frappent la poitrine et les cuisses à coups redoublés, donnent enfin tous les signes du plus violent chagrin. Adam commence à se lamenter [1]. Sa pensée se reporte avec désespoir sur ce paradis qu'il a perdu, il s'indigne contre sa femme qui est la cause de cette perte :

> Oi! male femme, plaine de traïson,
> Tant me as mis tost en perdiciun!
> Cum me tolis le sens et la raison!...

Ève reconnaît sa faute; elle s'excuse avec douceur :

> Adam, bel sire, mult m'avez blastengé,
> Ma vilainnie retraite et reprochée;
> Si jo mesfis, j'en suffre la haschée;
> Jo sui copable, par Deu serrai jugée...
> Li fel serpent, la guivre de mal aire,
> Me fist mangier la pome de contraire;
> Jo t'en donai, si quidai por bien faire...

Elle termine enfin par une parole d'espérance :

> Mais neporquant en Deu est ma spérance,
> D'icest mesfait char tot iert acordance,
> Deus nus rendra sa grace e sa mustrance,
> Nus gietera d'emfer par sa pussance.

Pendant qu'elle achève ces mots, la gueule de dragon s'est ouverte. Satan s'avance, suivi de trois ou quatre diables, qui

---

1. Cum fuerint extra paradisum, quasi tristes et confusi, incurvati erunt solotenus super talos suos, et Figura manu eos demonstrans, versa facie contra paradisum; et Chorus incipiet : *Ecce Adam quasi unus*... quo finito, et Figura regredietur ad ecclesiam.

Tunc Adam fossorium et Eva rostrum, et incipient colere terram, et seminabunt in ea triticum. Postquam seminaverint, ibunt sessum in loco aliquantulum, tanquam fatigati labore, et flebiliter respicient sepius paradisum, percucientes pectora sua. Interim veniet Diabolus, et plantabit in cultura eorum spinas et tribulos, et abscedet. Cum venient Adam et Eva ad culturam suam, et viderint ortas spinas, et tribulos, vehementi dolore percussi, prosternent se in terra, et residentes percucient pectora sua et femora sua, doloris gestum facientes, et Adam incipiet lamentationem suam...

tiennent en main des carcans munis de chaînes par les deux
bouts. Les démons se saisissent d'Adam et d'Ève; ils leur jettent
au cou ces carcans. Les uns les traînent, les autres les poussent
vers l'enfer. Devant le gouffre sont d'autres diables. Frappant
des pieds et battant des mains, ceux-ci se livrent à une joie
bruyante, pour célébrer la perte de l'homme. D'autres démons
montrent du doigt le lugubre cortège, et quand il est proche, ils
se jettent sur Adam et Ève, et les précipitent dans l'enfer. L'hor-
rible gueule vomit une fumée épaisse; on entend au sein de
l'abîme les clameurs des maudits qui, dans leur gaieté, heurtent
avec fracas leurs chaudrons et leurs marmites. Ce bruit effroyable
retentit au loin sur la place, et vient frapper les oreilles des
spectateurs. Après un peu de temps, une bande de diables se
répand à travers le parvis, en bousculant la foule des assistants.
Quelques démons pourtant demeurent dans l'enfer [1]. Après une
course effrénée, ces énergumènes rentrent au gîte, et le premier
acte est terminé. Aussitôt le second commence [2].

Caïn et Abel sortent de l'église, et s'avancent sur la place. Ils
se mettent à cultiver la terre, puis se reposent quelques instants.
Abel adresse alors la parole à Caïn, son frère, et d'une voix
douce et amicale [2] :

> Frère Chayn, nous sumes dous germain,
> E sumes filz de l'home premerain,
> Ce fu Adam, la mère ot non Evain...

Rendons, dit-il à son frère, rendons à notre Créateur les hom-
mages qui lui sont dus :

> Donum sa disme et tute sa justise...

et vivons ensemble, comme deux frères, en bonne intelligence :

1. Tunc veniet Diabolus, et tres vel quatuor diaboli cum eo, deferentes in
manibus chatenas et vinclos ferreos (sic), quos ponent in colla Ade et Eve. Et
quidam eos impellunt, alii eos trahunt ad infernum. Alii vero diaboli erunt
juxta infernum obviam venientibus, et magnum tripudium inter se faciunt de
eorum perdicione; et singuli alii diaboli illos venientes monstrabunt, et eos sus-
cipient, et in infernum mittent, et in eo facient fumum magnum exsurgere, et
vociferabuntur inter se in inferno gaudentes, et collident caldaria et lebetes suos
ut exterius audiantur. Et, facta aliquantula mora, exibunt diaboli discurrentes
per plateas; quidam vero remanebunt in infernum.

2. Deinde veniet Chaym, Abel. Chaym sit indutus rubeis vestibus, Abel vero
albis, et colent terram preparatam; et cum aliquantulum a labore requieverit,
alloquatur Abel Chaym fratrem suum blande et amicabiliter, dicens ei...

> Entre nos deus ait grant dilèction,
> N'i soit envie, n'i soit détraction,
> Por quei avra entre nus dous tençon?
> Tote la terre nos est mise à bandon.

Caïn veut bien vivre en paix avec son frère, mais le mot de dîme sonne très-mal à son oreille, et déjà il regarde Abel de travers.

> Disme doner ne me vint onc à gré,
> Del tœn aver pœz faire ta bonté,
> E jo del mien ferai ma volenté.

Abel cependant ne se décourage pas, et reprenant ses exhortations, il engage vivement son frère à offrir avec lui un sacrifice à Dieu. Caïn, dont l'humeur farouche s'adoucit un peu à ces paroles pleines de tendresse, y consent, mais bientôt le débat recommence sur la qualité de l'offrande. J'offrirai, dit Abel, le plus beau de mes agneaux, mais toi,

> Tu, qu'offriras?
> ### CHAIM.
> Jo, de mon blé,
> itel com Dex le m'a doné.
> ### ABEL.
> Iert del meillor?
> ### CHAIM.
> Nenil, por voir:
> De cel ferai-jo pain al soir.

— Comment dit Abel, mais une telle offrande n'est pas acceptable; d'autant plus que tu es dans une bonne situation; tu n'es pas à plaindre:

> Riches hom es e mult as bestes.

Tu peux bien offrir à Dieu la dixième partie de tes troupeaux, tu en seras récompensé. — Voilà une belle idée! s'écrie Caïn, dont c'est toucher la partie sensible.

> ...Oez furor!
> De dis ne remaindront que nœf.
> Icist conseil ne vealt un œf.

Au surplus, ajoute-t-il, offrons, chacun de notre côté, ce qu'il nous plaira. — Soit, dit Abel. — Les deux frères se dirigent vers deux grandes pierres, préparées à l'avance, et qui figurent deux autels. Ces deux autels sont séparées par un certain inter-

valle. Celui d'Abel, situé à la gauche des spectateurs, se trou-
vera naturellement à la droite de Dieu, quand il sortira de
l'église; celui de Caïn, c'est le contraire. Abel offre à Dieu un
agneau et de l'encens, dont la fumée monte vers le ciel. Caïn se
contente d'offrir une poignée d'épis. Or sous le porche apparaît
la divine Figure. De la main droite elle bénit les dons d'Abel,
mais elle jette à gauche un regard de mépris sur l'offrande de
Caïn. Après le sacrifice, Caïn, de qui la jalousie ronge déjà le
cœur, fait à son frère une mine sombre et menaçante. Tous les
deux vont s'asseoir, chacun de son côté, sur deux sièges, ou bas
échafauds, qui figurent leurs domiciles. Après quelques moments,
Caïn vient trouver Abel, et lui propose une promenade aux
champs, dans le dessein de l'emmener en quelque lieu écarté,
où il le tuera [1]. Abel le suit sans défiance :

> Tu es mon freres li aïnez,
> Jo ensivrai tes volentez.

Tous les deux se promènent quelques instants sur la place.
Quand ils sont censément arrivés en un lieu secret, Caïn, plein
de fureur, se précipite sur Abel [2].

> Abel, mors es.
>
> ABEL.
> E jo, porquoi?
>
> CHAIM.
> Jo m'en voldrai vengier de toi.
>
> ABEL.
> Sui-jo mesfait?
>
> CHAIM.
> Oïl, assez.
> Tu es traistre tot provez...

---

1. Tunc ibunt ad duos magnos lapides qui ad hoc erunt parati. Alter ab altero
lapide erit remotus, ut cum apparuerit Figura, sit lapis Abel ad dexteram ejus,
lapis vero Chaim ad sinistram. Abel offeret agnum et incensum, de quo faciet
fumum ascendere. Chaym offeret maniplum messis. Apparens itaque Figura,
benedicens munera Abel, munera vero Chaym despiciet. Post oblacionem, Chaym,
torvum vultum geret contra Abel, et, factis oblacionibus suis, ibunt ad loca sua.
Tunc veniet Chaym ad Abel, volens educere callide foras, ut occidat, et dicet ei...
2. Tunc ibunt ambo ad locum remotum et quasi secretum, ubi Chaim, quasi
furibundus, irruet in Abel, volens eum occidere, et dicet ei...

— Mais enfin, dit Abel, il ne suffit pas d'avancer cela, où est la preuve? — Caïn alors, lui montrant le poing[1] :

Vez là qui fera la provance...

— Tu veux savoir pourquoi je te tuerai? Eh bien, je vais te le dire :

...Jo l'toi dirai:
Trop te fais de Deu te privé...

Tu es cause que Dieu a refusé mon sacrifice. Aussi, je veux me venger et t'étendre mort sur le sable.

— Dieu me vengera, dit Abel, et il explique à son frère qu'il lui a donné un bon conseil, en l'engageant à honorer Dieu; qu'il ne l'a donc nullement desservi auprès du Créateur. Mais Caïn s'impatiente; il a soif du sang de son frère :

Trop paroles: sempres morras.

Abel s'en remet à la miséricorde du Seigneur. Il fléchit les genoux, et tourne son regard vers l'Orient. Caïn le frappe à coups redoublés, ce qui ne laisserait pas d'être fort désagréable pour l'acteur qui remplit le rôle de la victime, si, par bonheur, il ne portait un plastron sous ses habits. Abel tombe frappé à mort, et demeure gisant sur le sol. Le chœur chante dans l'église : « Où est Abel, ton frère?... »

La divine Figure sort de l'église et s'avance vers Caïn. Quand le chœur a terminé le répons, elle apostrophe en ces termes le meurtrier[2] :

Chaïm, u est ton frere Abel?
Es-tu jà entré en revel?
T'as comencié vers moi estrif;
Or me mostre ton frère vif.

— Suis-je le gardien de mon frère, répond Caïn :

Que sai-jo, sire, où est alez,
S'est à maison ou à ses blez.
Jo, porquoi le dei-jo trouver?
Jo ne l'devoie pas garder.

---

1. Tunc eriget Chaïm dexfram minacem contra eum dicens...
2. Tunc Abel flectet genua ad Orientem; et habebit ollam coopertam pannis suis, quam percusciet Chaïm, quasi ipsum Abel occideret. Abel autem jacebit prostratus, quasi mortuus. Chorus cantabit : « Ubi est Abel, frater tuus...
Interim ab ecclesia veniet Figura ad Chaym et postquam chorus finierit responsum, quasi iratus (sic), dicet ei...

Mais Dieu :

> Qu'en as-tu fet? Où l'as-tu mis?
> Jo le sai bien, tu l'as occis :
> Son sanc en fait à moi clamor.
> Al ciel me vint jà l'animor...
> Toz jorz avras maléiçon ;
> A tel mesfait tel guéredon...
> Ton frère as mort enz ma créance,
> Griez en serra ta pénitance.

Le Sauveur rentre dans l'église. Les diables accourent et s'emparent des deux frères, de l'assassin et de sa victime. Ils les emmènent en enfer. Caïn reçoit en main force bourrades, *Abel* est traité avec plus d'égards [1]. Ainsi se termine le second acte.

Le troisième acte consiste dans le défilé des prophètes. Le *lecteur* qui, depuis le commencement du drame, est demeuré dans la chaire dressée contre la grande porte de l'église demeurée ouverte, et a dirigé de là les divers épisodes de la représentation, principalement les chants du *chœur*, dont il est le chef, commence à lire le sermon *Vos inquam, convenio, ô Judei*. Puis il évoque successivement chacun des prophètes, lesquels jusqu'alors s'étaient tenus cachés dans un des bas-côtés de l'église. Abraham, Moïse, Aaron, David, Salomon, s'avancent tour à tour, prennent place sur la basse estrade disposée au milieu du porche, devant la chaire du *lecteur*, et prophétisent d'une voix claire, tant en latin qu'en français. Chacun d'eux, après avoir achevé son rôle, est entraîné dans l'enfer par les démons [2]. Balaam s'avance, monté sur son âne qu'il éperonne, et dépassant l'estrade, il s'arrête au bord de l'escalier, et là prophétise. Les démons viennent le saisir, lui et sa monture, qui n'est pas fâchée d'être aidée pour descendre les degrés. Daniel, Abacuc, Jérémie, succèdent à Balaam. Isaïe les suit. Ce prophète est soudainement interrompu dans ses prédictions par un *juif* qui, se levant tout à coup à gauche, du milieu de quelques personnages muets figurant la *Synagogue*, engage avec lui le dialogue que nous

1. Tunc Figura ibit ad ecclesiam. Venientes autem diaboli, ducent Chaim, sepius pulsantes, ad infernum. Abel vero ducent micius...

2. Tunc erant parati prophete in loco secreto singuli, sicut eis convenit. Legatur in choro : *Vos inquam, convenio, ô Judei*, et vocat eum per nomen prophete ; et, cum processerit, honeste veniant, et prophecias suas aperte et distincte pronuncient... Dehinc ducetur a Diabolo in infernum, similiter omnes prophete.

avons rapporté plus haut. *Nabuchodonosor* termine le défilé, et va rejoindre *Adam* et *Ève*, *Abel* et *Caïn*, *Abraham* et tous les prophètes, dans les abîmes de l'enfer.

Quand la gueule de dragon s'est refermée, le *lecteur*, transformé en *prédicateur*, commence à réciter le *dit* des *Quinze signes du jugement*, paraphrase des anciens vers de la *Sibylle*, et qui sert au drame d'épilogue, ou, si l'on veut, de sermon final :

> Oiez, seigneur, communement
> Dont nostre Sire nus reprent...

Suivant l'usage, ce sermon ou *dit* se termine par le souhait du salut éternel, que l'orateur adresse à son auditoire :

> Nostre Sire donc refera
> Ciel et terre, que défet a,
> Puis descendra au jugement,
> Ço sachez-vos, mult cruelment,
> Si nos i doinst-il parvenir,
> Que nós séum al sœn pleisir!

Tout le peuple répond *Amen*, et l'on entonne le *Te Deum* [1].

De quels sentiments étaient animés les spectateurs de cette représentation, dont nous venons de tracer l'esquisse? Groupés sur le parvis, en face de l'église, soit debout, soit assis par terre, le sol étant jonché de paille, quelle impression bourgeois et bourgeoises, serfs et serves, avec leurs enfants, ouvrant de grands yeux, écoutant de toutes leurs oreilles, quelle impression reçoivent-ils de notre drame? Les chevaliers avec leurs écuyers, les nobles dames avec leurs suivantes et leurs pages, sur les estrades plus ou moins somptueuses où ils ont pris place, et d'où ils dominent le théâtre et le vulgaire des spectateurs, que pensent-ils, eux qui forment l'auditoire d'élite, que pensent-ils de ce spectacle? Sont-ils là pour s'édifier, pour s'instruire, ou pour s'amuser? Dans l'église, dont la porte est ouverte, ils aperçoivent, vêtu de ses habits sacerdotaux, ce même chœur ecclésiastique, dont la voix grave et sonore leur chante, aux jours fériés, la messe et les heures canoniales. Le lecteur, dans son ambon, tenant son grand livre ouvert, leur déclame des leçons en latin. La lente mélodie du mode grégorien, si familière à leurs oreilles, accentue les paroles du texte sacré, dont on a formé des répons. Un prêtre,

---

1. Ou le *Magnificat*.

en dalmatique et en étole, accomplit sous le porche et sur la place, avec une lenteur majestueuse, des mouvements semblables à ceux que prescrit le Rituel. Ne sont-ils pas à un office? N'assistent-ils pas à une cérémonie de la liturgie?

Mais regardez : Adam et Ève sont placés par Dieu dans le paradis terrestre, ils pèchent, ils sont chassés de l'Éden, ils font pénitence, ils meurent. Caïn et Abel apparaissent, offrent leurs sacrifices; Caïn tue son frère; les démons entraînent l'un et l'autre. Les *prophètes* défilent et annoncent le Christ. Le *lecteur* prend la parole, il prêche et annonce le jugement dernier. Attentifs, les spectateurs assistent à ces grands événements, ils écoutent ces prédications. Ils recueillent les dogmes, les moralités dans leur esprit et dans leur cœur. Ne sont-ils pas là pour s'instruire? N'est-ce pas un catéchisme qu'on leur fait?

Mais à quoi bon ces décors? A quoi bon ces ustensiles? Ce paradis avec ses rameaux fleuris et ses courtines de soie? Cet enfer avec son énorme gueule? ces deux autels? ces échafauds? ce boyau? cette bêche? ces chaudières? ces marmites retentissantes? A quoi bon ce serpent mécanique, qui s'enroule si ingénieusement autour d'un tronc d'arbre? L'enseignement religieux, même donné sous une forme vivante et dramatique, n'a pas, ce semble, besoin de tout cela. Encore moins est-il nécessaire, pour que la leçon soit comprise, que des démons aux fronts cornus, aux gestes baroques, se ruent de temps à autre à travers la foule, où ils provoquent un certain effroi, mêlé de grands éclats de rire. Et puis, qu'est-ce qu'un enseignement en vers, et en vers où l'on retrouve, à côté de traits d'une vigueur presque cornélienne, la malicieuse bonhomie de nos vieux fabliaux? N'est-il pas évident que cette cérémonie, ce catéchisme, où l'on a convié les fidèles, est aussi pour eux un amusement, où les yeux et l'intelligence trouvent également leur compte, ceux-là, dans la pompe du spectacle, celle-ci, dans le charme d'une poésie, rude il est vrai, mais pleine de fraîcheur et d'originalité?

L'édification, l'instruction, le plaisir, c'est, en effet, ce que demandaient à ce théâtre primitif, à cette liturgie extraordinaire, nos ancêtres, les Français du XII⁰ siècle, qui, pour être plus chrétiens que nous, n'étaient ni moins amis de la gaieté, ni moins sensibles aux pures jouissances de l'art. Laissant désormais de côté un dédain que rien ne justifie, sinon une présomptueuse ignorance, sachons comprendre et goûter, par la pensée, le vif plaisir que prenait à ce nouveau théâtre une société nouvelle; devant ce porche gothique, contemplons le drame sacré, déployant ses splendeurs naïves aux yeux d'un peuple jeune, qui s'émerveille, et qui bat des mains ; et dans notre vieille Gaule, au XIIᵉ siècle, comme dans les riantes campagnes de l'Attique, au temps de Thespis, admirons, suivant le mot de Fénelon, cette aimable simplicité d'un monde naissant.

Le drame d'*Adam*, précieux débris de toute une série de mystères qui semblent perdus, mais dont quelques-uns se retrouveront peut-être, est le type le plus parfait de ce drame de transition, que j'appelle *semi-liturgique*. Ayant conservé d'une part, jusqu'à l'évidence, l'antique forme d'un office, et, d'autre part, écrit tout entier en langue vulgaire, présentant déjà dans sa mise en scène tous les éléments de la mise en scène du XVᵉ siècle, il suffirait, à lui seul, en l'absence de textes plus anciens, pour montrer que la véritable origine du théâtre, au moyen-âge, doit être cherchée dans la liturgie catholique.

V.

LE PROLOGUE DE LA NATIVITÉ.

Tandis que la scène des *Prophètes du Christ* se dégageait du sermon attribué à saint Augustin, et passait par les formes diverses que nous avons étudiées dans les premières parties de ce travail, d'autres drames étaient nés et s'étaient accrus au sein de la liturgie. C'était, par exemple, dans l'office de Noël, un petit drame des *Pasteurs*, ayant pour sujet l'adoration des bergers à la crèche de Bethléem. C'était, dans l'office du jour des Saints Innocents, un drame de *Rachel*, ayant pour sujet les lamentations de Rachel, type des mères juives désolées, sur les enfants immolés par les sicaires du cruel Hérode. C'était enfin, le jour de l'Épiphanie, un drame des *Mages*, ayant pour sujet l'adoration des trois rois guidés vers le berceau du Messie par l'étoile miraculeuse. Ces trois drames, développés par les procédés d'assimilation et d'amplification que nous avons déjà notés

11

dans le développement des *Prophètes du Christ*, montrent, dans les textes qui nous sont parvenus[1], une tendance évidente à se réunir en un seul drame plus étendu[2], pour former un mystère de la *Nativité*. Mais, pour composer ce mystère, on joignit encore aux scènes des *Pasteurs*, des *Innocents* et des *Mages* une scène de l'*Annonciation* qui avait d'abord animé, par une coupure dialoguée et une mise en scène dramatique de l'Évangile, l'office du 25 mars[3]. On plaça enfin au début de la *Nativité*, comme un prologue naturel, la scène des *Prophètes du Christ*.

Le mystère de la *Nativité du Christ*, tel que nous l'offre un manuscrit du XIIIe siècle conservé à la bibliothèque de Munich[4], n'est pas autre chose, en effet, que la réunion amplifiée, accrue d'éléments nouveaux, des divers drames que nous venons d'énumérer. Le considérer dans son ensemble n'est pas aujourd'hui de notre sujet, et nous devons nous borner à l'étude de son prologue, qui nous offre une forme nouvelle et très-curieuse de la scène des *Prophètes du Christ*.

1. Voyez notamment Edélestand Du Méril : *Origines latines du théâtre moderne*, et De Coussemaker : *Drames liturgiques du moyen âge*. M. L. Delisle a publié une double version inédite du drame des *Mages* dans la *Romania* (année 1875), et dans la *Bibliothèque de l'École des chartes* (année 1873, t. XXXIV, p. 637, 638) un fragment qu'il a retrouvé sur le feuillet de garde du manuscrit latin 1152.

2. Nous avons essayé de suivre ce mouvement dans plusieurs articles insérés, à l'occasion de Noël, dans le journal l'*Union* des 25 décembre 1873, 1874, 1875 et 1876. Cf. 25 décembre 1872.

3. « In festo Annuntiationis Beate Marie Virginis fit processio ad forum cantando responsorium : *Gaude Maria Virgo*, et fit statium (l. statio) in corpore fori, et versus cum *Gloria* cantatur per Chorarios. Quibus cantatis, Diaconus legat evangelium in tono; et fit representatio Angeli ad Mariam. Quibus finitis, cantando *Te Deum laudamus* cleros revertatur ad ecclesiam. » Processionnal A du chapitre de Cividale. Le Processionnal C contient une rubrique à peu près semblable « cantatur evangelium *cum ludo* », et de plus il renferme le texte même de ce petit drame, qui a été publié par M. de Coussemaker, ouvrage cité, p. 283-284. Les Processionnaux de Cividale sont du XIVe siècle, mais il n'est pas besoin de faire remarquer que la date de ces manuscrits, lesquels procèdent de livres liturgiques plus anciens, ne s'applique pas nécessairement aux indications ou aux textes qu'ils contiennent.

4. Le manuscrit est du XIIIe siècle, mais le drame pourrait être de la fin du XIIe. Il a été publié par Schmeller pour la Société littéraire de Stuttgard, dans le volume intitulé *Carmina burana*, et reproduit par E. Du Méril, ouvrage cité, p. 187 et suiv.

Les prophètes y défilent dans un ordre singulier, qui n'est ni l'ordre ancien du sermon, ni l'ordre chronologique. Voici les cinq prophètes successivement évoqués : *Isaïe, Daniel, la Sybille, Aaron, Balaam*. Ces deux derniers ne figuraient point dans le sermon, ni dans le mystère du manuscrit de saint Martial, à peu près calqué sur le sermon. Ils figuraient, en revanche, dans la *Procession de l'âne* de Rouen et dans l'épilogue du drame d'*Adam*. Plusieurs prophètes, au contraire, évoqués dans le sermon, sont absents ici. Le personnage d'*Élisabeth* a été déplacé et transporté de la scène des *Prophètes du Christ* à la suite de l'*Annonciation*. La visite de la sainte Vierge à sa cousine forme à cet endroit, dans notre drame, une petite scène dialoguée. Les prophéties, quant à leur texte, se rattachent d'une part aux formes déjà citées par nous, et en particulier aux textes rapportés dans le sermon, et d'autre part en diffèrent. Elles sont doubles ou même triples, partie en vers et partie en prose. En les citant, nous mettons le lecteur à même d'apprécier ces rapports, ces différences et cette bigarrure, et nous plaçons en même temps sous ses yeux l'aspect et le mouvement scénique du prologue de la *Nativité*.

« *Primo ponatur sedes Augustino in fronte ecclesiæ, et Augustinus habeat a dextera parte Isaiam et Danielem et alios Prophetas; a sinistra autem Archisynagogum et suos Judæos. Postea surgat* ISAIAS *cum prophetia sua, sic cantans :*

> Ecce virgo pariet sine viri semine;
> Per quod mundum abduet a peccati crimine :
> De venturo gaudeat gens judæa numine,
> Et nunc cæca fugiat ab erroris limine.
>
> *Postea :*

Ecce virgo concipiet...

> *Iterum cantet :*

Dabit illi Dominus sedem David.

Postea DANIEL *procedat, prophetiam suam exprimens :*

> O Judæa misera, tua cadet unctio,
> Cum Rex regum veniet ab excelso solio;
> Cum retento floridæ castitatis lilio,
> Virgo regem pariet, felix puerperio.
>
> Judæa misera, sedens in tenebris,
> Repelle maculam delicti funebris,

Et læto gaudio partus tam celebris,
Erroris minime cedas illecebris.

Postea cantet :

Aspiciebam in visu noctis...

Tertio loco Sibylla *gesticulose procedat; quæ, inspiciendo stellam, cum gestu mobili cantet :*

Hæc stellæ novitas fert novum nuntium
Quod virgo nesciens viri commercium,
Et virgo permanens post puerperium,
Salutem populo, pariet filium.

E cœlo labitur veste sub altera
Nova progenies matris ad ubera,
Beata faciens illius viscera
Quæ nostra meruit purgare scelera.

Intrare gremium flos novus veniet,
Cum virgo filium intacta pariet,
Qui hosti livido minas excutiet
Et nova sæcula, rex novus, faciet.

E cœlo veniet rex magni nominis,
Conjungens fœdera Dei et hominis,
Et sugens ubera intactæ virginis,
Reatum diluens mundani criminis.

Iterum cantet hos versus :

Judicii signum, tellus...

Deinde procedat Aaron, quartus propheta, portans virgam quæ sumpta super altare inter duodecim virgas aridas sola floruit. Illam personam conducat Chorus *cum hoc responsorio :*

Salve nobilis virga...

Et dicat Aaron *hanc prophetiam :*

Ecce novo more frondes dat amigdala nostra
Virgula; nux Christus, sed virgula virgo beata.

Et dicat :

Ut hæc virga floruit omni carens nutrimento,
Sic et virgo pariet sine carnis detrimento ;
Ut hic ramus viruit non naturæ copia,
Verum ut in virgine figuret mysteria,
Clausa erunt virginis sic pudoris ostia
Quando virgo pariet spiritali gratia. »

La prophétie de Balaam forme ici, comme dans la *Procession de l'Ane*, une petite scène dialoguée :

« *Quinto loco procedat* BALAAM, *sedens in asina, et cantans :*

Vadam, vadam, ut maledicam populo huic.

Cui occurrat ANGELUS *evaginato gladio, dicens :*

Cave, cave, ne quicquam aliud quam tibi dixero loquaris.

Et asinus cui insidet Balaam, perterritus retrocedat. Postea recedat Angelus et BALAAM *cantet hoc :*

Orietur stella ex Jacob... »

Entre la scène des *Prophètes du Christ*, telle qu'elle fut construite, compilée, pour servir de prologue au mystère de la *Nativité* de Munich, et la scène primitive, immédiatement issue du sermon attribué à saint Augustin, on voit combien la distance est grande, combien entre les deux versions il faut supposer d'intermédiaires. Bien loin pourtant que le souvenir de l'origine fût perdu, c'est peut-être dans la version de la bibliothèque de Munich que la marque en apparaît davantage, de telle sorte que l'arrangeur de la *Nativité* a dû avoir sous les yeux, entre autres sources où il a puisé, le sermon même attribué à saint Augustin. C'est en effet, comme nous l'apprend la rubrique, saint Augustin qui préside au défilé des témoins du Messie, fait dont l'unique raison est l'attribution à ce Père du texte oratoire, qui, devenu l'une des leçons de l'office de Noël, et récité de la façon particulière que nous avons expliquée, a été la source première de tant de textes dramatiques. Rien n'est peut-être plus décisif pour établir le lien étroit qui rattache à la liturgie les origines du drame chrétien que cette présence, dans un mystère de la *Nativité du Christ*, d'un Père du IVe siècle à côté des prophètes de l'ancienne loi : chose essentiellement conforme aux convenances de la liturgie, qui, autour du Dieu fait homme, centre de la religion, réunit et rattache tous les faits, tous les témoignages qui ont précédé, accompagné et suivi la manifestation du Verbe incarné.

La partie, que nous avons appelée *dialectique*, du sermon attribué à saint Augustin, tient dans la version de Munich plus de place que dans aucune autre.

C'est en se dégageant de cette partie, dont la plus ancienne version des *Prophètes du Christ* qui nous soit parvenue, celle du manuscrit de Saint-Martial de Limoges, conserve à peine quelque trace, que cette scène s'était constituée sous une forme indépendante et décidément dramatique. Mais le mouvement qui entraînait les esprits vers l'action dialoguée était si puissant que cette partie elle-même fut reprise et dramatisée. Nous l'avons vue reparaître dans l'épilogue du drame d'*Adam* sous la forme d'une discussion entre Isaïe et un Juif, qui se lève du milieu d'un groupe de personnages représentant la Synagogue, pour contester la vérité des paroles du prophète. Dans le prologue de la *Nativité* non-seulement elle a été mise en œuvre, mais elle tient une place aussi étendue que le défilé même des prophètes. La destination de notre mystère, composé pour servir aux réjouissances de Noël dans une de ces grandes écoles qui contenaient en germe les futures Universités, donne la raison de cette étendue. Cette destination ressort avec évidence de la forme à la fois technique et bouffonne de l'argumentation, pour ainsi dire, *hibernoise*, que le chef de la Synagogue accompagné de ses Juifs engage contre Augustin et les prophètes, et à laquelle prend part un personnage appelé l'*évêque des enfants* « episcopus puerorum »[1]. Après que Balaam vient de terminer sa prophétie, voici ce qui doit avoir lieu selon la rubrique :

1. L'élection d'un *évêque des enfants* est une coutume qui s'étendit au moyen âge dans un très-grand nombre d'églises. Elle se rattachait aux réjouissances de Noël, et en particulier à celles qui avaient lieu à la fête des Innocents. Toutes les coutumes joyeuses de l'année chrétienne devaient être, on le comprend, plus particulièrement en vigueur dans les grandes écoles qui prospéraient dans les monastères ou à l'ombre des églises cathédrales. La représentation de jeux dramatiques tenait une place importante parmi ces réjouissances des étudiants, dirigés dans ces jours d'allégresse par celui de leurs compagnons auquel ils avaient décerné le titre d'*évêque des enfants*. L'intervention de ce personnage dans notre drame achève de marquer le caractère de cette pièce, qui s'écarte assez sensiblement par endroits de la gravité liturgique. Les abus qui, selon la pente humaine, se glissèrent dans les coutumes à la fois chrétiennes et joyeuses par lesquelles l'Église s'efforçait de remplacer la tradition païenne de la *libertas decembris*, y introduisirent en maint endroit cette licence même à laquelle on avait voulu remédier, et la fête des Innocents devenant la fête des fous, l'*episcopus puerorum* prit le nom d'*episcopus stultorum*, ou, en gardant son nom primitif, agit comme s'il avait reçu ce nouveau nom. Ces abus ne sont pas niables ; il suffirait pour les établir des décrets des papes, des canons des conciles, des ordonnances des évêques qui s'efforcèrent de les extirper. Mais, comme nous l'avons dit déjà, les coutumes qui y donnèrent lieu ne sont pas pour cela nécessairement blâmables, elles n'en furent pas infectées au même degré en tout temps et en tout lieu. Il y a telle époque et tel endroit où la fête des Innocents se contenait dans des limites fort innocentes. Il faut ajouter que, depuis le XVIe siècle, la piété dans notre pays

« Archisynagogus *cum suis Judæis calde obstrepat auditis prophetiis, et dicat trudendo socium suum, movendo
caput suum et totum corpus, et percutiendo terram pede,
baculo etiam, imitando gestus Judæi in omnibus, et sociis
suis indignando dicat :*

> Dic mihi quid prædicat dealbatus paries!
> Dic mihi quid asserat veritatis caries!
> Dic mihi quid fuerit quod audivi pluries!
> Vellem esset cognita rerum mihi series.
> Illos, reor, audio in hæc verba fluere,
> Quod sine commercio virgo debet parere :
> O quanta simplicitas cogit hos desipere,
> Qui de bove prædicant camelum descendere!

Auditis tumultu et errore Judæorum, dicat Episcopus puerorum :

> Horum sermo vacuus, sensus peregrini,
> Quos et furor agitat et libertas vini;
> Sed restat consulere mentem Augustini,
> Per quem disputatio concedatur fini.

Statim Prophetæ *vadant ante Augustinum et dicant :*

> Multum nobis obviat lingua Judæorum,
> Quibus adhuc adjacet vetus fex errorum;
> Cum de Christo loquimur rident, et suorum
> Argumenta proferunt nobis animorum.

Respondet Augustinus :

> Ad nos illa prodeant tenebris abscondita
> Et se nobis offerat gens errori dedita,
> Ut et error claudicet, re ipsis exposita,
> Et Scripturæ pateat ipsis clausa semita.

*Veniat Archisynagogus cum magno murmure sui et suorum; quibus
dicat* Augustinus :

> Nunc aures aperi, Judæa misera,
> Rex regum veniet veste sub altera,
> Qui matris virginis dum sugit ubera
> Dei et hominis conjunget fœdera... »

La dispute continue. Le chef de la Synagogue poursuit, d'un
ton de mauvais bouffon « cum nimio cachynno », son argumentation hibernoise ornée de réminiscences virgiliennes, et il
invoque Aristote. Augustin le réfute d'une voix sobre et discrète,
« voce sobria et discreta respondeat Augustinus ». Enfin la

---

s'est faite peut-être un peu trop triste et puritaine, et que cette tendance a réagi
sur la façon de juger certaines fêtes de nos aïeux. — Cf. Du Cange, au mot
Kalendæ.

scène se relevant, grâce à l'emprunt d'une belle séquence attribuée à saint Bernard[1], le prologue se termine ainsi :

« *Postea incipiat* AUGUSTINUS *cantare* :
                Lætabundus exultet fidelis chorus :
                        Alleluia!
                PROPHETÆ :
            Regem regum intactæ profudit torus
                        Res miranda!
        Dicat ARCHISYNAGOGUS *cum suis* :
                        Res neganda!
        Iterum AUGUSTINUS *cum suis* :
                        Res miranda!
        Iterum ARCHISYNAGOGUS *cum suis* :
                        Res neganda!
    Hoc fiat pluries; postea Augustinus incipiat :
            Angelus consilii natus est de Virgine
                        Sol de stella.
                Respondeant PROPHETÆ :
        Sol occasum nesciens; stella semper rutilans
                        Semper clara.
                Dicat AUGUSTINUS :
        Cedrus alta Libani conformatur hyssopo
                        Valle nostra.
                Dicant PROPHETÆ :
        Verbum, ens Altissimi, corporali passum est
                        Carne sumpta.
                Postea dicat AUGUSTINUS :
                Isaias cecinit;
                Synagoga meminit,
                Nunquam tamen desinit
                        Esse cæca.
                Respondeant PROPHETÆ :
                Si non suis vatibus
                Credant vel gentilibus,
                Sibyllinis versibus
                        Hæc prædicta.
        Postea dicat AUGUSTINUS *cum Prophetis omnibus* :
                        Infelix propera,
                        Crede vel vetera!
                Cur damnaberis, gens misera?

1. Voyez-en le texte complet dans Félix Clément : *Carmina e poetis christia-
nis excerpta*, p. 455 et suiv. (Gaume et Duprey, 1867, in-12, 3ᵉ édition).

Natum considera,
Quem docet littera!
Ipsum genuit puerpera.

Postea Augustinus *solus cantet :*

Discant nunc Judæi, quomodo, de Christo consentientes nobiscum, amplexari debent novi partus novum gaudium, novæ spem
salutis ipsum expectantium. Nunc venturum credant, et nasciturum expectent nobiscum dicentes : Rex novus erit salus mundo.

*Inter cantandum omnia ista, Archisynagogus obstrepat
morendo corpus et caput, et deridendo prædicta. Hoc
completo, detur locus Prophetis, vel ut recedant, vel
sedeant in locis suis propter honorem ludi.* »[1]

1. Nous trouvons la scène des *Prophètes* avec la présence d'Augustin et la
discussion entre les prophètes et les Juifs, c'est-à-dire sous une forme très-
analogue à celle qu'elle avait prise dans la *Nativité* de Munich, dans un mystère
de la *Passion*, « probablement représenté, dit M. Édélestand du Méril, qui en a
reproduit une partie (ouvrage cité, p. 297 et suiv.) à Francfort-sur-le-Mein, à
l'école ecclésiastique de Saint-Barthélemi.... On sait qu'une pièce sur ce sujet
y fut jouée en 1469, en 1498 et en 1506, et l'écriture du ms. a les caractères
habituels de la fin du xv° siècle ». Ce ms. publié d'abord par Fichard dans le
recueil intitulé *Frankfurtisches Archiv für ältere deutsche Litteratur und
Geschichte* (t. III, p. 137), ne donne que les rubriques et les premiers mots de
chaque réplique. Le drame est mélangé de latin et d'allemand, mais l'allemand
domine, et les paroles latines sont répétées en langue vulgaire. La mention d'une
représentation de la *Passion* à Saint-Barthélemy en 1467 et la date assignée au
ms. par la paléographie n'empêchent pas que la pièce, qui a encore un caractère
liturgique assez prononcé, ne puisse être plus ancienne. Voici les rubriques de
la scène des *Prophètes* qui en forme le prologue : « Primo..... Personæ ad loca
sua cum instrumentis musicalibus et clangore tubarum solemniter deducantur.
Quo peracto, surgant *Pueri* clamantes : *Silete, Silete!* Hoc clamore finito, *Augustinus* proponat sermonem qui sequitur : *Ir, Herschaf stillit uwern shal.
David rex* respondeat..... *Isac judæus* respondeat..... *Augustinus* ad Salomo-
nem..... *Salomon* dicat.... *Bandir judæus* respondeat..... Item *Augustinus* ad
Danielem..... *Daniel* surgat et dicat.... *Joseph judæus* respondeat..... Item
Augustinus ad Zachariam prophetam..... *Zacharias propheta* respondeat.....
Jacob judæus respondeat..... Item *Augustinus*..... *Osee propheta* dicat.....
Abraham judæus respondeat..... Item *Augustinus* ad Jeremiam prophetam
dicat..... *Jeremias propheta* dicat..... *Liberman judæus* respondeat..... Item
Augustinus dicat..... *Isaias propheta* dicat ... *Moshe judæus* respondeat.....
Augustinus concludat, Judæis dicens : *Ir, Juden, ir hat wol gehort.* Hac con-
clusione facta, *Personæ* universaliter cantabunt antiphonam : *Puer Jesus pro-
ficiebat.* » — Dans une autre *Passion* publiée par Mone, d'après un manuscrit
du xiv° siècle de la bibliothèque de Saint-Gall, saint Augustin préside à la
représentation, qui ne contient pas d'ailleurs la scène des Prophètes (*Schauspiele*

La scène des *Prophètes du Christ* servit aussi de prologue
aux *Nativités* en langue vulgaire, qui furent sans doute dès le
XIIe, et assurément aux XIIIe et XIVe siècles, composées à côté des
Nativités latines et sur le même patron. Un mystère sur ce sujet,
en dialecte souabe, contenu dans un manuscrit du XIVe siècle de
la bibliothèque de Saint-Gall, commence en effet par cette scène,
où ne figurent ni Augustin ni les Juifs, mais où paraissent successivement dans l'ordre chronologique Moïse, Balaam, David,
Salomon, Isaïe, Jérémie, Daniel et Michée[1]. Isaïe et David
paraissent seuls en tête du drame italien intitulé : « Laus pro
Nativitate Domini », faisant partie des « Uffizi drammatici dei
disciplinati dell' Umbria » et contenu dans un manuscrit du
XIVe siècle de la bibliothèque Vallicelliana de Rome[2]. Mais ils
représentent tous les prophètes.

Transportons-nous maintenant dans la ville de Rouen, aux
fêtes de Noël de l'année 1474, époque où fut représentée en deux
journées, sur le Marché-Neuf de cette ville, « L'Incarnacion et
Nativité de nostre saulveur et redempteur Jesu Christ »[3]. L'auteur, quel qu'il soit, de ce mystère, qui compte dix mille vers
environ, se réfère en deux endroits de son œuvre à un drame fort

---

des *Mittelalters*, t. I, p. 51 et suiv.). Le même recueil contient (t. I, p. 10-13)
un curieux dialogue liturgique en vers latins rhythmiques entre les *Prophètes* et
le *Chœur*. Ce texte est emprunté à un manuscrit du XIIe siècle du monastère
d'Einsiedeln.

1. Mone, t. I, p. 132 et suiv.

2. Ernesto Monaci, *Appunti per la storia del teatro italiano* dans la *Rivista
di filologia romanza*, vol. I, fasc. 4. — La *Rappresentazione della Annun-
ziazione* attribuée à Feo Belcari commence par la scène des *Prophètes du Christ*,
où sont successivement évoqués Noé, Jacob, la sibylle *Erittrea*, Moïse, Josué,
la sibylle *Sofonia*, Samuel, David, la sibylle *Persica*, Élie, Élisée, la sibylle
Pontica, Malachie, Amos, la sibylle *Samia*, Isaïe, Jonas, Michée mal à propos
transformé en *sibylle*, Jérémie, Ezéchiel, Osée devenu *sibylle*, Daniel, Abacuc,
la sibylle *Cumana*, *Egeo* (Aggée?), Abias, la sibylle *Tiburtina*, Naum, Joel et
Zacharie. Alessandro d'Ancona, *Sacre rappresentazioni* dei secoli XIV, XV e XVI,
t. I, p. 169 et suiv. (Firenze, Le Monnier, 1872). La scène des Prophètes figure
encore (Jacob, Daniel et Malachie) en tête de la *Rappresentazione della Purifi-
cazione de Nostra Donna*, ibid. p. 211 et suiv.

3. Édition gothique in-fol. sans date, Bibl. nat. *Imprimés* Y 4349. *Réserve*.
Ce mystère ne comprend ni le massacre des Innocents, ni l'adoration des Mages.
Il correspond, avec des assimilations et amplifications énormes et de plusieurs
genres, aux antiques scènes liturgiques des *Prophètes du Christ*, de l'*Annonciation* et de l'*Adoration des Bergers*.

long sur le même sujet, représenté dans une église de Rouen près d'un quart de siècle auparavant[1], et il n'est pas douteux que ce drame lui-même ne se fût modelé sur des mystères antérieurs. La meilleure preuve à donner de cette tradition dramatique, en réalité ininterrompue, bien que les anneaux intermédiaires ne nous aient pas tous été conservés, c'est la présence au début de l'*Incarnation et Nativité* de Rouen de cette même scène des *Prophètes*. Quoique saint Augustin n'y paraisse pas, son souvenir n'est pas absent, puisque le sermon d'où cette scène des *Prophètes* était originairement issue est rappelé en note par l'auteur à propos des vers de la Sibylle[2]. Ce n'est pas d'ailleurs à ce sermon, mais à un drame antérieur au sien que cet auteur a emprunté l'antique défilé des témoins du Messie, puisque le premier prophète évoqué par lui est Balaam, qui ne figure point dans le sermon. Les autres prophètes sont David, Isaïe, Jérémie, Ézéchiel (absent, lui aussi, du sermon) et enfin la Sibylle. L'ordre adopté est l'ordre chronologique. Donnons une idée de la scène telle qu'elle figure au début du grand mystère de Rouen :

1. « Hoc dictum fuerat in quadam longa *Nativitate* ostensa in ecclesia sancti..... anno sequenti reductionem Normannie. » Fol. CLXVIII rᵉ. « Hoc factum est in quadam *Nativitate* ostensa Rothomagi post reductionem Normanie. » Fol. CLXXIX vᵉ. Les marges des folios ont en maint endroit des notes latines, où l'auteur a indiqué les sources où il a puisé, mais il n'indique en général que les écrits théologiques et les ouvrages d'histoire ecclésiastique ou profane, qui lui semblent de nature à justifier les pensées qu'il a mises dans la bouche de ses personnages, la façon dont il a disposé et amplifié les événements auxquels ils prennent part : « Augustinus in epistola ad Vincentium Donatistam dicit quod..... Paulus, burgensis episcopus,..., qui additiones super magistrum Nicholaum de Lira..... composuit..... dicit..... Iste est psalmus XI quem fecit David de Christo..... Legenda aurea de Nativitate Christi. Refert quoque Thimotheus historiographus.... etc., etc. » Notre auteur, comme on voit, était un clerc fort érudit en même temps qu'un poëte facile. C'est même là son double malheur : il abuse de son érudition et de sa facilité, lesquelles s'épanchent en une versification d'une harmonie symétrique et singulière. On peut bien dire de lui qu'il met la scolastique en rondeaux.

2. « Isti versus habentur recitative in quodam sermone quem fecit Augustinus contra Judeos, et incipit sic : *Vos inquam convenio, o Judei.* » *Incarnation et Nativité*, fol. VII rᵉ. Ce n'est pas la *Procession de l'Ane*, quoique celle-ci fût sans doute encore figurée à cette époque dans la cathédrale de Rouen, que l'auteur de l'*Incarnation et Nativité* a choisie comme source pour la scène des Prophètes de 1474. La version qui lui a servi de modèle se rapprocherait plutôt de celle du drame de Saint-Gall.

[Le Prologue[1].]

Pour relever humaine creature
Des ors enfers et de la chartre obscure
Où l'avoit sceu le mauvais ange attraire,
Le Filz de Dieu, par sa charité pure
Et amitié, nostre propre nature
A voulu prendre, et vray homme soy faire,
Et d'une vierge il a fait son sacraire,
Puis en est ne, en tres povre repaire,
Ainsi comme nous le demonstrerons
S'il plaît à Dieu, et pour ce mieulx parfaire,
Nous vous prions tous qu'il vous plaise taire
Jusques à ce qu'achevé nous aurons.
Affin d'ennuy fuir nous nous tairons
Present des lieux, vous les povez congnoistre
Par l'escritel que dessus voyez estre.
Nous requerons universelement
A tous seigneurs d'eglise ou autrement,
Et au commun, bref à toute personne,
Se commettons faulte, qu'on nous pardonne;
Et chacun Dieu deprie d'humble cueur
Que par sa grace il nous soit adjuteur.
Donc Balaam, le prophete Gentil,

1. Le Prologue ou Prologueur, appelé aussi assez souvent Protocols, est un personnage chargé de servir d'intermédiaire entre les entrepreneurs et acteurs du mystère et le public. C'est lui qui dirige la représentation. Il correspond au *régisseur* des théâtres modernes. Il s'adresse aux spectateurs au commencement et à la fin de chaque *journée* pour déclarer ce qu'on fera ou résumer ce qu'on a fait. L'auteur lui-même remplissait parfois cet office. Le nom de ce personnage a été omis au commencement de l'*Incarnation et Nativité*, mais il figure à la fin de la première journée et au début de la seconde. Nous étions donc autorisés à le rétablir ici. Le *Prologue* se rattache au *Lecteur* des mystères liturgiques et semi-liturgiques. Quand le drame, comme nous l'avons expliqué à propos d'*Adam*, avait encore la forme d'une *leçon* liturgique, c'était naturellement l'auteur du mystère ou le directeur de la représentation qui remplissait l'office de *Lecteur*, introduisant les spectateurs dans les événements qui allaient être figurés sous leurs yeux, et comblant au besoin, par ses narrations, les intervalles du dialogue. La transition entre le *Lecteur* de la liturgie ordinaire et le *Prologue* ou *Prologueur* des mystères séculiers est facile à saisir dans le fragment de la *Résurrection* du xiie siècle que nous a transmis le manuscrit 902 du fonds français à la Bibl. nat. Nous avons essayé d'expliquer l'origine de ce très-ancien drame et, plus généralement, la formation du cycle dramatique de la *Résurrection* dans une série d'articles publiés, à l'occasion de la fête de Pâques, dans le journal l'*Union* des 28 mars 1875, 16 avril 1876 et 1er avril 1877. Cf. 13 avril 1873 et 31 mars 1872.

Commencera le premier, et est cil
Qui Eliud est dit eu livre Job.

BALAAM *prophete.*

Orietur stella ex Jacob.
Je ne suis pas venu de la racine
Du bon Jacob, patriarche tres digne,
Dont descendra celuy que je diray,
Et toutesfois la majesté divine
En cest heure fort mon cueur enlumine
Et m'annunce du tout ce qu'à dire ay...
Benoit soit cil qui entendra ces dis
Et y mettra du tout son cueur, amen.
Une autre fois et de rechief je dis :
Benoit soit cil qui entendra ces dis.
Ilz ne doivent de nul estre desdis,
Ilz contiennent de salut le moyen.
Benoit soit cil qui entendra ces dis
Et y mettra du tout son cueur, amen.

DAVID *roy et prophete commence :*
Beatus qui intelligit super egenum et pauperem,
In die mala liberabit eum Dominus.
Il a grant temps qu'aussi grant joye je n'eus
Ne telz secretz ne me sont advenus
A congnoistre com en l'heure presente,
C'est donc raison que mette mon entente
Les reveler à tous, grans et menus...
Les choses donc considerées et veues,
Qui sont par moy entendues et congnues
Par la grace de Dieu le debonaire,
Qui m'a voulu roy et gouverneur faire
Sur son peuple, et aussi delivrer
Du roi Saül, qui à mort me livrer
Desiroit tant, et m'a environné
De richesses, oultre plus m'a donné
De prophecie le don tres amplement,
Voire comment : pour parler proprement
De son chier filz, tant de sa nacion,
Que de sa mort et resurrection,
Qui est la plus notable prophecie
Qui soit jamais, ne luy dois-je donc mie
Chanson donner, non seulement de bouche,
Mais de harpe, puis que j'en ay la touche?
Ouy vraiment, ainsi raison le veut,
Et mesmement mon cueur fort m'y esmeult;
Donc à ce faire estre veuil ententifz.

Adonc harpe, s'il est harpeur, ou si non, laisse ceste derraine clause depuis ce lieu là : LES CHOSES DONT.

ESAÏE *prophete commence :*

Parvulus natus est nobis.

De cest enfant, du quel j'ay fait maint dis,
Dont puis ung poy parloye au roy Achaz,
Combien que peu il entendoit le cas,
Et luy disoye, j'en ay tres bien memore,
Que d'une vierge il naquiroit, — encore
En veuil faire special mencion,
Et pour ceste heure est mon intencion...
Je demande donc une question :
Lesquelz sont ceulx qui n'ont affection
De le servir? car tous y sont tenus;
Considerée sa grant perfection,
Lesquelz sont ceulx qui n'ont affection
Qu'il viegne tost, sans grant dilacion,
Pour resjouyr les grans et les menus?
Lesquelz sont ceulx qui n'ont affection
De le servir? car tous y sont tenus.

HIEREMIE *prophete commence :*

Novum super terram creavit Dominus.

Oë chacun ce que dire pretens,
Et si l'entende ainsi que je l'entens,
C'est une chose digne de grant memore
Que Dieu fera qu'il n'a point fait encore,
Et pour ce, c'est une chose novelle,
Tant excellente et tant digne et tant belle
Qu'à tout jamais n'avendra qu'une fois,
Et seulement je la scay et congnois
Par ce qu'ainsi il me l'a revelé,
Mais pas ne veult que par moi soit celé...
Et verra l'en tout ainsi advenir
Comme je l'ay cy declaré et dit.

EZECHIEL *prophete commence :*

Porta hec ciausa erit
Et non aperietur,

O hault secret divin, clair, net et pur,
Lequel Dieu m'a maintenant revelé
Par prophetie! il ne sera celé...
O Seigneur Dieu, accomply ta promesse,
Si osteras nos peres de destresse
Et de prison où ilz sont detenus,
Envoye celuy où seront contenus
Graces et biens en tres grande largesse,

HIEREMIE.

Affin que tous humains soient en leesse,
Car il tendra le royaume sans cesse
Du roy David, dont il sera venus.
O Seigneur Dieu, accomply ta promesse,
Si osteras nos peres de destresse
Et de prison où ilz sont detenus.

EZECHIEL.

Ne targe plus.

HIEREMIE.

Envoye ceste princesse
Dont il naistra.

EZECHIEL.

Helas! des humains qu'est ce
S'ilz n'ont secours?

HIEREMIE.

Il n'en eschape nulz,
Tous en enfer s'en vont povres et nus.

EZECHIEL.

Delivre les.

HIEREMIE.

Plus là ne les delaisse.

EZECHIEL.

O Seigneur Dieu, accomply ta promesse,
Si osteras nos peres de destresse
Et de prison où ilz sont detenus.

HIEREMIE.

Envoye celuy ou seront contenus
Graces et biens en tres grande largesse.
Ha! souveraine et divine Haultesse,
Oste l'ennuy à ceulx qui tant en ont.

DANIEL prophete commence :

Septuaginta ebdomades abbreviate sunt.
Je mercy Dieu quant il m'a revelé
Par son ange, ce qui long temps celé
Avoit esté, j'ay bien veu par escript
Les prophetes comment ilz ont descript
La venue du sacré Redempteur
Qui doit estre des humains rachateur...
O! qui est-ce qui pourroit bien descrire
Combien eureux seront ceulx de son temps,
Mais qu'ilz l'aiment? quant à moy je pretens
A m'en taire, je ne le scairoie dire.
C'est le grant roy et le souverain sire
Qui ayme amour, hait guerres et contens.

O! qui est-ce qui pourroit bien descrire
Combien eureux seront ceulx de son temps?
C'est le pastour qui bien rescout et tire
L'ouaille aux leups, qui, ainsi que j'entens,
Jamais ne sont de transgloutir contens,
Et au tropeau la ramaine et attire.
O! qui est ce qui sauroit bien descrire
Combien eureux seront ceulx de son temps,
Mais qu'ilz l'aiment? quant à moi, je pretens
A m'en taire, je ne le sçairoye dire.

SIBILLE commence :

En mon couraige et en mon cueur sens bruyre
Autre chose que n'ay accoustume.
Mon esperit est tres fort enflamé
A prononcer ung grand secret nouvel,
Au moins à moy, et ainsi qu'eng tonnel
Où est mise la nouvelle boisson,
Non paree, s'enfle et veult crever, s'on
Ne lui baille soupirail où s'esvente,
Tout ainsi est ma pensée et entente
A dire vray, je ne me puis plus taire,
Et toutefois qui cecy me peut faire?
Je ne scay pas, se ce n'est le grant Dieu,
Qui me fait hault et cler dire en ce lieu
Qu'il doit venir ung prince du demaine
Des haultains cieulx, et prendra char humaine,
Roy eternel sera ainsi conclus :
E celo rex adveniet per secla futurus...
En la parfin les bons auront la joye
Où de tous biens est trouvée montjoye,
Et les mauvais bruleront sans mercy
Sanctorum sed enim cuncle lux libera carni
Tradetur, fontes eterna flama cremabit.
Là souffriront grant douleur et labit
A tout jamais, sans fin, an après an.

Ainsi se termine le prologue de l'*Incarnation et Nativité* de Rouen. Mais dans ce mystère ce n'est pas seulement le prologue qui se rattache à l'antique scène des *Prophètes du Christ*. L'action s'engage et se poursuit, pour ainsi dire, parallèlement en Palestine et à Rome. Dans cette dernière ville s'accomplissent une série de scènes, dont les principaux personnages sont l'empereur Octavien et cette Sibylle même qui figure dans le prologue. Toutes ces scènes se rattachent à l'annonce de l'avénement du Messie. Serait-il trop hardi de vouloir y reconnaître l'appropriation au mystère de la *Nativité* d'un ancien drame de la *Sibylle*, détaché de la scène des *Prophètes* et développé comme nous avons vu que le fut celui de *Daniel?*[1] La scène même des *Prophètes* reparaît sous une nouvelle forme dans le drame de Rouen. Adam, Éve, Abraham et Jacob enfermés dans *les limbes des Pères* s'entretiennent du Rédempteur promis et de l'heure ardemment désirée de sa venue. qu'Héli, père de saint Joseph, leur annonce comme prochaine. Cette forme, qui avait l'avantage de relier plus étroitement la scène des *Prophètes* à l'action présente de la *Nativité*, est certainement plus ancienne que le mystère de 1474[2]. Elle est la seule que connaisse le drame cyclique d'Arnoul Gresban, dont l'action s'ouvre dans les limbes par une scène où sont rappelées les prophéties qui ont annoncé le Christ. Les personnages sont Adam, Éve, Isaïe, Ézéchiel, Jérémie et David. Cette scène est, il est vrai, précédée dans les manuscrits par le tableau de la création, de la chute de l'homme, du crime de Caïn et de la mort d'Adam, mais nous savons que ce préambule qui, lui aussi, se rattache par son origine à la scène des *Prophètes du Christ*, n'était pas destiné à la représentation[3].

1. Les vers *Judicii signum* appartiennent à la sibylle d'Érythrée, mais les auteurs dramatiques du moyen âge, qui n'y regardaient pas de si près, lui attribuaient au besoin la légende de la sibylle romaine. Notre drame en particulier ne fait qu'un seul personnage de ces deux sibylles.

2. La version italienne mentionnée ci-dessus peut être considérée comme une transition entre les deux formes. Isaïe et David y parlent à la fois comme prophètes et comme suppliants.

3. « Ce present livre contient le commancement et la creacion du monde en brief par parsonnages, la nativité, la passion et la resurrection de nostre saulveur Jhesucrist, faictes bien au long selonc les saintes euvangiles, et devez sçavoir que maistre Arnoul Gresban, notable bachelier en theologie, lequel composa ce present livre à la requeste d'aucuns de Paris, fit ceste creacion abregée, seulement pour monstrer la difference du peché du deable et de l'omme, et pour quoy le peché de l'homme ha esté reparé et non pas celui du deable, et pour tant, qui vouldroit jouer ce present livre par parsonnages, il fauldroit prendre et commancer à ce prologue qui s'ensuit et, ce fait, delaissier laditte creacion abregée, et commancer à *Adam estant ou limbe* qui dit ainsi : *O souveraine Majesté*, et en ce point l'ont fait ceulx de Paris qui ont já par trois fois joué ceste presente Passion. » Ms. fr. 816. Bibl. nat. feuille de garde du début. Cf. fol. 14 v°. La copie que renferme ce manuscrit est datée du lundi 22 février 1473. Mais le drame d'Arnoul Gresban avait certainement été composé avant 1452, comme le prouve le texte suivant, extrait par Dom Grenier des registres de l'échevinage d'Abbeville et déjà cité par M. Paulin Paris à son cours du Collége de France en 1855 : « Le dernier jour de decembre 1452, au petit echevinage,

Un tableau analogue figure en tête de la *Nativité de Notre-Seigneur* du manuscrit de la bibliothèque Sainte-Geneviève[1], mais il y fait bien partie intégrante du drame. On y trouve intercalé d'une façon assez bizarre un dialogue entre « les II prophetes » Amos et Hélie, qui se rattache aussi sans doute à l'antique scène dont nous étudions les destinées. La scène elle-même se retrouve ensuite dans les limbes où Adam, Ève, Isaïe, que la rubrique qualifie de « premier prophete », et Daniel qu'elle appelle « secont prophete », s'entretiennent du Sauveur qu'ils attendent et dont leurs prières pressent la venue :

> Vrais Dieux, trouvasmes en noz livres
> Qu'encoir serions nous racheté.
> Monstre nous ta grant charité
> Que tu nous fis à ton ymage,
> Car nous met hors de cest servage.
> Sebile le prophetiza
> Et expressement devisa,
> Sy comme est escript en son livre,
> Que nous devons estre delivre
> Par l'enfant qui vendra sur terre
> Pour nous oster de ceste guerre
> Où nous sommes enprisonnés.

Nous ajouterons aux conclusions formulées dans les précédentes parties de notre travail la conclusion suivante :

5° *La scène des* Prophètes du Christ *a été, dès le xiiᵉ siècle, placée comme prologue en tête du mystère de la* Nativité. *Elle occupe encore cette place dans les mystères du xvᵉ.*

en presence de sire Jean Landée, majeur, a esté conclu par les eschevins en grand nombre que la somme de dix escus d'or que avoit et que a paié Guillaume de Bonœuil pour avoir *les jus de la Passion à Paris à maistre Ernoul Grebain*, lui fussent baillé et delivrés des deniers de la dite ville, et sont iceulx jeux clos et sellés des sceaux de Jean de Brimeu, Mathieu Dupont, Chrétien Le Guefure et Jaques d'Aoust eschevins, et mis en un coffre en l'échevinage de la dite ville tant et jusqu'à ce que on vora iceulx juer et lequele somme sera deduite sur ce que messires (mesdicts?) sieurs vouront donner quant l'on jouera les diis jeux. » Dom Grenier, t. XIV, fol. 99 rᵒ.

1. Publié par M. Jubinal : *Mystères inédits du* xvᵉ *siècle*, t. II, p. 1-78. (Paris, Techener, 1837, in-8°.)

VI.

Nous avons expliqué, à propos du drame d'*Adam*, comment la réunion des drames sortis directement ou indirectement de l'ancienne scène des *Prophètes du Christ*, et la combinaison de ces drames avec cette scène elle-même, avaient dû produire une succession d'ébauches, variées suivant les temps et les lieux, du mystère du *Vieux Testament*. La réunion se fit, à ce qu'il semble, dans l'ordre inverse de celui qui avait amené Abraham et ensuite Abel et Adam[1] en tête de la procession des Prophètes, c'est-à-dire qu'elle se fit dans l'ordre chronologique descendant. Le drame d'*Adam* se compose de trois parties : I. *Adam et Ève*, II. *Caïn et Abel*, III. *Les Prophètes du Christ*, dont le premier est Abraham. On ajouta, par exemple, un drame d'*Abraham* à ceux d'*Adam et Ève*, de *Caïn et Abel*, puis, comme transition, un drame de *Noé*, Noé ayant figuré d'ailleurs dans certaines versions des *Prophètes*. On ajouta encore un drame de *Moïse*, etc. La scène des *Prophètes du Christ* servait d'épilogue. Dans certains drames cycliques, où de bonne heure on essaya de traiter, avec plus ou moins de développements, toute la matière dramatique fournie ou indiquée par les fêtes de Noël et de Pâques, dans ces drames, dis-je, la scène des *Prophètes* reliait l'ébauche du *Vieux Testament* dont elle était l'épilogue, à la *Nativité* dont nous venons de voir qu'elle formait le prologue. Le XIIIᵉ et le XIVᵉ siècle nous offriraient de curieux exemples de ces combinaisons dramatiques, si les monuments de cette époque nous avaient été conservés en plus grand nombre. Il n'est peut-être pas impossible d'en retrouver la trace dans les mystères du XVᵉ, qui ne sont parfois, au moins pour la structure, qu'une reproduction plus ou moins amplifiée des drames de l'âge précédent.

La curieuse série de *pageants* anglais publiée par M. Halliwell sous le titre de *Ludus Coventriæ* est contenue dans un manuscrit, dont la première partie, celle qui renferme les scènes

---

1. Nous avons dit qu'*Abel* y fut peut-être amené par *Adam*.

se rapportant à cette étude, est datée de 1468[1]. Les *pageants*, plusieurs fois remaniés quant à leur texte, composent un drame, dont la structure, pour la partie qui nous occupe, nous reporte à une date relativement ancienne[2]. Texte et structure semblent d'ailleurs avoir été empruntés, mais peut-être à des époques sensiblement différentes, à des mystères français[3].

Les *pageants* du *Ludus Coventriæ* forment un mystère cyclique allant de la création du monde au jugement dernier, et divisé, par le fait même du mode de représentation, en un certain nombre de scènes nettement distinctes[4]. Les sept

1. *Ludus Coventriæ*, a collection of mysteries, formerly represented at Coventry on the feast of Corpus Christi, edited by James Orchard Halliwell. London, 1841, in-8°, p. vj. Cf. le fac-simile placé après la page 178.

2. En 1456 la reine Marguerite assista à une représentation des *pageants* à Coventry, le jour de la Fête-Dieu. On représenta tout le cycle sauf la scène du Jugement dernier, que la chute du jour empêcha de jouer. Henri V avait également assisté au même endroit en 1416 à une représentation de ce genre. Voyez *Ludus Coventriæ*, Introduction, p. ix, et Mariott, *A collection of english miracle-plays*, etc., p. xlj.

3. Cf. Mariott, p. xlv et suiv. — On lit dans le *pageant* du *Ludus Coventriæ* intitulé *Cain and Abel* (Halliwell, p. 34).

ABELLE.

GRAMERCY, fadyr, ffor zour good doctrine, etc.,

et dans le *pageant* des *Prophètes* voici les rimes aussi françaises qu'anglaises de la prophétie de Jérémie : *Jeremye, sentence, Ysaie, audyens, bengvolens, lynage, offens, herytage*. Le couplet a b a b b c b c était fort en usage dans les mystères français. Voyez par exemple le *Mystère du siège d'Orléans* publié par MM. Guessard et de Certain dans la collection des *Documents inédits*, et le mystère même du *Viel Testament*, avec lequel, dans plusieurs des scènes qui leur sont communes, le *Ludus Coventriæ* a de grands rapports.

4. Un passage de l'archidiacre Roger, mort en 1595, et qui vit représenter les *pageants* à Chester peut donner une idée de ces représentations. Nous l'empruntons à Marriott, p. lj : « La manière de ces jeux était celle-ci. Chaque corps de métier avait son *pageant*, lequel *pageant* consistait en un haut échaffaud avec deux étages, un haut et un bas, sur quatre roues. Dans la chambre d'en bas ils se préparaient, et dans celle d'en haut ils jouaient, et tous les *pageants* étaient ouverts par en haut, de façon que tous les spectateurs pussent voir et entendre les acteurs. Les endroits où ils jouaient, c'était dans chaque rue. Ils commencèrent d'abord aux portes de l'abbaye, et quand le premier *pageant* était joué, il était roulé à la Haute-Croix devant le maire, et ainsi de rue en rue, et ainsi chaque rue avait son *pageant* et tous ces *pageants* jouaient en même temps, jusqu'à ce que tous les *pageants* désignés pour le jour fussent joués; et quand un *pageant* était presque fini, le mot d'ordre était donné de rue en rue, de telle sorte qu'ils pussent venir chacun à leur place, se succédant régulièrement, et que toutes les rues eussent leurs *pageants* jouant en même temps; pour voir

premiers composent un drame de l'Ancien Testament et ont pour sujets : I. la Création du monde et la chute des Anges; II. la Chute de l'Homme; III. Caïn et Abel; IV. le Déluge; V. le Sacrifice d'Abraham; VI. Moïse et les deux tables de la loi; VII. les Prophètes[1]. Rapprochée de la construction du drame

lesquels jeux il y avait grande affluence, et aussi échaffauds et estrades construits dans les rues aux endroits où l'on avait décidé de jouer les *pageants*. » Cette façon ne semble pas avoir été la seule, mais elle montre bien comme les *pageants* constituaient des scènes nettement distinctes.

1. Les deux autres grandes séries de mystères anglais sont ceux de Chester et ceux dits de Towneley, parce que le manuscrit qui les contient appartient à la famille de ce nom. Voici les pageants de Chester correspondant à l'Ancien Testament. I. La Chute de Lucifer représentée par les tanneurs; II. La Création par les drapiers; III. Le Déluge par les teinturiers; IV. Abraham, Melchisedech et Loth par les barbiers et les ciriers; V. Moïse, Balac et Balaam par les chapeliers et les marchands de nouveautés (linen-drapers); le VIe pageant est celui de l'Annonciation. Voici la série correspondante des *pageants* de Towneley : I. Creatio. II. Mactatio Abel. III. Processus Noe cum filiis. IV. Abraham. V. Isaac. VI. Jacob. VII. *Processus Prophetarum*. VIII. Pharao. Il semble qu'il y ait interversion entre ces deux derniers *pageants*. — Voici enfin l'ordre des *pageants*, tels qu'ils furent représentés à York en 1415, le jour de la Fête-Dieu. Ce document a été rédigé par Roger Burton, clerc de la ville. Nous nous bornons aux douze premiers, qui seuls rentrent dans le cadre de cette étude : « I. Les *tanneurs* représentaient Dieu le père tout puissant créant et formant les cieux, les anges et les archanges; Lucifer et les anges qui tombèrent avec lui dans l'enfer. — II. Les *plâtriers* : Dieu le père, dans sa propre substance, créant la terre, et tout ce qu'elle renferme dans l'espace de cinq jours. — III. Les *cardeurs* : Dieu le père créant Adam du limon de la terre, et faisant Ève de la côte d'Adam, et leur inspirant le souffle de vie. — IV. Les *foullons* : Dieu défendant à Adam et Ève de manger du fruit de l'arbre de vie (of the tree of life). — V. Les *tonneliers* : Adam et Ève avec un arbre entre eux; le serpent les trompant avec des pommes; Dieu leur parlant et maudissant le serpent, et un ange avec une épée les chassant du paradis. — VI. Les *armuriers* : Adam et Ève, un ange avec une bêche et une quenouille leur assignant leur labeur. — VII. Les *gantiers* : Abel et Caïn offrant leurs sacrifices. — VIII. Les *constructeurs de vaisseaux* : Dieu commandant à Noé de faire une arche de bois léger. — IX. Les *poissonniers*, les *pêcheurs* et les *mariniers* : Noé dans l'arche avec sa femme et ses trois enfants, et divers animaux. — X. Les *parcheminiers* et les *relieurs* : Abraham sacrifiant son fils Isaac; un bélier, un buisson et un ange. — XI. Les *chaussetiers* : Moïse dressant le serpent dans le désert; le roi Pharaon; huit juifs dans l'admiration et dans l'attente. — XII. Les *épiciers* : Marie et un docteur *déclarant les dits des Prophètes au sujet de la future naissance du Christ*; un ange la saluant, Marie saluant Élisabeth. » La structure de ces *pageants* de York en 1415, rapprochée du fait de la représentation de 1416 à Coventry et de la structure du *Ludus Coventrix*, tend à établir que cette dernière structure remonte aux premières années du XVe siècle pour le moins, quoique le

d'*Adam*, cette structure nous donne bien, je crois, une idée de la façon dont on avait procédé, durant les XIII° et XIV° siècles, pour former les ébauches du mystère du *Vieux Testament*. La scène des *Prophètes* se présente sous une forme nouvelle et curieuse :

« YSAIAS[1].

Je suis le prophète Isaïe, rempli de la grâce abondante de Dieu, et je dis nettement, par esprit de prophétie, qu'une vierge pure, se rendant pleinement obéissante, enfantera un fils qui saura résister à l'impur Zabulon, le diable d'enfer, afin de défendre contre lui l'âme de l'homme. Il triomphera du démon comme en bataille rangée.

texte des *pageants* publiés par M. Halliwell paraisse sensiblement plus récent. Voyez Marriott, ouvrage cité, p. xvij, xviij, xl, xliv et xlv.

1. On voit qu'Isaïe est ici le chef des prophètes, et comme le conducteur du *Processus*. Dans un mystère de la Nativité représenté à Coventry, mais distinct du *Ludus Coventrix* publié par M. Halliwell, dans le jeu intitulé : « the pageant of the company of shearmen and tailors » publié par Marriott (p. 57 et suiv.) d'après un manuscrit de 1534, Isaïe représente seul tous les prophètes en tête de la pièce, mais entre la scène des bergers et la scène des mages est intercalé un dialogue de deux prophètes indéterminés. — L'idée de faire paraître à côté des prophètes proprement dits la lignée de Jessé, les rois de Juda, fils de David et ancêtres du Messie, n'est pas particulière au *Ludus Coventrix*. La scène a certainement eu ce caractère dans des mystères français, comme le prouve le passage suivant d'une description des usages encore observés au commencement du XVII° siècle dans les cérémonies de la Fête-Dieu de Mayenne. Nous empruntons ce passage aux savantes *Recherches sur les mystères qui ont été représentés dans le Maine* par le R. P. Dom P. Piolin, Bénédictin de la Congrégation de France (Angers, 1858, broch. in-8°, p. 45). « On fit vers ce temps (vers 1655), dit l'abbé Guyard de la Fosse, une grande réforme en la solennité de la procession de la Fête-Dieu, qui passoit pour célèbre à Mayenne. Voici ce qui s'y observoit : après les deux bannières, marchoient deux personnes représentant Adam et Eve, au milieu desquelles on portoit un petit arbre chargé de pommes, avec la figure d'un serpent. Ensuite paraissoient ceux qui représentoient les patriarches et les prophètes, vêtus de soutanes et manteaux de différentes couleurs, avec de grandes barbes et des perruques, portant sur le dos un écriteau du nom du personnage de chacun, comme d'Abraham, Isaac, Jacob, Moïse, Isaïe, Jérémie, etc., leur nombre étoit fini par saint Jean-Baptiste, couvert d'une peau de chameau, et portant un agneau. Après eux venoient les rois descendus de Jessé, comme David, Salomon, etc., habillés magnifiquement, la couronne sur la tête et le sceptre à la main. Ils étoient suivis de leur père Jessé, qui avoit une grande chevelure blanche, une robe fourrée, et s'appuyoit sur un bâton, etc. » C'est avec toute raison que le savant bénédictin, rapprochant ces usages des mystères représentés plus anciennement à Laval, le jour de la Fête-Dieu, d'une façon analogue aux *pageants* anglais, dit que « les acteurs étaient descendus de leurs planches et marchaient dans la rue. »

C'est pourquoi je dis *quòd virgo concipiet et pariet filium nomen Emmanuel*. Pour nous sauver la vie il souffrira la mort. Il nous rachètera pour nous associer à son bonheur dans le ciel. De race sacerdotale (je vous dis la vérité), prenant chair et sang, Dieu naîtra. Quelle joie pour l'homme sur la terre! et dans le ciel l'ange à la naissance de l'enfant montrera une grande joie et célèbrera cette aurore.

RADIX JESSE.

Egredietur virga de radice Jesse, et flos de radice ejus ascendet.

Une branche bénie sortira de moi, au parfum plus suave que celui du baume; de cette branche, dans Nazareth, une fleur s'épanouira de moi, la tige Jessé; et cette fleur par grâce détruira la mort et conduira l'humanité au plus sûr bonheur.

DAVYD *rex*.

Je suis David, de la tige de Jessé, le premier roi dans l'ordre naturel de succession, et de mon sang doit sortir notre salut, comme Dieu lui-même en a fait la promesse. De ma lignée royale doit sortir une grande quantité de rejetons et enfin une pure vierge qui sera mère. Victorieuse des illusions du diable, sa puissance royale rendra la liberté à l'homme.

JEREMIAS *propheta*.

Je suis le prophète Jérémie, et je m'accorde pleinement en toute chose avec le roi David et avec Isaïe, affirmant nettement devant cet auditoire que Dieu par sa grande miséricorde prendra lignage humain, sacerdotal et royal, et rachetant nos offenses, nous donnera place au ciel dans son héritage.

SALAMON *rex*.

Je suis Salomon, le second roi, et sans aucun doute, c'est moi qui ai fait ce merveilleux temple, symbole de cette vierge pure, qui doit être la mère du grand Messie.

EZECHIEL *propheta*.

Une vision sur cela, tout à fait véridique, m'est apparue à moi Ézéchiel aussi : c'est une porte qui en vérité était close, et personne qu'un prince n'y devait pouvoir passer.

ROBOAS *rex*.

Je suis le troisième roi de la noble race de Jessé, mon nom est connu, le roi Roboas; de notre parenté les hommes un jour verront sortir une vierge qui foulera aux pieds l'impur Sathanas.

MICHÉAS *propheta*.

Et moi je suis un prophète appelé Michée ; je vous dis nettement que cela est ainsi. De même qu'Ève a été la mère de la souffrance, ainsi une vierge sera la mère de la joie.

ABIAS *rex*.

Moi, qui m'appelle le roi Abias, je confirme comme vrai ce qu'ils ont dit ; et je dis aussi, sur le même propos, que tout notre bonheur vient d'une vierge.

DANYEL *propheta*.

Moi, le prophète Daniel, je suis content, car en figure de cela je vis un arbre : tous les démons de l'enfer seront bien effrayés, quand ils y verront éclore le fruit de la Vierge.

ASA *rex*.

Moi, le roi Asa, je crois fermement cela, que Dieu doit naître d'une vierge, et pour nous conduire au bonheur éternel être cruellement déchiré par les verges.

JONAS *propheta*.

Moi, Jonas, je dis que le troisième jour après sa mort il ressuscitera ; c'est une prophétie véridique, figurée en moi, qui, longtemps auparavant, demeurai trois jours dans le ventre de la baleine.

JOSAPHAT *rex*.

Et moi, Josaphat, qui suis certainement le sixième roi de la ligne de Jessé par succession directe, tout ce que mes ancêtres ont vu avant moi, je le crois fermement et sans aucun doute.

ABDIAS *propheta*.

Moi, le prophète Abdias, je fais cette déclaration, que quand il sera ressuscité, la Mort sera précipitée dans la damnation éternelle et la Vie recevra la pleine jouissance du paradis.

JORAS *rex*.

Et moi, Joras, qui tiens aussi, comme le septième roi, à la tige de Jessé, je le sais bien qu'après sa résurrection il retournera au ciel pour y demeurer sans fin, vrai Dieu et vrai homme.

ABACUCRE *propheta*.

Moi, le prophète Habacuc, je pense bien comme toi, que quand il sera ressuscité, il s'élèvera au ciel, où il prendra place sur son trône, comme juge, pour prononcer notre sentence quand nous mourrons.

OZIAS *rex*.

Et moi, Osias, roi de très-haut degré, sorti de la tige de Jessé, j'ose bien dire ceci, que quand il aura pris possession de sa dignité, il enverra le Saint-Esprit à ses disciples.

JOEL *propheta*.

Et moi, Joel, je sais que cela est tout à fait vrai. Dieu m'ordonna d'écrire en prophétie qu'il enverrait ici-bas son Esprit sur les jeunes et les vieux, et cela ne fait aucun doute.

JOATHAN *rex*.

Mon nom est connu, le roi Joathan, le neuvième roi sorti de Jessé; c'est dans ma parenté que Dieu se fera homme pour sauver le genre humain, et cela me réjouit.

AGGEUS *propheta*.

D'accord avec vous je déclare que je suis le prophète Aggée, venu de la même tige haute et sainte; Dieu naîtra en vérité de notre parenté pour arracher au loup toutes les brebis de son troupeau.

ACHAS *rex*.

Sorti de Jessé, le roi Achaz est mon nom, qui méchamment adorai les idoles; Isaïe m'en fit le reproche et me dit qu'une vierge enfanterait le Messie.

OZYAS *propheta*.

De cette naissance je porte témoignage; on m'appelle le prophète Osias. Selon la parole d'Isaïe, une vierge enfantera Emmanuel.

EZECHIAS *rex*.

Mon nom est connu, le roi Ezéchias, le onzième roi de cette généalogie, et je dis pour sûr, sur ce même propos: une vierge par son humilité nous apportera le pardon.

SOPHONIAS *propheta*.

Moi, un prophète appelé Sophonie, sur cette matière j'apporte mon témoignage et pour vérité je certifie que l'enfantement d'une vierge établira notre bonheur.

MANASSES *rex*.

De cette noble génération je suis le douzième roi, Manassès, je déclare ici par un témoignage véridique que l'enfant de la Vierge sera le prince de la paix.

BARUK *propheta*.

Et moi, le prophète Baruc, je confirme ces paroles; mais, quoique cet enfant soit le seigneur et le prince de la paix, pour tous les ennemis qui s'assembleront contre lui, il sera au jour du jugement un bien terrible Seigneur.

AMON *rex*.

Moi le roi Amon, pour dernière conclusion, toutes les choses dites avant moi, je les atteste comme vraies, priant ce Seigneur de qui dépend la rémission de nos péchés, qu'en ce jour plein d'effroi il nous fasse miséricorde.

Nous tous donc, de cette généalogie, qui nous accordons parfaitement sur ce propos en cette place, prions ce haut Seigneur que, quand nous mourrons, par sa grande bonté il nous accorde sa grâce.

Explicit Jesse. »

Au moins pour la partie qui concerne l'Ancien Testament, nous trouvons une structure tout à fait analogue à celle du *Ludus Coventriæ* dans le curieux mystère que renferme le manuscrit 904 du fonds français à la Bibliothèque nationale : « Passio Domini nostri Jhesu Christi et Resurrectio ejus et plura alia documenta legis ». Le manuscrit est une assez mauvaise copie datée de 1488[1], mais le drame est plus ancien, et l'auteur

[1].
> En non de Nostre Seigneur amen.
> L'an de l'Incarnacion courant
> Mil IIIIc IIIIxx et huit
> Des jours il estoit dix huit
> De ce beaul joly mois de may,
> Ung dimanche après dunay,
> Ceste notable Passion
> Fust par grande devocion
> Achevée du tout d'escripre
> Sans riens y trouver que redire
> Ne d'y avoir faulte d'ung mot.
> Elle est à Jehen Floichot
> Que Jhesu par sa grace guart!
> Clerc et notaire real,
> Demorant ou boure de Semur,
> Lequel prie ou non de Jhesu
> Que se aucung luy desrobboit
> Ou d'aventure il la perdoit,
> Que on luy veulle repourter
> Ou à tout le moings enseigner,
> Et grandement paiera le vin
> Pour le desjenout au matin
> De ly et de son compaignom;
> Cy après trouverés son nom
> Avecque son saing magnuel
> Affin de son nom ygnorel.
> J. FLOICHOT, *notaire.*

a dû prendre pour modèle des versions assez semblables à celles
d'après lesquelles a été disposée la structure générale des *pageants*
de Coventry. Je ne parle, encore une fois, que de la première
partie du mystère, celle qui contient les scènes suivantes : I. Création et chute des anges (fol. 1-14); II. Création et chute de
l'homme (14-23); III. Caïn et Abel. Mort d'Adam (23-27);
IV. Noé; le Déluge; malédiction de Chanaan (27-34); V. Le
Sacrifice d'Abraham (34-35); VI. Moïse; le rocher d'Horeb; les
tables de la Loi (36-39). VII. Les Prophètes (39-45). Cette
dernière scène est tout à fait différente de celle du *Ludus Coventriæ*. Un fait à noter, c'est qu'elle se relie directement à la précédente par le moyen de Moïse, qui est ici le premier des prophètes. Par une conception dramatique vraiment belle, et bien
au-dessus de son style, l'auteur de notre mystère, ou plutôt
quelque auteur plus ancien sur lequel il s'appuie, a donné le rôle
que remplit saint Augustin dans la *Nativité* de Munich, celui
d'évocateur des témoins du Messie, à un personnage allégorique,
l'Église, qui s'exprime ainsi :

ECCLESIA.

Dieu en ce siecle descendra,
Je suis et fuz, toujours seray,
Ou siecle advenir regneray;
En paradix est jà mon regne,
Où Dieu, mon espoux, vit et resgne;
Cy me covyent regner sur terre
Et aux diables prandre guerre,
Pour acquerir humain lignaige
Que diables tiennent en guaige
Pour le pechié du premier homme :
Dieu le condempna pour la pomme.
Je suis en ciecle non congneue,
Je n'y suis encor aperceue,
Pour ce je faix deux (?) des propphettes
Qu'il savent les choses secrettes;
Au peuple de Dieu avisance
Doyvent donner et esperance;
Il doyvent à m'entanciom
Parler de la Redempciom
Quil sera par le filz de vierge;
Des propphetes sera, requier je.
Mon regne encommencera
Quant la pucelle enfantera,
Et fiet omnibus notum.

MOYSE.

Peuple, sit tibi notum,
Et hoc erit veris notum.
Oy, le peuple que Dieu veut prandre,
Entandz, ce tu ne veulx mesprandre,
Je suis Moyse, vostre propphete,
Quil au nom de Dieu vous repete
Ces miracles qu'avez veü
Et de par Dieu apperceü...
O las Juifz à dur couraige,
J'appelle Dieu en tesmoingnaige,
Le ciel, la terre et la mer,
Car une vierge sans amer
Du ciel concepvra ung hault prince,
Quil viendra affin que il rince
Nous pechies, et mecte en espace
De tous ceulx largir de sa grace
Quil le croiront parfaictement;
Mes vous le croiez autrement.
C'est celluy dont je vous avise,
Et vous anonce et prophetisse.
Ma vye doit briefment finir,
Apres moy, ung temps advenir,
Saichés trestous certainement
Car de vostre loy proppremeut
Naistra ung home bien taiché,
Sans falace et sans peché,
Et cy sera moult grant seigneur,
En ce monde n'ara greneur,
Par luy sera l'umain lignaige
Quiete et franchy de servaige.
Cil quil à luy n'obeyra
De ce peuple icy, perira.
Hoc locor voce divina.

SIBILLIA.

Et hec est mea doctrina :
Combien que soie Sarazine,
Par revelacion divina
Je scay et dix parfaictement
Car en signe de jugement
Du ciel viendra une personne
Quil sur tous pourtera coronne,
Roy des Juifz sera clamé
Et de son peuple pou amé...
En char sera juge ce juge

Et toute char fauldra qu'il juge,
Sur les malvoix ara victoire,
Les bons conduira en sa gloire.
Talis est Dei series,
Veritatem reciteo.

DAVID *propheta.*

Sic eciam non sileo.
Saichiez Dieu descendra au monde,
En quil toute beaulte habonde
Par devant tous les filz des hommes...
Je vous dix : Dieu viendra au monde
Comment fist sur la toison l'onde
De Gedeon, quil sans rosée
Fut decourant et arosée.
A son temps fauldra toute guerre,
Car Verité naistra sur terre
De ce jour par sa dignité.
Misericorde et Verité,
Justice et Paix, sans nul reproche,
Le viendront baisier en la bouche.
Ecce proffetizo vobis.

YSAYAS *propheta.*

Parvulus nasceteur vobis.
Je fermement vous asseüre
Car d'ungne vierge necte et pure
Naistra enfant de grant noblesse...
En celle petite enffance
Se nuera le Dieu de puissance,
Car Dieu sera entierement,
Et filz de vierge propprement,
Le Filz de Dieu homme sera
Et en terre habitera.
Hoc pro vero certifico.

DANIEL.

Ecce quot vobis dico :
Quand le Sire sera venu
Quil en la croix sera pendux,
C'est cil quil le monde sauvera,
Le regne aux Juifz cessera,
Plux n'aront roy de leur lignaige,
Et cy perdront leur heritaige;
Vidi per celum apertum.

JHEREMIAS.

Istud erit totum certum.
Le benoist filz de Dieu le pere

Sera conceu par grant mistere
En une vierge sans faillir
Pour nostre ennemy assaillir,
Homs humain aparra sur terre
Pour nous acheter et conquerre,
Et pour ce faire soustenir
Vouldra il homme devenir.
Talis est Dei series.

C'est encore à des versions analogues à celles qui ont servi de
modèle au mystère contenu dans le manuscrit français 904 et à
celles qui ont été l'origine des *pageants* du *Ludus Coventriæ*
qu'il faut, je crois, reporter la structure du curieux drame cornique intitulé « Ordinale de origine mundi »[1]. Ce drame paraît
être un arrangement pour l'usage de la population celtique du
comté de Cornouaille d'un mystère anglais, imité lui-même des
mystères français, tant pour sa charpente que pour son texte[2].
Le manuscrit est de la fin du XVe siècle. L'*Ordinale de origine
mundi* renferme les scènes suivantes : I. *Adam* (la création, la
chute, *Caïn et Abel*, mort d'Adam, vers 1-916). II. *Noé* (le
déluge, 917-1258). III. *Abraham* (le sacrifice, 1259-1394).
IV. *Moïse* (le buisson ardent, Pharaon, le rocher d'Horeb, les
tables de la Loi, 1395-1898). V. *David* (Bethsabé, pénitence
de David, 1899-2370). VI. *Salomon* (construction du temple,
martyre de Maximilla, 2371-2846). Comparée aux versions précédemment étudiées, celle-ci nous montre l'extension du mystère
par l'adjonction de nouvelles scènes dans l'ordre chronologique
descendant. Un drame de *David* et un drame de *Salomon* sont
venus prendre place après le drame de *Moïse*, comme celui-ci,

1. *The Ancient Cornish drama*, edited and translated by Mr Edwin Norris,
in two volumes. Oxford, 1859, in-8°, t. I, p. 1-219. L'*Ordinale de origine
mundi* compte 2846 vers. Les représentations dramatiques du comté de Cor-
nouailles avaient lieu dans des amphithéâtres de terre dressés au milieu des
champs, et où les spectateurs prenaient place sur des bancs de gazon. On appelait ces théâtres, dont quelques-uns furent construits en pierre, des *Ronds*. Le
copiste du manuscrit publié par M. Norris a essayé de donner un grossier cro-
quis de la scène où fut représenté l'*Ordinale*. Il a tracé deux cercles concen-
triques et entre les deux a écrit circulairement les mots suivants, à peu près
comme la légende d'une médaille : *Celum, episcopus, Abraham, rex Salomon,
rex David, rex Pharao, infernum, tortores*. J'avoue que cela ne me donne
pas une idée bien nette de la représentation. Cf. Norris, t. I, p. 218-9, 479, et
t. II, p. 201, 453 et suiv.

2. Voyez le texte *passim* et cf. Norris, t. II, p. 443, 444, 463-65.

ainsi que le drame d'*Abraham* et le drame de *Noé*, s'étaient joints au drame d'*Adam* et de *Caïn et Abel*. Tous ces drames sont ici reliés l'un à l'autre par une légende empruntée aux apocryphes. Adam, au moment de mourir, envoie Seth vers le chérubin qui garde l'entrée du paradis, pour lui demander un précieux baume, *l'huile de miséricorde,* qui peut rendre à son père la force et la santé[1]. Le chérubin le lui refuse, mais il lui permet de regarder dans le paradis et il lui donne trois pépins mystérieux de la pomme de l'arbre de vie. Seth, sur son ordre, dépose ces pépins dans la bouche d'Adam défunt, puis l'ensevelit au sein de la montagne qui doit être un jour le Calvaire. C'est sur cette montagne que Noé dresse un autel en sortant de l'arche, et qu'Abraham est sur le point d'accomplir le sacrifice d'Isaac. Au temps de Moïse, les trois germes ont percé la terre et formé trois verges que Moïse coupe et transporte sur le Mont-Thabor, où elles reprennent racine. David, sur l'ordre de Dieu, les transplante à Jérusalem où elles deviennent un arbre magnifique, dont Salomon veut faire la maîtresse poutre du temple. Mais, une fois l'arbre coupé, c'est en vain qu'on essaie d'employer ce bois sacré. L'arbre demeure déposé dans le temple où Maximilla le qualifie de « bois du Christ ». Elle meurt par les mains des bourreaux de « l'évêque » juif pour avoir exprimé sa croyance au Rédempteur. C'est de ce bois que la Croix doit être faite[2].

La scène propre des *Prophètes du Christ* ne figure point dans le drame cornique. Nous la retrouvons au contraire, sous des formes singulièrement développées, dans un drame bas-allemand : *Le Péché originel* (*Der Sündenfall*) dont l'auteur serait un curé d'Eimbeck, nommé Arnold Immessen. Ce drame a été publié par M. Otto Schœnemann d'après un manuscrit de la fin du xve siècle appartenant à la bibliothèque de Wolfenbüttel[3].

1. Il en est de même dans le mystère français du manuscrit 904 et dans la *Création* qui sert de prologue à la *Nativité* du manuscrit de Sainte-Geneviève, mais dans ces deux drames, le refus du Chérubin est tempéré seulement par la promesse qu'Adam recevra miséricorde après cinq mille ans, et il n'y est pas question des trois pépins, ni de ce qui suit. Les trois pépins figurent au contraire dans la *Création abrégée* qui sert de préambule à la *Passion* de Gresban.

2. Cf. Hersart de la Villemarqué, *Le Grand mystère de Jésus* (Deuxième édition, Paris, Didier, 1866, in-12), p. xxxvij-lvij.

3. *Der Sündenfall und Marienklage*, zwei niederdeutsche Schauspiele aus Handschriften der Wolfenbüttler Bibliothek, herausgegeben von Dr Otto Schœnemann. Hanover, 1855, in-8°.

Il offre d'ailleurs avec le drame cornique sur l'*Origine du monde*
et avec les *pageants* de Coventry des rapports qui tiennent
évidemment aux sources françaises où tous ces mystères ont
plus ou moins directement puisé. Nous empruntons le sommaire
donné par M. Schœnemann dans sa préface : « Après la préface
de l'auteur (vers 1-60) et les explications du *Prælocutor* (61-
128) commence la pièce proprement dite : 1. Adoration de Dieu
par les anges (129-403) et chute de Lucifer (-733). 2. Création
d'Adam et d'Ève et leur introduction dans le paradis (-929).
3. Séduction par le serpent (-1030) et expulsion du paradis
(-1194). 4. Sacrifice d'Abel et de Caïn ; meurtre d'Abel (-1321).
5. Seth va trouver le chérubin, ce qu'il voit dans le paradis ;
mort d'Adam, ses obsèques, sa descente aux enfers (-1694).
6. L'arche de Noé, le déluge, mort de Noé (-1887). 7. Le sacrifice d'Abraham (-1986). 8. Entretien de Moïse avec Dieu dans le
buisson ardent (-2093). 9. Le sacrifice de Melchisedech (-2150).
10. Première lamentation d'Adam et d'Ève du sein de l'enfer
(-2180). 11. Discussion de David avec Isaïe, Jérémie, Ezéchiel
et Daniel sur la Rédemption (-2271). 12. La question est posée
à Salomon (-2329). Salomon invite tous les prophètes et les
sibylles à un festin (-2345), leur arrivée et leur régal (-2386).
13. Jugement de Salomon entre les deux mères (-2474).
14. Visite de la reine de Saba à Salomon (-2672). Intermède
comique : Salomon se dispute avec sa femme et boit avec ses
serviteurs de la bière d'Eimbeck (-2734). 15. Salomon est invité
par ses filles à reprendre la discussion (-2796). 16. Discussion de
Salomon avec les prophètes et les sibylles. Prophéties sur le Sauveur (-3253). 17. Inutile prière d'Isaïe à Dieu (-3307). Prière de
Jérémie (-3350). Prière de David, consolation que Dieu lui pro-
met pour un temps plus éloigné (-3417). Deuxième lamentation
d'Adam et railleries de Lucifer (-3458). 18. Sacrifice de saint
Joachim et de sainte Anne et leur sortie du temple (-3530).
19. Troisième lamentation d'Adam. Entretien de David avec
Salomon, Isaïe, Jérémie. David, accompagné de saint Michel,
va une seconde fois supplier Dieu (-3620). Ils sont exaucés
(-3644). Débat entre Justice et Miséricorde (-3719). 20. Pardon
accordé par Dieu. Sainte Anne est avertie par l'ange Gabriel
(-3848). 21. Appel de saint Michel et de David à la clémence de
Dieu (-3899). 22. Retour de David vers les prophètes, son récit,
Te Deum (-3917). 23. Saint Joachim et sainte Anne consa-

crent à Dieu Marie âgée de trois ans (–3942). 24. Chant final de David et de tous (–3953). »

La qualification d'ébauches du *Vieux Testament*, appliquée aux drames que nous venons de passer en revue, pourrait être inexacte, si l'on considérait le texte de ces versions, telles qu'elles nous sont parvenues, par rapport au texte du grand drame cyclique, qui eut au xv⁰ et au xvi⁰ siècle une popularité aussi étendue que celle de la *Passion* de Gresban, puis de Jean Michel. Il est probable, au contraire, que ce grand mystère a été, non pas la source unique, mais l'une des sources où ont puisé les auteurs de quelques-unes de ces versions. Mais le cadre où ces auteurs ont enfermé leurs imitations est certainement plus ancien que ces imitations mêmes, et la structure de ces drames nous reporte à une époque antérieure à la rédaction du grand mystère. Ces drames nous offrent donc, sinon la réalité, du moins l'image subsistante des ébauches du *Vieux Testament*, et nous terminerons cette partie de notre étude par la conclusion suivante :

6° *Les ébauches du* Vieux Testament, *à partir du drame d'*Adam, *semblent avoir été formées par l'adjonction d'autres scènes dans l'ordre chronologique descendant. Un type qui paraît avoir joui d'une assez grande vogue à la fin du* xiv⁰ *et au commencement du* xv⁰ *siècle, consistait dans un drame de la* Création, *comprenant avec la création même et la chute de l'homme, le meurtre d'Abel et la mort d'Adam, suivi d'une série de drames plus ou moins étendus sur les sujets suivants :* Le Déluge, Le Sacrifice d'Abraham, Moïse. *Un autre type en faveur ajoutait deux autres drames plus ou moins reliés ensemble de* David *et de* Salomon. *La Scène des* Prophètes du Christ *servait d'épilogue.*

VII.

LE VIEUX TESTAMENT. — DRAMES DÉRIVÉS. — ESTHER, ATHALIE.

« Le mistere du Viel Testament par personnages joué à Paris, hystorié et imprimé nouvellement audit lieu¹ auquel sont contenus les mysteres cy après declairez :

1. Par Pierre Ledru pour Geoffroy de Marnef; in-fol. gothique et sans date de cccxxxvj feuillets à deux colonnes.

Et premierement la creacion du ciel et de la terre... La creacion des anges et le trebuchement de Lucifer... La creacion de la mer, poissons, bestes et oyseaux... La creacion d'Adam et d'Eve... Du deluge... De la tour Babel... De Abraham et de Melchisedech et de la delivrance de Loth... De la destruction de Sodome et Gomorre... De l'apparicion des troys anges à Abraham... Des cinq citez qui fondirent en abisme... Le sacrifice d'Abraham... Le mariage de Ysaac et de Rebecque... Comme Jacob et Esaü furent nez... Comment Ysaac bailla la benediction à Jacob en lieu de Esaü... De la servitude Jacob... De Joseph qui exposa les songes et de sa vendicion... De Pharaon roy d'Egipte et de sa cruaulté... De la nativité de Moyse... Du buisson ardant... De la mer rouge où passerent les enfans d'Israel et de la mort de Pharaon... De Josué... Des dix commandemens de la loy baillez à Moyse... Du veau d'or que les enfans d'Israel adorerent... De Choré, Datan et Abiron que la terre trangloutit... De Balaam prophete et de son asne qui parla... De Sanxon fortin... De Samuel... Du regne de Saül... De David et de Goullias... De la mort Saül et du regne David... Du regne Salomon... Des jugemens de Salomon... De Salomon et de la royne Saba... Le livre de Job... De Thobie... Le livre de Daniel... L'ystoire de Susanne... L'ystoire de Judich... L'ystoire de Hester... L'ystoire de Octovien et des Sibilles. »

La table que nous venons de reproduire ne doit pas être considérée comme donnant la clef de la composition du grand mystère, c'est-à-dire comme une liste des drames dont la réunion constituerait le *Vieux Testament*. C'est une simple table des matières que l'on aurait pu faire plus ou moins longue qu'elle ne l'est[1]. En réalité toute la partie du *Vieux Testament* qui va de la création à Salomon inclusivement forme un seul drame, que l'on a pu sans doute jouer par parties successives, d'où l'on a pu même à l'occasion détacher telle ou telle partie pour la représenter séparément, mais dont la trame est continue. L'objet de l'auteur ou des auteurs semble avoir été de remplacer les ébauches antérieures, composées de scènes détachées et souvent séparées par de longs intervalles, par une action suivie, enchaî-

---

1. Elle est bien plus développée dans l'édition in-4° en deux tomes, également gothique et sans date, imprimée par la veuve de Jehan Trepperel et Jehan Jehanot.

nant d'un lien étroit, aussi étroit que possible, les scènes
successives et leurs épisodes. La plus rapide lecture ne peut
guère laisser de doute à cet égard. Outre que la continuité de
l'action se marque par l'enchaînement presque constant des
rîmes, non-seulement de réplique à réplique, mais de scène à
scène, il suffira de faire remarquer que Noé par exemple apparaît
du vivant d'Adam; qu'Abraham commence à figurer dans le
drame avant la disparition de Chanaan, fils de Cham; que le
Pharaon qui fut châtié par Moïse est représenté comme le suc-
cesseur immédiat du Pharaon qui avait eu Joseph pour premier
ministre : ce second Pharaon, appelé au trône par Putiphar, et
qui n'est autre que Cordelamor, roi des Élamites, avait déjà
essayé d'empoisonner son prédécesseur par le moyen du grand
panetier, qui fut mis en prison, où il se trouva avec Joseph. Il
est bien vrai qu'il y a une lacune dans les événements représentés, entre Moïse et Samson, puis entre celui-ci et Samuel;
mais la présence continuée de personnages comme Ruben, Juda,
représentant telle ou telle tribu d'Israël, suffit à maintenir le fil
de l'action, qui ne cesse de se dérouler jusqu'après la visite de la
reine de Saba[1].

A ce point au contraire l'action s'interrompt tout à fait. La fin
du règne de Salomon n'est pas représentée, et rien ne relie cette
histoire à la suivante. Les derniers vers semblent même marquer
cet arrêt.

[1]. Les dernières scènes de l'histoire de Salomon accusent un certain trouble
dans la copie qui a servi à l'impression de l'édition de Geoffroi de Marnef. L'une
des deux femmes, entre qui le roi des Hébreux prononça le jugement demeuré
célèbre, s'appelle *Thamar*, fol. ccxxviij r°, puis au verso du même feuillet, la
même, c'est-à-dire la fausse mère, est nommée *Achilla*. Au point même où va
avoir lieu ce changement de nom s'intercale, dans la scène des deux mères, un
fragment de la scène de la reine de Saba, lequel fragment se retrouve plus loin
à sa place dans l'ensemble de cette dernière scène (cf. fol. ccxxviij v°, col. 1,
ccxl r°, col. 1); enfin entre la scène des deux mères et la scène de la reine de Saba
est placée l'histoire d'un jugement rendu par Salomon entre trois héritiers, laquelle
histoire se termine par une espèce de *congé*, adressé aux spectateurs :

LE SECOND COUSIN.
Vous avez veu le jugement notable
De Salomon, hault juge veritable,
Pardonnez nous se nous n'avons fait mieux.
L'honneur mondain à l'homme est peu durable,
Juge doit estre prudent et vertueux.

SALOMON.

Dame, prenez en pascience
La petite reception.

LA ROYNE.

Congé prens.

BANANYAS.

Pour *conclusion*,
Le noble et puissant Salomon
En son royaume acquiert regnom
Dont il est memoire en maint lieu.
Bon fait avoir esprit en Dieu [1].

L'histoire de Job, qui suit celle de Salomon, se termine par une sorte de *congé*, dont les termes semblent indiquer que le lien qui l'unissait au drame précédent était de pure convention :

JOB.

A vostre vouloir m'abandonne,
Cheminez, je vous ensuivray.

ELIPHAS.

Et sur ce point *je conclurai*
Que la vertu de pacience
Plaist à la divine clemence
Du createur du firmament
Et que Jesus fust pacient ;
Pour tant, prenons compassion
De gens paciens qui endurent,
En blasmant tous ceulx qui murmurent
Et en pechez sont obstinez.
Adieu, pacience prenez [2].

Les mots « Jésus fut patient », tout naturels dans le congé d'un drame de *Job*, deviennent assez bizarres dans la trame du *Vieux Testament*.

Après l'histoire de *Job* vient l'histoire de *Tobie*, qui n'a

---

1. Le mot *conclusion* ne serait pas par lui-même une marque d'arrêt bien décisive, car il est employé de la même manière à des endroits où il n'y a certainement pas d'arrêt, par exemple fol. ccxxxiij :

Conclusion : il ne m'en chault.

Ce qui est plus décisif, c'est que dans l'édition in-4° en deux tomes, le premier se termine là, et il y a un *explicit*. Or les deux tomes sont d'épaisseur très-inégale, puisque le premier correspond aux feuillets j-ccxliij de l'édition in-fol. et le second aux feuillets ccxliij-cccxxxvj seulement. Cette division paraît donc traditionnelle.

2. Fol. cclj r°.

aucun lien avec la précédente[1]. A l'histoire de *Tobie* succède un mystère composé des histoires de *Daniel* et de *Susanne*, dont les scènes sont entrelacées de manière à faire une action continue, à laquelle vient s'adjoindre l'histoire de *Judith*. Le personnage de Nabuchodonosor[2], de qui Holopherne tenait son commandement militaire, sert ici de trait d'union. Toutefois, les derniers vers de l'histoire de Susanne renferment, sinon un *congé*, du moins une *morale*, d'où l'on peut induire qu'au besoin la représentation s'arrêtait là :

LE SECOND JUIF.

Juges justes, qui les loys alleguez,
Prenez bien garde à ceulx que subroguez,
Je le vous dis icy en audience,
Quelque povre homme que vous interroguez,
Un juge doit craindre sa conscience.

L'histoire de Judith se termine par une sorte de *congé* qui la sépare assez nettement de l'histoire d'*Esther* :

JUDITH.

En ferme espoir, soubz la divine soubze,
En la fin ay Holofernes sceu paindre,
Conclusion : puissant occis de maindre,
Notons ces motz, et du temps les pointures;
Droicture aymer, et Dieu et honte craindre,
Faict aux bons cueurs trouver telz avantures;
En vous priant, devotes creatures,
Cy assistans par grant devocion,
Que en gré prengnez, car ce sont les figures
Du doulx Jesus et de sa passion[3].

L'histoire d'*Esther*[4] est très-nettement séparée de celle d'Octavien et des Sibylles :

1. La fin de l'histoire de *Tobie* manque, sans doute par suite d'une lacune dans la copie qui a servi à l'impression, de telle sorte que nous ne pouvons constater si elle se terminait par un *congé*. Elle ne se rattache d'ailleurs en rien à l'histoire de Daniel, qui la suit. — Cf. *Rappresentazione dell' angiolo Raffaele e di Tobia*. D'Ancona, ouvrage cité, t. 1, p. 97 et suiv.

2. Il est bien sûr que dans la Bible le Nabuchodonosor du livre de Judith est un autre roi que le Nabuchodonosor du livre de Daniel. Mais il n'est guère moins sûr que ces deux rois n'en faisaient qu'un dans le grand mystère. Il est probable que l'histoire de *Judith* fut ajoutée, un peu plus tard, au mystère de *Daniel et Susanne*, ou si l'on veut de *Daniel* tout court, avec lequel elle forme dans le *Vieux Testament* une section particulière.

3. Fol. ccxcix r°.

4. Cf. *Rappresentazione della regina Ester*. D'Ancona, ouvrage cité, t. I, p. 129 et suiv.

LE PREMIER JUIF.

Or sont les Juifz hors de doubtance,
De mort, de dure austerité,
Or sont les Juifz à delivrance
Par Hester; son humilité,
Son humble debonnaireté
En pleine vie nous maintient;
Aman est bien restitué;
Qui mal pourchasse, mal luy vient.

LE SECOND JUIF.

Quel tresor que d'une humble femme!
Humble femme vault ung pays,
Humble femme vault ung royaulme.
Delivrez nous en sommes, Juifz.

LE PREMIER JUIF.

Que hault et bas congié soit pris.

LE SECOND JUIF.

C'est bien dit, ainsi apartient;
Au partir retenez ces dis :
Qui mal pourchasse, mal luy vient.

Cy fine le livre de Hester contenant le regne Assuaire et l'orgueil de Vasti, l'humilité de la dite Hester et la presumption de
Aman » et le bas de la colonne étant occupé par une gravure qui
représente la Sibille tiburtine, en fort beau costume du temps de
Louis XII, la main appuyée sur la tête de l'empereur Octavien à
qui elle montre une apparition céleste, on lit en tête du folio
suivant : « Cy commence le mistere de Octavien et de Sibille
tiburtine touchant la Conception, et autres Sibilles[1]. »

Ce mystère d'Octavien et de la Sibylle est beaucoup moins
développé que les scènes sur le même sujet que contient l'*Incarnation et Nativité* de Rouen[2]. Il se termine par une scène, qui
sert en même temps d'épilogue au *Vieux Testament* tout
entier, et qui représente seule, au moins directement, dans le
grand mystère, l'antique scène des *Prophètes du Christ*, d'où
ce mystère était dérivé :

« Nota que icy apparestront les douze Sibilles sans regarder
l'une l'autre, mais leveront les yeux au ciel en maniere de
prenostiquer :

1. Fol. ccexxvij v° et xxviij r°.
2. Une version plus brève encore figure dans le mystère du manuscrit 904.

SIBILLA PERSICA.

Ung temps viendra que le serpent despit
Se mussera au centre de la terre,
Vaincu sera sans avoir nul respit,
Le Filz de Dieu luy viendra faire guerre,
Lors le serpent sera tenu en serre,
Car la Vierge son filz germinera,
Puis descendra pour nostre salut querre :
En ce monde la lumiere estendra.

LES HUMAINS.

Hellas ! dame, quant esse qu'on verra
Que le serpent et diable venimeux
Sera chassé de ses terrestres lieux ?.... [1] »

Après *Sibilla persica* prophétisent *Sibilla libica, Sibilla erithea, Sibilla cumena, Sibilla sanne, Sibilla cyemeria, Sibilla europa, Sibille tiburtine, Sibille agrippe, Sibilla delphica, Sibilla eleponcia, Sibilla frigea.* Le mystère se termine ainsi :

LES HUMAINS.

Assistens, on excusera
Les faultes que nous avons faictes,
S'il vous plaist, on les supplira,
Concluant sur ces entrefaictes :
Toutes choses ne sont parfaictes.
L'imbecilité excusée
Soit par vous, s'il y a offence,
Car science n'est deprisée,
Comme on dit, que par ignorance.

Cy finist le Viel Testament per personnaiges, joué à Paris, et imprimé nouvellement audit lieu par maistre Pierre Le Dru pour Geoffray de Marnef, libraire juré de l'Université de Paris, demourant en la rue Sainct Jaques, à l'enseigne du Pellican. »

Ainsi le grand mystère du *Vieux Testament*, tel qu'il fut imprimé à la fin du xve siècle, se compose à ce qu'il semble : 1° d'un mystère allant de la création à Salomon inclusivement; 2° d'un mystère de *Job*[2]; 3° d'un mystère de *Tobie*; 4° et

---

1. Fol. cccxxxiij r° (le feuillet porte par erreur le n° cccxxviij).

2. Un mystère de *Job*, différent de la version comprise dans le *Vieux Testament*, est contenu dans le ms. 1774 du fonds français à la Bibl. nat. Cette copie est datée de 1478, mais le mystère doit être plus ancien. Quelques vers du sermon

5° d'un mystère de *Daniel*, contenant l'histoire de *Susanne*, et d'un mystère de *Judith* réuni au précédent ; 6° d'un mystère d'*Esther*, et 7° d'un mystère d'Octavien, terminé par les prophéties des douze Sibylles.

Le premier mystère, qui occupe dans l'édition in-folio de Geoffroi de Marnef deux cent quarante-trois feuillets sur trois cent trente-six, dont le volume entier se compose, est essentiellement le mystère du *Vieux Testament*, rédigé vers le milieu du xvᵉ siècle pour les Parisiens, désireux d'avoir un drame plus étendu et plus lié que les ébauches jusqu'alors en vogue. Ce drame s'arrêtait à Salomon ¹ conformément à l'un des types en faveur à cette

initial peuvent donner à penser qu'il fut composé vers les dernières années de la guerre de cent ans, sous le règne de Charles VII.

> Vous povez bien aujourd'uy veoir
> Et clerement appercevoir
> Que sur trestoute la terre
> Generalement avons guerre
> Et pillerie qui ne fine,
> Et en plusieurs lieux la famine,
> Maladies et adversités,
> Avec plusieurs mortalités,
> Que souffrons en plusieurs manieres
> Et tribulacions et miseres
> Pour les grans maulx et les pechez
> Dont nous sumnes tous entaichez. (Fol. 2.)

Cf. fol. 8 et 9, quelques paroles de *Rusticus* qui se rapporteraient assez bien à la même époque, avant les réformes militaires de Charles VII. — Les souffrances des populations dans la première moitié du xvᵉ siècle durent donner au sujet de Job un caractère particulier d'actualité. La version du ms. 1774 eut une grande popularité, puisque l'imprimerie s'en saisit à la fin du siècle et la reproduisait encore au commencement du xviᵉ. C'est peut-être cette popularité qui inspira aux Parisiens l'idée de faire composer exprès pour eux un mystère de *Job*, dans le goût et dans le style du *Vieux Testament*, auquel ils l'ajoutèrent, à la suite de l'histoire de Salomon, et qu'ils représentèrent aussi à part.

1. Il n'est pas impossible que la version primitive s'arrêtât à la mort de Moïse, et que la scène de *Samson* et les scènes réunies de *Samuel*, de *Saül*, de *David* et de *Salomon* aient été ajoutées un peu plus tard. Il est singulier en effet de ne pas voir se continuer le drame par le récit des exploits de Josué, qui pourtant y figure du vivant de Moïse. Il est singulier aussi que le livre des Juges n'ait pas été plus mis à profit quand il offrait des scènes comme celles de *Gédéon*, de *Jephté*, etc. Mais on sait qu'un type dramatique en faveur dans la première moitié du xvᵉ siècle s'arrêtait à Moïse, tandis qu'un autre ajoutait sans transition les scènes de *David* et de *Salomon*. Peut-être un drame séparé de *Samson* était-il en vogue à la même époque, ce qui aura pu déterminer les Parisiens à

époque, et peut-être se terminait-il, dans la version primitive, par une scène plus ou moins développée des *Prophètes du Christ*, qui le reliait au grand mystère de la *Passion* de Gresban, composé vers la même époque, mais, je crois, un peu antérieurement. L'antique donnée des *Prophètes*, c'est-à-dire le rapport de l'Ancien Testament au Nouveau, y est d'ailleurs maintenue par les déclarations que le souverain Juge fait à certains intervalles, pour trancher un débat toujours renaissant devant lui entre Justice et Miséricorde, et dans lesquelles il annonce, dans tel ou tel événement qui va s'accomplir, une figure de ceux qui marqueront la vie et la mort du Messie, et, par exemple, à propos du sacrifice d'Abraham :

> Je figurerai par exprès
> De Jhesu Crist l'obedience
> Sus Ysaac plein d'innocence[1].

La même donnée fondamentale se retrouve encore dans ces arbres de la Croix, germant des trois pépins placés par Seth dans la bouche d'Adam défunt, et que Jacob rencontre en allant à la chasse : « Il voyt les arbres de la Croix et les oyseaulx qui les adorent et partent lesdit troys arbres d'une mesme souche et tige et portent divers feuillages et fruys[2]. » Mais cette légende des trois pépins est ici bien moins nette et bien moins développée que dans le drame cornique *De origine mundi*[3], et cela se comprend, car les scènes du *Vieil Testament* tenant l'une à l'autre par leur propre suite, par les faits et les personnages intermédiaires qui comblaient les intervalles, l'auteur n'avait plus besoin du lien, pour ainsi dire, extérieur que cette légende avait fourni aux ébauches dont le drame cornique nous a conservé la structure.

Nous tirerons de cette dernière partie de notre étude la conclusion suivante :

en faire composer un pour leur *Vieux Testament*, non encore pourvu des scènes tirées du livre des Rois.

1. Fol. lxv rᵒ.
2. Fol. lxxx rᵒ.
3. Les différences entre l'*Ordinale de origine mundi* et le mystère du *Vieil Testament* sont surtout frappantes en ce qui concerne Salomon. Non-seulement l'épisode de Maximilla ne figure pas dans le grand drame français, mais la construction du temple n'y est pas représentée, tandis que, par contre, la visite de la reine de Saba, qui, dans notre hypothèse, termine ce drame, n'est point dans l'*Ordinale*.

188

7° *Le mystère du* VIEUX TESTAMENT *fut composé pour les Parisiens, désireux de substituer un drame plus développé et d'une action continue aux ébauches antérieures. Il consiste essentiellement dans un drame allant de la création du monde à Salomon inclusivement, auquel furent successivement ajoutés plus tard un drame de* JOB, *un drame de* TOBIE, *un drame de* DANIEL, *comprenant l'histoire de* SUSANNE, *un drame de* JUDITH, *un drame d'*ESTHER *et enfin un drame d'*OCTAVIEN *qui, se terminant par les prédictions des* SIBYLLES, *représente l'antique scène des* PROPHÈTES DU CHRIST *et relie le cycle du* VIEUX TESTAMENT *au cycle de la* PASSION.

Notre sujet s'arrête ici : avec le mystère du *Vieux Testament* nous atteignons les extrêmes limites du moyen âge, et même nous les dépassons, puisque ce mystère fut encore représenté durant toute la première moitié du XVIᵉ siècle[1]. Néanmoins nous ne croyons pas inutile de dire un mot, mais un mot seulement, des destinées ultérieures du grand cycle que nous avons essayé de suivre depuis son origine jusqu'à son point de développement le plus étendu. Les proportions du mystère parisien en rendaient assez difficile la représentation complète, laquelle demandait plusieurs journées. De là, de bonne heure sans doute, l'habitude d'en détacher telle ou telle fraction, pour la jouer séparément. Cette observation ne s'applique pas seulement à la seconde partie, composée, nous l'avons vu, de mystères plutôt juxtaposés que rattachés l'un à l'autre, mais aussi à la première, dont les scènes, au moins jusqu'à la mort de Moïse, sont si étroitement liées. Il y a de cela des preuves formelles. C'est ainsi que la moralité de la *Vendition de Joseph,* jouée et imprimée à la fin du XVᵉ siècle ou au commencement du XVIᵉ, n'est autre chose qu'un extrait textuel du mystère du *Vieux Testament.* Il en est de même du *Sacrifice d'Abraham* plusieurs fois réimprimé et qui fut joué notamment en 1539, à l'hôtel de Flandres, devant le roi François Iᵉʳ[2]. C'est sans doute à cause de la popularité de

---

1. Pour la mise en scène des mystères à cette époque, voyez notre travail intitulé : *Esquisse d'une représentation dramatique à la fin du XVᵉ siècle,* dans la *Revue du monde catholique,* livraison du 25 octobre 1868.
2. Voyez pour les éditions de ce mystère et celles de la *Moralité de Joseph,* le *Manuel du libraire* de Brunet.

ce mystère, qu'en 1551, Théodore de Bèze composa son *Abraham sacrifiant*, où il exhala sa haine contre le clergé catholique, et qu'il essaya de faire servir au triomphe de la nouvelle hérésie[1].

La *Cléopatre* de Jodelle, représentée en 1552, marque dans notre histoire littéraire le triomphe de la Renaissance au théâtre, c'est-à-dire l'imitation de la tragédie grecque et romaine. Mais on penserait à tort que cette imitation, qui se plut à faire paraître sur la scène « Hector, Andromaque, Ilion »[2] et tant d'autres personnages plus ou moins fameux de l'antiquité classique, ait fait complètement disparaître les sujets et les personnages de l'antiquité chrétienne. La tragédie rompit, beaucoup trop à mon sens, mais non pas autant qu'on l'a cru, avec la tradition des mystères[3]. Un grand nombre des pièces qu'elle produisit

1. L'*Abraham sacrifiant* fut d'abord composé en latin, puis l'auteur le mit en vers français avec quelques modifications. Tivier, *Histoire de la littérature dramatique en France depuis ses origines jusqu'au Cid* (Paris, Thorin, 1873, in-8°, p. 485 et suiv.). Ce livre, bien faible pour la période des origines, contient quelques utiles analyses de mystères du xv° siècle et quelques chapitres assez neufs sur la tragédie française depuis Jodelle jusqu'au *Cid*. Il est le résultat d'un cours professé dans les Facultés des lettres de Dijon et de Besançon. La période des origines dramatiques a été mieux comprise et mieux expliquée par M. Charles Aubertin dans le cours professé par lui à l'Ecole normale supérieure, et d'où est sortie son *Histoire de la littérature française au moyen âge*, dont le tome I a été publié l'année dernière (Paris, E. Belin, 1876, in-8°). Nous sommes heureux de voir des professeurs de l'Université s'adonner à ces études, où nous ne doutons pas qu'ils ne fassent de mieux en mieux.

2. Ils avaient paru aussi sur la scène des mystères. M. Tivier a donné (ouvrage cité, p. 383 et suiv.) une analyse développée du mystère de la *Destruction de Troyes-la-Grant* par Jacques Millet.

3. Cf. notre travail intitulé : *La Tragédie française et le drame national* dans la *Revue du monde catholique*, livraison du 10 août 1868. — Le triomphe du protestantisme en Angleterre n'arrêta pas tout d'abord la représentation des mystères, d'où sortit le drame shakspearien. Comme Théodore de Bèze en France, John Bale, évêque d'Ossory, en Irlande, se servit du drame sacré pour propager l'hérésie nouvelle. Il composa une douzaine de pièces dont l'une entre autres, reproduite par Marriott, n'est autre chose qu'une version fort originale de l'antique scène des *Prophètes du Christ*. Elle est intitulée : «A tragedy or enterlude manyfesting the chefe promyses of God unto man by all ages in the olde lawe, from the fall of Adam to the incarnacyon of the lorde Jesus Christ, compiled by Johan Bale, anno Domini MDXXXVIII. » Cette tragédie est en sept actes, avec un prologue et un épilogue, qui sont deux tirades placées par l'auteur sous son propre nom *Baleus prolocutor*. Les sept actes consistent en sept dialogues successifs entre Dieu (*Pater cœlestis*) et les sept personnages suivants : *Adam*

du milieu du XVI° à la fin du XVII° siècle se rattache à cette tradition, et en particulier au cycle du *Vieux Testament*. C'est un véritable mystère que l'*Abel et Caïn* de Thomas le Coq, curé de Falaise[1]. Ce sont aussi des mystères, sinon par la forme scénique, au moins par le sujet, et aussi, à certains égards, par la façon de le traiter, que les tragédies suivantes, que nous citons sans prétendre à une énumération complète : *Esaü ou le Chasseur* par Jean Behourt (1598); *Pharaon*, par François de Chantelouve (1575); *Josué ou le sac de Jéricho, Debora*, par Pierre de Nancel (1606); le *Jephté* de Florent Chrestien (1567) imité d'une pièce latine de Buchanan[2] et suivi successivement des

primus homo, Justus Noah, Abraham fidelis, Moses sanctus, David rex pius, Esaias propheta et *Johannes Baptista*. La pièce est en grands vers anglais rimés, mais chaque acte se termine par une *antienne* chantée par le chœur, soit en latin, soit en prose anglaise, à volonté. Il y a là un curieux essai de fusion entre la forme liturgique, celle du mystère séculier et celle de la tragédie grecque.

1. Cf. notre travail intitulé : *Un drame chrétien au* XVI° *siècle*, dans le *Polybiblion, revue bibliographique universelle*, livraison de février 1875.

2. Les pièces latines composées dans le goût classique sur des sujets sacrés par les humanistes de la Renaissance fourniraient un curieux sujet d'étude. Nous en citerons seulement une, que malheureusement nous n'avons pu retrouver, et que nous ne connaissons que par quelques lignes de M. Saint-Marc Girardin (*Cours de littérature dramatique*, 7° édit. Paris, Charpentier, 1860, t. II, p. 170). Elle paraît offrir une curieuse mise en œuvre de l'idée fondamentale de notre cycle. « L'auteur, Georges Macropedius, autrement Langheveldt, un de ces savants du XVI° siècle qui aimaient à cacher leur nom de famille sous un nom moitié grec et moitié latin, a voulu, dans ce drame intitulé *Adamus*, représenter l'humanité assistant, en la personne d'Adam, à toutes les grandes scènes de l'Ancien Testament, non-seulement aux scènes de la vie d'Adam, c'est-à-dire au péché originel, à l'expulsion du paradis, à la mort d'Abel, mais à toutes les scènes qui figurent et prédisent Jésus-Christ. Dans ce drame bizarre, où semble être un commentaire de l'Ancien Testament expliqué en vue du Nouveau, il y a parfois un intérêt et un mouvement dramatique qui étonnent. » — Les drames latins des humanistes ont beaucoup contribué à maintenir dans la tragédie française la tradition des mystères. Corneille dit dans l'*Examen de Polyeucte* : « Ceux qui veulent arrêter nos héros dans une médiocre bonté, où quelques interprètes d'Aristote bornent leur vertu, ne trouveront pas ici leur compte, puisque celle de Polyeucte va jusqu'à la sainteté et n'a aucun mélange de foiblesse. J'en ai déjà parlé ailleurs; et pour confirmer ce que j'en ai dit par quelques autorités, j'ajouterai ici que Minturnus, dans son *Traité du Poète*, agite cette question, *si la Passion de Jésus-Christ et les martyres des saints doivent être exclus du théâtre, à cause qu'ils passent cette médiocre bonté*, et résout en ma faveur. Le célèbre Heinsius, qui non-seulement a traduit la *Poétique* de notre philosophe, mais a fait un *Traité de la constitution de la tragédie* selon sa pensée, nous en

Jephté de Nicolas de Digne (1584), de François Perrin (1585), d'André Mage, sieur de Fief Melin (1600), de Pierre de Brinon (1613), et enfin de Claude Boyer (1692); le *Saül* (1564) de Jean de la Taille, qui fit aussi les *Gabaonites* (1573), suivi du *Saül* de Claude Billard, s' de Courgenay (1608) et du *Saül* de Pierre du Ryer (1639); le *David* de Louis de Mazures (1557) et le *David* d'Antoine de Mont-Chrestien (1600); les *Juives* de Robert Garnier (1580)[1]; une *Judith* anonyme (1570) suivie de

a donné une sur le martyre des Innocents. L'illustre Grotius a mis sur la scène la Passion même de Jésus-Christ et l'Histoire de Joseph; et le savant Buchanan a fait la même chose de celle de Jephté, et de la mort de saint Jean-Baptiste. *C'est sur ces exemples que j'ai hasardé ce poëme,.... »*

1. *Nabuchodonosor* dans la pièce de Garnier célèbre sa propre gloire du même ton tout à fait que le *Nabugodonosor* du *Vieux Testament*. Écoutons d'abord celui-ci :

NABUGODONOSOR.

Los immortel par triomphant proesse,
Hardiesse de pompeuse noblesse,
Si nous dresse grant gloire deifique,
Deifiez par sublime haultesse,
Gentillesse, resplendissant richesse.....
Pareil de nous n'est trouvé en cronique,
Soit antique, car sans nulle replique,
On s'applique de nous craindre sans cesse,
Et sans cesser nostre bruit se pratique,
Autentique, dont avons pacifique
Los immortel par triumphant proesse (Fol. celxix r°).

Celui de Garnier ne parle pas avec moins de pompe, quoique sans tant redoubler ses rimes :

Pareil aux dieux je marche, et depuis le reveil
Du soleil blondissant jusques à son sommeil,
Nul ne se parangonne à ma grandeur royale.
En puissance et en biens, Jupiter seul m'esgale...
Tous les peuples du monde ou sont de moi sujets,
Ou nature les a de là les mers logez ;
L'Aquilon, le Midi, l'Orient je possède. (Tivier, p. 529.)

Cette tradition de jactance a passé jusqu'aux empereurs de Corneille. Auguste dans *Cinna* parle encore un peu comme le *Nabuchodonosor* des *Juives* ou du *Vieux Testament* !

Cet empire absolu sur la terre et sur l'onde,
Ce pouvoir souverain que j'ai sur tout le monde,
Cette grandeur sans borne et cet illustre rang,
Qui m'a jadis coûté tant de peine et de sang,
Enfin tout ce qu'adore en ma haute fortune
D'un courtisan flatteur la présence importune...

(Acte II, scène I.)

la *Judith* d'Antoine Girard Bouvol (1649) et de la *Judith* de
Claude Boyer (1695) qui donna lieu à la fameuse épigramme :

> Je pleure, hélas ! de ce pauvre Holopherne,
> Si méchamment mis à mort par Judith.

L'Ystoire de Hester, contenue dans le *Vieux Testament*,
ne fut pas entraînée dans la proscription dont le grand drame fut
l'objet de la part de l'autorité judiciaire au milieu du xvi° siècle,
ou du moins elle reparut sous une nouvelle forme en novembre
1566 à Poitiers, et à Paris en février 1567. André de Riveaudeau
fit en effet représenter dans ces villes, à ces dates, un *Aman* en
cinq actes et en vers avec des chœurs. En 1587, Pierre Mathieu
fit représenter un *Aman* et une *Vasthi*, débris d'une *Esther*
antérieurement composée par lui. L'*Aman* d'Antoine de Mont-
Chrestien (1600) continue la chaîne qui, en passant par *La Belle
Hester* de Japier-Marfiere, pseudonyme de Ville-Toustain (1614),
La Perfidie d'Aman, pièce anonyme (1617) et l'*Esther* de
Pierre du Ryer (1643), aboutit en 1688 à la tragédie représentée par les demoiselles de Saint-Cyr [1]. Le succès d'*Esther*
amena la composition d'*Athalie* (1691) [2] qui se rattache, comme
elle, au cycle du *Vieux Testament*. L'idée qui avait été l'origine
de ce cycle et qui, plus ou moins présente, ne cessa de l'inspirer, se retrouve nettement marquée dans ces deux chefs-
d'œuvre. Esther, invoquant Dieu, parle du Rédempteur :

> Ainsi donc un perfide, après tant de miracles,
> Pourroit anéantir la foi de tes oracles,
> Raviroit aux mortels le plus cher de tes dons,
> *Le Saint que tu promets et que nous attendons?*....
> (*Esther*, acte 1, scène iv.)

Joad doit prendre rang parmi les *Prophètes du Christ* :

> Mais d'où vient que mon cœur frémit d'un saint effroi ?
> Est-ce l'Esprit divin qui s'empare de moi ?
> C'est lui-même. Il m'échauffe. Il parle. Mes yeux s'ouvrent,
> Et les siècles obscurs devant moi se découvrent.

1. *Dictionnaire des ouvrages dramatiques depuis Jodelle jusqu'à nos jours,*
etc., par Henri Duval, t. I. *Tragédies*. Ms. fr. 15048, Bibl. nat.

2. Une *Athalia* en latin fut représentée en 1658 au collège de Clermont et on
cite une tragédie latine de Stancari Dominicus ayant pour titre : *Joas, Judææ
rex*. — *Racine*, éd. Mesnard dans la *Collection des grands écrivains* (Hachette,
t. III, p. 586, 587).

Lévites, de vos sons prêtez-moi les accords,
Et de ses mouvements secondez les transports.....

Quelle Jérusalem nouvelle
Sort du fond du désert brillante de clartés,
Et porte sur le front une marque immortelle?
Peuples de la terre, chantez.
Jérusalem renaît plus charmante et plus belle.
D'où lui viennent de tous côtés
Ces enfants qu'en son sein elle n'a point portés?
Lève, Jérusalem, lève ta tête altière.
Regarde tous ces rois de ta gloire étonnés.
Les rois des nations, devant toi prosternés,
De tes pieds baisent la poussière;
Les peuples à l'envi marchent à ta lumière.
Heureux qui pour Sion d'une sainte ferveur
Sentira son âme embrasée!
Cieux, répandez votre rosée,
ET QUE LA TERRE ENFANTE SON SAUVEUR!
(*Athalie*, acte III, scène VII.)

Après avoir transcrit ces vers incomparables, dignes, en un mot, du sujet, si le sujet n'était au-dessus de toute langue humaine, ne puis-je pas, terminant cette étude technique par une réflexion de goût littéraire, conclure que la perfection de l'esprit français au théâtre, et plus généralement dans les lettres, doit être cherchée dans l'alliance de ces trois traditions, dont, sous peine de déchoir, il ne nous est permis de renier aucune : la tradition chrétienne, la tradition nationale et la tradition classique?

Imprimerie Gouverneur, G. Daupeley à Nogent-le-Rotrou.

PROPHÈTES DU CHRIST

Imprimerie Gouverneur, G. Daupeley à Nogent-le-Rotrou.

LES

PROPHÈTES DU CHRIST

ÉTUDE

LES ORIGINES DU THÉATRE AU MOYEN-AGE

PAR

Marius SEPET

de la Bibliothèque nationale, ancien élève pensionnaire
de l'École des chartes

PARIS

LIBRAIRIE ACADÉMIQUE

DIDIER ET Cⁱᵉ, LIBRAIRES-ÉDITEURS

35, QUAI DES AUGUSTINS

—

1878

www.ingramcontent.com/pod-product-compliance
Lightning Source LLC
Chambersburg PA
CBHW051831020726
47502CB00005B/1730